जीवनसंध्या...

खुशहाल वृद्धावस्था की ओर

डॉ. अनिल गांधी

अनुवाद : श्री. चेतन कोळी

VISHWAKARMA PUBLICATIONS VP™

जीवनसंध्या... खुशहाल वृद्धावस्था की ओर

हिंदी - प्रथम संस्करण - अक्टूबर 2016

First printed in Marathi & English by Vishwakarma publications

© डॉ. अनिल गांधी
20, लक्ष्मी सो., से. बा. मार्ग, पुणे- *411016*
020-25653000/ 9422004466
email – ganilgulab@gmail.com

ISBN 978-93-85665-37-0

प्रकाशक
विश्वकर्मा पब्लिकेशन्स
283, बुधवार पेठ, बँक ऑफ इंडिया के सामने, पुणे- *411002*
दूरध्वनी : *+91-20-24448989/20261157*
ईमेल : *info@vpindia.co.in* वेबसाइट : *www.vpindia.co.in*

अनुवादक : **श्री. चेतन कोळी**

हिन्दी संस्करण साहाय्य – ट्रान्सलेशनपैनाशिया

मुखपृष्ठ : **अभिषेक दरेकर**

अर्पण पत्रिका

अनुभवी वैज्ञानिक, डॉक्टर्स, इंजीनियर्स, शिल्पकार, कलाकार, साहित्यिक, कवि और विविध क्षेत्र के ज्येष्ठ और श्रेष्ठ दिग्गज, जिन्होंने उम्र के साठ साल के उपरान्त नोबेल पारितोषिक प्राप्त करने तक का महत्त्वपूर्ण कार्य मानवजाति की भलाई के लिए किया, उन्हें सादर समर्पण।

अनुक्रमणिका

परिशिष्ट

विचारवंतों की मनोभूमिका

हर एक जीवित व्यक्ति के लिए मृत्यू तो एक अटल घटना है। हर कोई यह जानता है। फिर वह व्यक्ति चाहे कोई खानदानी अमीर हो या कोई ऐसा दरिद्री जिसके रोज़ाना खाने के लाले पड़ते हो। कोई बड़ी जानी मानी हस्ती हो या कोई अनामिक। अधिकतम व्यक्तियों के मन में मृत्यू से भय होता है। सच कहें तो यह भय मृत्यू से अधिक जानलेवा वेदनाओं का होता है। फिर भी आत्महत्या करनेवाले लोग उन वेदनाओं को स्वेच्छा से गले लगाते हैं। शायद जीवन उन्हें मृत्यू से भी अधिक वेदनामय महसूस होता हो। कारण कोई भी हो-

डॉ. अनिल गांधीजी ने यह पुस्तक ज्येष्ठ व्यक्तियों के लिए तथा उनके लिए कार्य करनेवाली संस्थाओं के लिए सामाजिक कर्तव्य भावना से लिखी है। इस पुस्तक के हर एक पन्ने में उनका वह भाव प्रतिबिंबित हुआ है।

जीवन की संध्या के समय में अर्थात दो कालों के संधिकाल में अटके व्यक्ति के तन-मन में जो तुफान उमड आते हैं उनका वर्णन तो उन्होंने किया है ही साथ ही उसके लिए उपायों की दिशा, ज्येष्ठ व्यक्तियों का शारीरिक, मानसिक तथा भावनिक शोषण, ज्येष्ठ नागरिकों के लिए उपलब्ध कानून, उनका अर्थकारण, ज्येष्ठ व्यक्तियों, वृद्धों की सहायता करनेवाली हेल्पेज इंडिया, जनसेवा फाउंडेशन और तत्सम संस्थाओं की जानकारी आत्यंतिक वास्तव और सरल शब्दों में प्रस्तुत की है। इसके भी आगे जाते हुए डॉ. अनिल गांधी ने बारंबार मन को प्रसन्न रखने का संदेश देते हुए वृद्धत्व को आनंदित करने हेतु 'वर्तमानेन कालेन वर्तयंती विचश्रण:' इस उक्ति पर भाष्य किया है और तमाम वृद्ध मातापिताओं को बड़ा ही मानसिक आधार दिया है। यहाँ पर मुझे याद आ रहा है महान विचारवंत श्री. शिवाजीराव भोसलेजी का एक विचार। हमारे जनसेवा फाउंडेशन के आंबी में स्थित वृद्धों का वह मार्गदर्शन कर रहे थे। उन्होंने कहा,

'जीवन जीने में आनंद है और वृद्धत्व तो जीवन का अत्यंत रमणीय रूप है। अस्तंगत होनेवाला सूर्य भी बड़ा सुंदर दिखाई देता है और सारी पृथ्वी पर स्वर्णकिरणों का वर्षाव करता है।

डॉ. अनिल गांधी ज्येष्ठों, वृद्धों की ओर केवल भावनिक दृष्टि से नहीं देखते। आज मनुष्य की औसत आयु और उसके कारण समाज में वृद्धों की बढ़ती हुई संख्या के प्रति वह आनंद व्यक्त करते हैं किंतु साथ ही वह इस बात पर भी भाष्य करते हैं कि वृद्धों की बढ़ती संख्या देश के लिए एक बड़ी सामाजिक तथा आर्थिक समस्याएँ निर्माण कर सकती है। एक प्रकार से डॉ. अनिल गांधी ने समाज तथा शासन को सावधानी का इशारा दिया है।

समाज निर्माण में ज्येष्ठ व्यक्तियों का योगदान महत्वपूर्ण होता है। उनके अनुभव का खजाना, उनकी परिपक्वता, उन्होंने दिए संस्कार समाज को सर्वार्थ से मज़बूत करते हैं। इसलिए ज्येष्ठ व्यक्तियों की समस्याओं को समझ कर उनका निवारण करना यह समाज के प्रत्येक घटक का उत्तरदायित्व है। उनके युवा पोतेपोती उनके साथ रहें इसके लिए दोनों तरफ से प्रयास होने चाहिए। अविभक्त पारिवारिकता कायम रखने के लिए यह बहुत ज़रूरी है।

आज हमारे देश में ज्येष्ठ नागरिकों की संख्या १२ करोड़ है, जिसमें से १५% लोगों की उम्र ८० साल से अधिक है, उनमें से २५% लोग विकलांगता के कारण बिस्तर पर हैं। आज देश में वृद्धों के लिए जो भी कार्य हो रहे हैं वह प्रमुखतः शहरों में हो रहे हैं। वहाँ पर अधिकतम ज्येष्ठ संगठित हैं। किंतु ६५% ज्येष्ठ नागरिक जो गाँव में रहते हैं वे असंगठित हैं। वहाँ पर असुविधा का वातावरण है। केंद्र शासन तथा राज्य शासन की कई सुविधाएँ, योजनाएँ उन तक नहीं पहुँची हैं। परिणामत: गाँव के वृद्धों के सामने बस अँधेरा ही अँधेरा है।

हमारी भारतीय संस्कृति तथा परिवार संस्था को विश्वभर में सराहा गया है किंतु आज वह पाश्चात्य विचारों की चपेट में आ कर नष्ट हो रही है। २१ वीं सदी के आरंभ में भारतीय परिवारों में अनेक समस्याओं का निर्माण हुआ है। एकत्रित परिवारों की संख्या घट रही है। इसका एक उपाय है वृद्धाश्रम। अर्थात 'वृद्धाश्रम' से कुछ भी 'साध्य' नहीं हो सकता, वह केवल एक साधन है। यहाँ संत साहित्य के अभ्यासक श्री. बालासाहब भारदे का एक विचार सामने आता है। उन्होंने कहा था, 'मनुष्य का पहला सेवा केंद्र है उसका परिवार। पारिवारिक भावना का विस्तार करते करते वैश्विक परिवार की भावना को अपनाने में ही मनुष्य की कृतार्थता है।' वैश्विक परिवार की भावना रखनेवाली अनेक छोटी-बड़ी सेवाभावी संस्थाएँ देशभर में तथा विश्वभर में

कार्यरत हैं। हमारी 'जनसेवा फाउंडेशन' उसी दिशा में उठाया गया एक कदम है। इस पुस्तक में हमारी 'जनसेवा फाउंडेशन' के परिचय में एक स्वतंत्र अध्याय लिखा गया है। जिसके लिए मैं डॉ. अनिल गांधीजी को तहे दिल से धन्यवाद देता हूँ।

डॉ. अनिल गांधीजी में मुझे विशेषता दिखाई देती है कि चिकित्सा शाखा के निष्णात शल्यविशारद होने के बावजूद उनकी लेखन शैली साहित्यिक, सहज, सुंदर है। इसे पढ़ते समय कहीं भी अरुची उत्पन्न नहीं होती। ग्राम तथा शहर में बोली जानेवाली कहावतें, मुहावरों तथा संस्कृत की सुभाषितों का उचित उपयोग कर के उन्होंने इस गंभीर विषय को सहजतासे मन को भानेवाली रोचक शैली में प्रस्तुत किया है। इसलिए 'वयोवर्धन' (aging) यह विषय 'वयोसंवर्धन' के रूप में पाठकों के सामने प्रस्तुत होता है। महाराष्ट्र में कार्यरत अनेक 'ज्येष्ठ नागरिक संगठनाओं' तक यह पुस्तक पहुँचेगी तथा पाठक इस पुस्तक का सही उपयोग करेंगे इसका मुझे विश्वास है। जिसके लिए मैं हार्दिक शुभकामनाएँ देता हूँ।

इस बात का विशेष आनंद है की इस पुस्तक का प्रकाशन जागतिक ज्येष्ठ नागरिक दिन के उपलक्ष्य में किया जा रहा है।

डॉ. विनोद शहा (एम.डी.)

संस्थापक अध्यक्ष – जनसेवा फाउंडेशन, पुणे – संयुक्त राष्ट्र संगठन से विशेष सलाहकार दर्जा प्राप्त। आंतरराष्ट्रीय डायरेक्टर, इंटरनॅशनल फेडरेशन ऑफ एजिंग। भ्रमणध्वनि – ९८२३०११७६०/ दूरभाष – ०२०–२४५३८७८७/८ ईमेल- vinodshaha@hotmail.com

....

लेखक व्यावसायिक डॉक्टर होने के कारण उन्हें वृद्धत्व के विषय में भाष्य करने का अधिकार प्राप्त होता ही है। किंतु लेखक ने अपना भाष्य केवल शारीरिक समस्याओं तक सीमित नहीं रखा है, तो एक द्रष्टा की भूमिका से लोगों की मानसिक, सामाजिक, सांस्कृतिक, साम्पत्तिक तथा शासकीय समस्याओं को भी प्रभावी ढंग से प्रस्तुत किया है। इतना ही नहीं तो उन समस्याओं के समाधानों का सार्थ विश्लेषण भी किया है। यह पुस्तक इस बात का प्रमाण है कि डॉक्टर सही मायनों में एक *Allrounder* हैं। सभी हिंदी भाषिकों ने उम्र के साठ साल पूरे करने से पहले इस पुस्तक को पढ़ लेना चाहिए।

श्रीकांत परांजपे

....

समाज में स्थित ज्येष्ठ वर्ग की समस्याओं की ओर अत्यंत संवेदनात्मकता से देखने तथा उन्हें गहरे सोचविचार के साथ स्पष्ट करने के लिए लेखक का हार्दिक अभिनंदन!

कभी न कभी किंतु निश्चित रूप में आनेवाली मृत्यू के विषय में सोचने की सहूलियत रखनेवाले, एकत्रित परिवार पद्धति नष्ट होने के कारण अकेलेपन का सामना करनेवाले तथा नित नयी तकनिकी को अपनाने का प्रयास करनेवाले इस समाज सुंदर वर्णन इस पुस्तक में दिखाई देता है।

यहाँ पर ज्येष्ठता की व्याख्या की गई है 'उम्र के अस्सी साल से अधिक', जो उचित प्रतीत होती है।

ज्येष्ठों की बढ़ती संख्या तथा उनकी समस्याओं को चित्रित करने के साथ-साथ उनके समाधान प्रस्तुत करने में लेखक ने सफलता पायी है। इस पुस्तक में ज्येष्ठ नागरिकों के शरीर, मन तथा सामाजिक व्यवहार के विषय में अनेक उत्तम सलाह दी गई हैं।

यहाँ पर प्रस्तुत, तेज गति से विस्तारित होनेवाले समाज में वृद्धाश्रम संकल्पना की बढ़ती माँग और इसके लिए कार्य करनेवाली संस्थाओं की ब्यौरेवार जानकारी प्रशंसनीय है।

मुझे विश्वास है की न केवल वृद्धों के लिए बल्कि सामाजिक कार्य में रुचि रखनेवाले हर एक के लिए यह पुस्तक उपयुक्त सिद्ध होगा।

डॉ. कांतिलाल संचेती

....

एक सर्वेक्षण के अनुसार आगामी शतक में पूरे विश्व में ज्येष्ठ नागरिकों की संख्या युवाओं की तुलना में अधिक होनेवाली है। और उन सभी ज्येष्ठ नागरिकों के लिए डॉ. अनिल गांधी की पुस्तक, 'जीवनसंध्या – खुशहाल वृद्धावस्था की ओर' एक उत्तम मार्गदर्शक का कार्य करेगी।

वृद्धत्व में अर्थात हमारे जीवन की दूसरी बाल्यावस्था में, सुख से जीने के लिए हर एक ने यह पुस्तक पढ़नी चाहिए।

वृद्धों की शारीरिक, मानसिक ज़रूरतें, व्यायाम, बीमारियाँ, उनके हक़ में होनेवाले कानून, शासकीय योजनाएँ, उनके लिए दिनरात कार्यस्थ रहनेवाली संस्थाएँ तथा वृद्धाश्रम, वृद्धों की सहायता करनेवाली संस्थाओं के पते और इतना ही नहीं तो यह मदत लेते समय ज़रूरी सावधानी के विषय में भी इस पुस्तक में बताया गया है।

यह सर्वोत्तम पुस्तक हर एक के संग्रह में होनी ही चाहिए। सभी ज्येष्ठ नागरिकों को आनंदमयी वृद्धत्व के लिए हार्दिक शुभकामनाएँ।

राजीव कुलकर्णी,
हेल्पेज इंडिया (९४२२०२०६९९)

....

प्रस्तावना

दो शब्द 'इस संध्या समय में'

'उम्र का घोड़ा है, इसे कैसे पकडिए
न हाथ बाग पर, न पैर लगाम में है!'

उम्र निरंतर बढ़ती रहती है, आदमी आगे बढ़े या न बढ़े! एक दिन सबको संध्या के दरवाजे पर हाजिर होना होता है! वहां पहुंचने के बाद क्षितिज के पार के जीवन की कल्पना करना व्यक्ति की विवशता हो जाती है। वैसे ऐसी कोई निश्चित आयु का गणित नहीं होता, संसार से विदा होने का। लेकिन आमतौर पर जीवन के संध्या काल के बाद मनुष्य-प्राणि को तन से और मन से भी इसकी आहट सुनाई पड़ने लगती है। जीव कभी भी अशरीरी नही होना चाहता। तमाम शास्त्रों, आध्यात्मिक मान्यताओं के बावजूद वह संसार नही छोडना चाहता... इसलिए संध्याकाल आते-आते उसकी धड़कन बढ़ने लगती है, मन बेचैन होने लगता है।

डॉ. अनिल गांधी मनुष्य के तन के ही नही मन के भी उतने ही विद्वान डॉक्टर हैं। वे उम्र के हर पड़ाव की धड़कनें गिन सकते हैं। उन्होंने जीवन को सुखी और आनंदित बनाने के लिए 'मन-सर्जन' की सर्जना की है। जीवन के संघर्ष, चुनौतियों का सामना, स्थितियों का आकलन करते हुए उन्होंने एक उपलब्धिपूर्ण जीवन हासिल किया। उन्होंने एक पारदर्शी जीवन जिया, इसीलिए उनके शब्द, अक्षर है - अमर - अजर हैं। उनकी बातों में दूसरों की भलाई की पहल है। वे शारीरिक पीड़ा ही नहीं हरते, बल्कि मन तक जाकर आनंद के संचार की सफल कोशिश करते हैं। लंबे समय तक देश-विदेश में शरीर-विज्ञान का अध्ययन कर पीड़ा के निदान के लिए उन्होंने एक जीवन-मिशन जिया है। अपने सारे अनुभवों को शब्दबद्ध कर समाज तक पहुँचाया है। मराठी, अंग्रेजी, गुजराती, हिंदी आदि भाषाओं में उनकी पुस्तकें उपलब्ध हैं। ये पुस्तकें मूलरूप से चिकित्सा-शास्त्र पर आधारित हैं। परंतु, साथ ही, मनुष्य की भीतरी संवेदनाओं के गहरे अनुसंधानकर्ता होने के कारण उन्होंने तन के साथ मन को भी छुआ है। वे व्याधियों का सटीक निदान ही नहीं, पीडा पर सार्थक उपचार भी करते है। उनकी पुस्तकें व्याधियों से बचने की पूर्व-सावधानी के रूप में होती हैं, जो मन को भी प्रेरित करती हैं।

डॉ. अनिल गांधी की नई पुस्तक मनुष्य के जीवन के अंतिम पड़ाव से पहले की अवस्था पर केंद्रित है। उन्होंने इस पुस्तक में शारीरिक संदर्भ के साथ सामाजिक और मानसिक संदर्भों को भी विस्तार से समेटा है। जन्म से जीवन के अंत तक आने वाले सभी संदर्भ इस पुस्तक में आए हैं। विश्व स्तर पर वृद्धत्वसंबंधी जानकारी आंकड़े और चुनौतियों का लेखा-जोखा इस पुस्तक में है। किस प्रकार स्वास्थ्य की देखभाल, आर्थिक नियोजन, व्यायाम, पारस्पिक संबंध, तन और मन का संतुलन तथा वृद्धाश्रम और इससे जुड़ी संस्थाओं की जानकारी देकर डॉ. अनिल गांधी ने संध्या समय में प्रवेश करते मनुष्य को एक सार्थक उपहार ही दिया है। साथ ही, वरिष्ठ नागरिकों पर होने वाले अत्याचार, इससे सम्बंधीत कानून, पारिवारिक समस्याएं आदि पर भी व्यापक प्रकाश डाला गया है।

उम्र का बढना, यह एक नैसर्गिक प्रक्रिया है। इस प्रक्रिया से गुजरते समय आनंदमय, स्वस्थ जीवन कैसे हासिल किया जा सकता है, इसके कई प्रसंग, उदाहरण इस पुस्तक में हैं। वे इस बात पर जोर देते है कि उम्र को कोई नहीं टाल सकता, लेकिन संध्या-समय में मन में उभरनेवाली शंकाएं, निराशा और असुरक्षा की भावना से बाहर आकर सुखमय जीवन के प्रयास तो किए ही जा सकते हैं।

डॉ. अनिल गांधी ने 'संध्या छाया' की उम्र पहुँचने वाले मनुष्य के जीवन को विविध प्रकार से, तन-मन से, प्रसन्नतासे व्यापकता देने के लिए तमाम बातों का उल्लेख किया है। आध्यात्मिक रूप से देह और आत्मा, मृत्यु और पुनर्जन्म, पाप-पुण्य पर पुनर्जन्म की आख्यायिका का विस्तृत विवेचन किया है। लोकमान्यता, जनश्रृति और विज्ञान पर डॉ. गांधी ने अपने विचार दिए हैं। जीवन का व्याकरण शुद्ध रहे और मनुष्य अनुचित मार्ग से बचा रहे यही संदेश आध्यात्म का है। लेकिन, कुछ पूजा-पाठी लोग भी अनुचित मार्ग का आचरण करते दिखते हैं... मृत्यु के बाद जीवन का आकर्षण किसे नहीं होता? डॉ. गांधी ने जीवन-मृत्यु के विविध लोक-प्रचीति और विज्ञान-सम्मत स्थितियों का ऊहापोह किया है। पुस्तक के अंत में, असाध्य लगने वाली व्याधियों से मुक्ति के लिए कार्यरत विविध संस्थाओं की सार्थक जानकारी दी गई है। डॉ. अनिल गांधी की यह जनसेवा बिना किसी प्रचार के नि:स्वार्थ भाव से की गई है। उनका पारदर्शी जीवन समाज के सुखमय जीवन के लिए किया गया स्तुत्य प्रयास है। जीवन के अंतिम चरण पर पहुँचे बुजुर्गों को तो इसका लाभ होगा ही साथ ही, घर के अन्य बुजुगों को जानने की इससे मददभी मिलेगी। फिर आज नहीं तो कल सबको बुजुर्ग होकर अपनी-अपनी संध्या तक पहुँचना ही है। दु:ख के भय से निराश न होकर जीने की उद्दाम इच्छा से जीवन को देखने का दृष्टिकोन देने वाली यह पुस्तक है। किसी कवि ने इस बारे में बहुत सही कहा है...

'कोई भी दु:ख आदमी के साहस से बडा नहीं है
वही हारा; जो लडा नहीं है!'

डॉ. दामोदर खडसे,

बी ५०३-५०४, 'हाई ब्लिस',
कैलाश जीवन के पास, धायरी, पुणे - ४११ ०४१.

मनोगत

पृथ्वी पर जब जीव सृष्टि का निर्माण हुआ तब केवल सूक्ष्म जीव थे। फिर वनस्पति, प्राणी तथा मनुष्यप्राणी यह उत्क्रांती होती गई। सूक्ष्मातिसूक्ष्म जीव हो या बुद्धिमान मनुष्य, हर एक की जीवन जीने की तथा वंश वृद्धि की प्राकृतिक अंत:प्रेरणा उसे आवश्यक बुद्धि देती ही है। आबो-हवा की प्रतिकूलता तथा अन्न की उपलब्धि को ध्यान में लेते हुए वह अल्पकाल के लिए सही किंतु भविष्य का प्रबंध करते हैं। वनस्पती, कीट, पंछी, प्राणी इस तरह नियोजन करते हैं कि आनेवाले मौसम में उन्हें अन्न तथा आवास की कमी न हो। उनकी तुलना में मनुष्य को अत्यधिक बुद्धि प्राप्त हुई है। इसलिए केवल मनुष्य ही प्राकृतिक अथवा मानव निर्मित समस्याओं का सामना करने हेतु दीर्घकालीन प्रबंध कर सकता है। पूर्वानुभव के आधार पर वह आनेवाले संकट की आहट पहचान सकता है। सोच-विचार के लिए, कल्पनाओं के लिए, चिंता के लिए तथा चिंता का निवारण करने के लिए, दिक्कतों में उपयुक्त उपाय योजना करने के लिए उसकी प्रखर बुद्धिमता उपयोग में आती है।

अन्य प्राणी अपने शिशुओं की जिम्मेदारी तब तक ही लेते हैं जब तक वह स्वतंत्रता से जीने के लिए सक्षम नहीं हो जाते। उसके बाद उनका कर्तव्य समाप्त हो जाता है। किंतु मनुष्य दीर्घकाल तक अपने बच्चों का पालन करता है। पहले तो वह अपने ज्येष्ठों का भी खयाल रखता था। जिसमें ज्येष्ठों के अन्न, वस्त्र, आवास के साथ बिमारी में उनकी सेवा भी समाविष्ट होती थी। ज्येष्ठ व्यक्तियों को परिवार तथा समाज में सम्मान दिया जाता था। उनकी अनुभवी सलाह को माना जाता था। परिवार के बच्चों के लालन-पालन में ज्येष्ठ व्यक्तियों का पूरा सहभाग रहता था। घर कुटुंब-कबीले का हुआ करता था। समय के साथ यह वातावरण बदल गया। ज्येष्ठ व्यक्ति युवाओं से मिलनेवाले

सहारा मान-सम्मान के लिए तरसने लगे। जीवन की संध्या अकेलापन, असहायता, निराशा से भरी होने लगी। जिनकी आर्थिक स्थिति अच्छी थी या है, पति-पत्नि दोनों साथ-साथ हैं उनकी समस्याएँ तुलना में थोडी कम है। किंतु जिनके पास न माया है और न किसी का साया है और जिन्हें सहारा देने के लिए युवा पीढ़ी में असमर्थता या अनिच्छा है, उनकी स्थिति बड़ी ही दयनीय है।

ज्येष्ठों की यह अवस्था देख कर अब नई पीढ़ी अपने भविष्य के लिए दीर्घकलीन नियोजन कर रही है जिसका उपयोग उन्हें वृद्धावस्था में सुख से जीने के लिए हो सके। किंतु पुरानी पीढ़ी में यह सोच नहीं थी इसलिए उन्हें दिक्कतें आ रही हैं। एक मनुष्य की तरह जीने के लिए उन्हें सुविधाएँ उपलब्ध कराना यह उनकी नई पीढ़ी का, शासन का और समाज का उत्तरदायित्व है। क्या आज की नई पीढ़ी में यह द्रष्टापन है?

ऐसी जीवनसंध्या में ज्येष्ठ व्यक्तियों के शरीर, मन में अस्वस्थता आ जाती है, बीमारियों से उनका शरीर और मन उध्वस्त होने लगता है। उनकी इस स्थिति को समझ कर, उसके लिए उचित उपाय योजना के बारे में सोच कर, हमने मनुष्य को प्राप्त हुई विचार शक्ति का आदर करना चाहिए। मनुष्य पहले से ही अन्य जीवसृष्टि की तुलना में उपरी स्तर पर है। जिसका उपयोग वर्तमान में होनेवाले ज्येष्ठ व्यक्तियों को तो होगा ही किंतु हमारे जीवन में हमे भी ऐसी जीवनसंध्या का अनुभव करना है इस बात का खयाल रखने से स्वार्थ और परमार्थ दोनों का संगम किया जा सकता है।

संध्या-समय, अर्थात सूर्य की प्रखरता का अस्त और शीतल चंद्र के उदय का समय। अर्थात दिन और रात की संधि होने का समय। जीवन भी ऐसा ही तो है। मोह, मद, मत्सर तथा क्रोधाग्नि का अस्त कर के शांति, समाधान की शीतलता प्राप्त करने का समय। इसी बात को ध्यान में रखते हुए इस पुस्तक में मैं ने शांति-संतोष प्राप्त करने के विषय में सर्वंकष विश्लेषण प्रस्तुत किया है।

समय समय पर मेरी सहायता करनेवाले विश्वकर्मा प्रकाशन संस्था के श्री. भरत अगरवालजी के प्रति मैं आभार प्रदर्शित करता हूँ। इस पुस्तक को प्रकाशित करने हेतु उनकी सानंद अनुमति के लिए मैं उनका ऋणी हूँ।

साहित्य, समाजकार्य तथा अपने रुचि विकास में आदर्श स्थापित करनेवाले डॉ. दामोदर खडसे ने इस पुस्तक का परिचय कराया है। उनका भी मैं ऋणी हूँ। डॉ. ह. वि. सरदेसाई, डॉ. के. एच. संचेती, डॉ. विनोद शहा तथा अथश्री संकुल के श्री. श्रीकांत परांजपे, हेल्पेज इंडिया के श्री. राजीव कुलकर्णी इन सब से मिले अभिप्राय के लिए मैं उन्हें धन्यवाद देता हूँ।

मुझे संतोष है की कई दिनों से मन में घुल रहे इस उपयुक्त विषय को मैं इस पुस्तक के माध्यम से कुछ अंश तक ही सही किंतु व्यक्त कर सका।

धन्यवाद!

डॉ. अनिल गांधी

जीवनांकुर

जीवन खिलने, बहरने की प्रक्रिया सृष्टि के निर्माण से ले कर पृथ्वी पर हो रही है और अनंत काल तक होती रहेगी। किंतु बुद्धिवान मनुष्य ने अज्ञान के कारण यह मान लिया है कि जीवन क्षणैक होता है। मृत्यू की अटलता समझ में आते ही उसने जीव में दो भागों की कल्पना की। जैसे की एक अमर आत्मा और दूसरा नश्वर शरीर। उसने मान लिया की आत्मा अमर है और वह शरीर बदलता रहता है, बिलकुल वैसे ही जैसे मनुष्य कपडे बदलता है। इसी के साथ आत्मा के पुनर्जन्म की संकल्पना भी रूढ हो गई। जिसे ईश्वर तथा धर्म की संकल्पनाओं ने दृढ कर दिया। फिर भी इसी जीवन को इसी देह के साथ बनाए रखने की इच्छा से उसने मृत्यु टालने के या अमरता प्राप्त कर लेने के उपाय ढूँढ़ने के प्रयास किए। इसी में से अमृत की कल्पना आ गई। यह संकल्पना भी रूढ हो गई कि अमृत के प्राशन से अमरता प्राप्त होती है। उसीसे अगर देव-दानवों ने किया समुद्र मंथन, देवों का अमृतकुंभ लेकर भागने जैसी कथाओं का निर्माण आश्चर्य की बात नहीं। मनुष्य जब वैज्ञानिक अनुसंधान करने लगा तब उसने अमरता देनेवाले रसायनों की खोज आरंभ की। किंतु उसमें उसे सफलता नहीं मिल पाई।

हाल ही में हुए वैज्ञानिक अनुसंधानों ने यह मनुष्य को यह प्रतीत कराया की जिसे वह चारों ओर खोज रहा है वह तो उसके अपने पास ही है। यह मानो ऐसी बात हो गई, 'बगल में बच्चा, गाँव में ढिंढोरा।' स्त्रीबीज और पुरुषबीज के संयोग से नए जीवनांकुर का निर्माण होता है, वह पनपने लगता है, बढ़ता जाता है और खिलते खिलते परिपूर्ण अवस्था प्राप्त कर लेता है। प्रत्येक जीवमात्र में जो गुणसूत्र डी.एन.ए. होता है वह सदासर्वदा होनेवाले कोशिका विभाजन प्रक्रिया से प्रसूत होता रहता है, प्रसृत होता रहता है, निरंतर जीवित रहता है। इसी को 'अमरता' कहा जा सकता है। डी.एन.ए.

का यह अमरपट्टा नई कोशिकाओं के रूप में नए जीव में उतर आता है। अर्थात पहला डी.एन.ए. अमर है या उसने नए जीव के रूप में पुनर्जन्मधारण किया है। खास बात यह है की इसके लिए किसी भी पाप-पुण्य आदी आचार संहिताओं की आवश्यकता नहीं होती। हाँ, लेकिन सामाजिक नीति नियमों का पालन अवश्य करना चाहिए। अब उसे नीति, कानून, धर्म, पुण्य जो चाहिए नाम दे दें। किंतु वह मनुष्य की बुद्धि और मानवता के लिए आवश्यक है।

मनुष्य के बारे में कहें तो उसका जीवनांकुर (गर्भ) माता के उदर में पनपता है। वहीं पर गतिमानता से पलता बढ़ता है और ऐसे संपूर्ण किंतु लघु रूप में जन्म लेता है की मानो वह संपूर्ण मनुष्य शारीर का बोन्साय हो। माता के गर्भ में मनुष्यजीव का अंकुर स्थापित होने से लेकर उसके जन्म तक और फिर पूरे जीवन भर धीरे-धीरे उसका विकास होता जाता है। किंतु उसकी गति गर्भावस्था के समय की तुलना में कम होती है। यौवन के ढलते ढलते विकास की गति धीमी, और जर्जरता गतिशील होने लगती है। जीवन में जैसे जैसे योग के बजाय घटाव बढने लगता है, वैसे वैसे मनुष्य शारीरिक तथा मानसिक स्तर पर वरिष्ठ और ज्येष्ठ अवस्था में पहुँच जाता है। योग-घटाव की यह प्रक्रिया समझ लेने के लिए सूक्ष्म जीवशास्त्र (*Molecular Biology*), जनुकिय स्थापत्य (*Genetic Engineering*), क्रोमोसोम्स का मॅपिंग और उसमें परिवर्तन की संभावना को समझ लेना चाहिए। वैज्ञानिकों की सहायता से अपने भविष्य में कुछ अंश तक परिवर्तन लाया जा सकता है क्योंकि आनेवाली पीढ़ी में अपनी उच्च रक्तचाप, हृदयरोग, मधुमेह, जैसी अनुवांशिक व्याधियाँ या अन्य व्याधियाँ उतरने से रोकी जा सकती है। मानो मनुष्य ही मनुष्य का भाग्य लिख रहा है। विश्वविधाता के कार्य में वह गड़बड़ कर रहा है। परिणामत: यह कल्पना भी अब खारीज होने लगी है की विश्व का निर्माता, कर्ता, धर्ता कोई और है जो स्वर्ग में बैठा है।

अनुसंधान से यह सिद्ध हुआ है कि हमारे शरीर की कोशिकाएँ जीवनभर में पचास से सत्तर बार विभाजित हो कर पुनर्जिवित होती हैं। प्रत्येक कोशिका विभाजन के समय क्रोमोसोम्स में से एक टेलोमर बेस जोडे कम हो जाते हैं। करीबन साठ बार ऐसी प्रक्रिया होने पर उस कोशिका की मृत्यु होती है। किंतु उसके पहले ही प्रत्येक कोशिका अनेकों कोशिकाओं का निर्माण कर देती है और अमरता प्राप्त कर लेती है। इस प्रकार टेलोमर्स घटने की प्रक्रिया के कारण शरीर में संघर्षण होता है। अर्थात शरीर में घटाई होने लगती है। परिणामत: हम कहते हैं कि मनुष्य की उम्र बढ़ी है, शरीर का घटाव हो रहा है। इस बदलाव के कारण शरीर का ढाँचा बदलने लगता है और कार्य

क्षमता घटने लगती है। इस प्रक्रिया को पूरी तरह रोकने के उपाय तो नहीं पाए गए हैं। किंतु इसकी गति को कम करने के उपाय अवश्य हैं।

वयोवर्धन की इस प्रक्रिया के प्रमुख दो घटक हैं। पहला है जनुकीय (*Genetic nature*) घटक। जेनेटिक इंजिनिअरिंग से इसमें कुछ परिवर्तन किया जा सकता है, जो अबतक बहुत सीमित है। किंतु दूसरा घटक *Nurture* अर्थात पोषण पूरी तरह से मनुष्य के हाथों में है। इसके लिए बचपन से संतुलित आहार, उचित प्रमाण में शारीरिक तथा मानसिक व्यायाम तथा मन को तनाव रहित शांत रखने से अनेकों सकारात्मक लाभ प्राप्त होते हैं। और अगर विभिन्न प्रकार की बीमारियाँ हों तो उनसे नकारात्मक परिणाम होते हैं। रोग प्रतिकार क्षमता को बनाए रखना, बीमारियाँ टालने के लिए प्रतिबंधात्मक उपचार लेना और अगर बीमारी हो भी जाए तो तुरंत उचित चिकित्सा करने से वयोवर्धन की गति धीमी की जा सकती है।

अपने जीवन को बाधा रहित, संकट मुक्त, स्वास्थ्यपूर्ण करने के लिए भगवान को माननेवाले, भविष्य जानने में रुचि रखनेवाले लोग जन्मपत्री, फलज्योतिष का विश्वास करने लगते हैं और शांति-पूजा, व्रत, मन्नतें, यज्ञ जैसी विधियाँ करते रहते हैं। इससे न ही संकट टलते हैं और न ही बीमारियाँ। किंतु चिकित्सा शास्त्र की सहायता से समय-समय पर खून, मूत्र, इमेजिंग जैसी आवश्यक आधुनिक जाँच करा ली जाए तथा संभाव्य व्याधियों का प्रतिबंध करनेवाले टीके लगवा लिए जाए, अन्य आवश्यक उपचार किए जाए, व्यक्तिगत तथा घरेलू स्वच्छता की जाए, नियमितता से व्यायाम किया जाए, खान-पान में संतुलन रखा जाए, मन को शांत किया जाए तो बीमारियों को टाला जा सकता है। कोई बीमारी होनेपर तुरंत उसकी उचित चिकित्सा और उपचार होनेसे, प्रतिकार क्षमता बढ़ाने से वयोवर्धन की गति को धीमा किया जा सकता है। परिणामत: मनुष्य की जीवन अवधि बढ़ती है। भोलेभाले लोग धर्मगुरू या बुजुर्ग लोगों से 'दीर्घायु भव,' का आशीर्वाद चाहते हैं। उससे कोई फलनिष्पत्ति नहीं होती और सच कहें तो सही उपाय किए जाएँ तो उसकी आवश्यकता भी नहीं होगी। समय और पैसों की बरबादी भी नहीं होगी। वृद्ध और बालक एक जैसे होते हैं। कहते हैं कि जीवन को खुशहाल बनाना हो तो वृद्धत्व में भी बचपन को संजोए रखना चाहिए। यह सभी ने करना चाहिए। सभी ने बचपन की मीठी यादों की मिठास का आनंद जीवनभर लेते रहना चाहिए।

शरीर की एजिंग अर्थात वयोवर्धन का अभ्यास करनेवाली शाखा को 'जेराँटोलॉजी' कहा जाता है तो एजिंग के कारण होनेवाली विभिन्न बीमारियों का अभ्यास करनेवाली शाखा को 'जिरीयाट्रिक' मेडीसीन कहते हैं।

इस प्रकार उचित प्रयास करने से जरावर्धन अर्थात एजिंग की गति को धीमा किया जा सकता है। किंतु एजिंग के कारण कोशिकाओं की मृत्यु तो होती ही रहती है। मृत्यु के पश्चात भी नई कोशिकाओं के रूप में उनकी कीर्ति अर्थात गुणधर्म कायम रहते हैं। मर कर भी वह अमर हो जाती हैं। जीवित रहती हैं।

पुराणों की कई कथाओं में वृद्धत्व तथा मृत्यु आने पर भी अमरता प्राप्त हुई दिखाई है। राजा ययाती ने अमरता पाने के कई प्रयास किए थे। जिनमें वह सफल नहीं हो पाया। लेकिन आज अगर अमरता देनेवाले डि.एन.ए. के युग में वह होता तो उसे उसकी इच्छापूर्ति का आनंद मिल पाता और किसी दूसरे से यौवन की माँग न करनी पड़ती।

जीवनांकुर से आरंभ हुई यह यात्रा वृद्धत्व तक किस प्रकार बढ़ती है तथा इस यात्रा में आनेवाली बाधाओं को कम कर के उसे अधिकाधिक सुखमय कैसे किया जाए इसका विचार हर एक ने करना चाहिए।

पीढ़ी से पीढ़ी की ओर

सुख और दुख तो हर एक के जीवन के दो अटल हिस्से होते हैं। लेकिन अपने जीवन में दुख तो कोई भी नहीं चाहता। हमें अपना तिनके जितना दुख पर्वतप्राय लगता है और दूसरे का बड़ा दुख भी साधारण दिखाई देता है। कहते हैं न, 'पर दु:ख शीतल।' बूढ़ापन भी वैसा ही होता है। उसे कोई भी नहीं चाहता। प्रत्येक सुबुद्ध व्यक्ति जानता है कि वह बूढ़ा होनेवाला (अगर अकाल मृत्यु न हो तो) है ही। फिर भी वह सदा युवावस्था की बहार चाहता है। एक तो युवाओं को बुढ़ापे की अटलता का एहसास बड़ी देर से होता है। और होता है तब भी वह उसे मानते नहीं हैं। कुछ ग़लतियों के कारण या स्वास्थ्य के लिए उचित सावधानी न लेने के कारण अगर पिछली पीढ़ी ने बुढ़ापे में जल्द प्रवेश किया हो तो विरला ही उसकी अगली पीढ़ी उससे सबक सीख पाती है। अनुभव या होशियारी खरीदी नहीं जा सकती। हाँ, लेकिन आँख, कान, नाक को सदा खुला रखा जाए तो जल्दी समझ आती है। बुजुर्गों की बातों में अनुभवों से आई समझदारी होती है, उन्हें मानकर बुरी लतों से दूर रहना चाहिए, उचित खान-पान, नियमित व्यायाम, मन:शांति बनाए रखने के प्रयास करने चाहिए। साथ ही काम और आराम का भी संतुलन रखना चाहिए। आज जीवन की कठिन होड में यह सब करना दुष्कर सही किंतु संभव अवश्य है।

दो पीढीयों की सोच में अंतर तो होता ही है । खान-पान, पेहनावा, नींद, संगीत के नाम पर शोरगुल मचाना ऐसी कई सारी आदतों में और बातों में अंतर होगा ही। 'पिंडे पिंडे मतिर्भिन्नता' इस न्याय से दो पीढ़ीयों में ही नहीं तो एक ही पीढ़ी के लोगों में भी अंतर होता है। लेकिन किसी एक पीढ़ी की या किसी एक व्यक्ति की सारी बातें सही नहीं हो सकती। और यही बात सभी पीढ़ीयों ने ध्यान में रखनी चाहिए। एक दूसरे को

समझ लेना चाहिए। इससे एक दूसरे पर इल्ज़ाम नहीं लगाए जाएँगे। फिर भी पुरानी पीढ़ी और नई पीढ़ी में 'तू तू-मैं मैं' चलती ही रहेगी।

पूर्व काल में भारत में संयुक्त परिवार हुआ करता था। वह नि:संदेह अच्छा था। दुनियाभर में उसे सराहा गया था। किंतु हमे पश्चिमी जगत की नकल उतारने का मानो शाप सा लगा हुआ है या यूँ कहें कि हमारी संयुक्त परिवार पद्धति को किसी की नज़र लगी है। यह मानना पड़ेगा कि उसमें अनचाहा परिवर्तन हो गया है। हम जानते ही हैं कि यह परिवर्तन पिछले पचास सालों में बड़ी तेजी से हुआ है।

बच्चों का लालन पालन करना, शिक्षा देना, सुसंस्कारित करना, सुविचार-सदाचार की सीख देना, युवा होने पर उनके अनुरूप साथी ढूँढ़ कर विवाह करा देना, नौकरी-व्यवसाय में सहायता देना, रहने के लिए किराये का या निजी घर उपलब्ध कराना ऐसी कई सारी सुविधाएँ माँ-बाप से मिला करती थी। जब माँ-बाप बूढ़े हो जाते हैं, उनके हाथ-पाँव थक जाते हैं, उनकी आमदनी घट जाती हैं, बीमारी से या बुढ़ापे से विकलांगता आती है तब उनकी ज़रूरतें पूरी करना, देखभाल करना, सेवा करना, उनकी लाठी बन कर उन्हें आधार देते हुए उनके दुर्बल हुए मन में उम्मीद भर देना यही अपनी भारतीय सभ्यता तथा परंपरा है।

घर गृहस्थी में बहू को सास से मिलनेवाली सीख और जीवन-संग्राम में बाप से बेटे को मिलनेवाला सलाह मशवरा महत्वपूर्ण हुआ करता था। घर के पोते-पोतियों को दादा दादी से लाड प्यार मिलता था और दादा दादी को भी अपने पोते-पोतियों की बाललीलाएँ देखने में, उनके तोतले बोल सुनने में आनंद आता था। बहू अगर नौकरी करनेवाली हो तो बच्चों के पालन, पढ़ाई, संस्कार में दादा दादी का योगदान महत्वपूर्ण होता था। ऐसा हुआ करता था भारतीय आदर्श परिवार। किंतु... ऐसे हँसते खेलते परिवारों को मानो नज़र सी लग गई। पश्चिमी दुनिया का अनुकरण, समय की माँग या कालप्रवाह की बदलती दिशा... कारण कुछ भी हो। लोग आत्मकेंद्रित होने लगे। स्वार्थ गगन को छूने लगा। बात बिगड़ने लगी। 'हम दो, हमारा एक या दो,' यह सूत्र सामने आया। परिवार के ज्येष्ठ व्यक्ति नकारे जाने लगे। उनके स्वास्थ्य की शिकायतें सिरदर्द बनने लगी। महँगाई के कारण उनपर होनेवाला खर्च बोझ लगने लगा। उनकी सलाह, अडचन होने लगी। जिससे एकत्रित परिवार पद्धति नष्ट होने लगी। नई पीढ़ी ने छत्रछाया खो दी, तो पुरानी पीढ़ी के पाँवों तले से ज़मीन सरक गई। बच्चों ने लाड प्यार खो दिया तो बूढ़ों की नज़रें पोतेबालों के लिए तरसने लगी। नुकसान तो सभी का हुआ। पीढ़ीयों के इस द्वंद्व में विजय किसी की भी नहीं हुई।

आज के वृद्ध व्यक्तियों को जितनी समस्याओं का सामना करना पड़ रहा है, उन सभी या उनसे भी अधिक समस्याओं का सामना आज की युवा पीढ़ी को उनके बुढापे में करना पड़ेगा। इस बात का नीर-क्षीर विवेक आज की युवा पीढ़ी में नहीं है। आगे जानेवाले व्यक्ति को खाई में गिरता हुआ देखकर भी यह पीढ़ी खाई की ओर बढ़ रही है। अब तक की बात कुछ सहनीय थी। किंतु अब जब युवा पीढ़ी, उनके बुज़ुर्गों को उनके अपने घर से बाहर करती है, उन्हें ग़ाली-गलोच करती दिखाई देती है, ८-१० साल का नाती, दादी ने दस रुपए देने से नकारने पर उसके पेट में चाकू भोंक देने की खबर आती है, तब मन व्यथित हो जाता है। 'ना इलाज को क्या इलाज' इतना कह कर चुप रहना पड़ता है।

चिकित्सा क्षेत्र में आज नेत्रदीपक प्रगती हुई है, स्वास्थ्य के प्रति मनुष्य का ज्ञान विकसित हो रहा है। इसलिए उसका आयुर्मान काफी बढ़ा हुआ है। भारत ने स्वतंत्रता प्राप्त करने के ३० साल पश्चात यह बढौतरी हुई है। हमारे देश के ही नहीं तो दुनियाभर के लोगों की आयुर्मर्यादा बढ़ी हुई है। यह परिवर्तन वैश्विक स्तर पर हो रहा है। एक ओर यह अच्छी बात है। किंतु जब व्यक्तियों की समस्याएँ बढ़ती हैं, तब वह वैश्विक स्तर पर उग्र रूप धारण कर लेती हैं। इसलिए अब इस विषय पर वैश्विक स्तर पर विचार मंथन तथा संशोधन ज़ारी है। उसके लिए वैश्विक स्तर पर उपाय ढूँढ़ कर उन्हें लागू करने की आवश्यकता है। आज इस समस्या ने उग्र रूप धारण कर लिया है। किंतु आनेवाले ३०–४० सालों में यह समस्या कराल रूप धारण करेगी। इसलिए इस समस्या के लिए व्यक्ति, समाज, देश तथा वैश्विक स्तर पर तथा तत्काल उपाय ढूँढ़ने की तीव्र आवश्यकता है। अन्यथा यह समस्या अपनी भयानकता, क्रूरता दिखाएगी। इसमें परिवार, सेवाभावी संस्थाएँ, देशों की सरकारें इन सभी का सक्रिय समावेश होना चाहिए।

सभी देशों में ज्येष्ठ व्यक्तियों की बढ़ती आबादी के सांख्यिकी आधार का अभ्यास हो रहा है। उदाहरण के तौर पर अमरिका की स्थिति देखें – सन २०१३ में अमरिका में ६५ साल से अधिक उम्र के लोगों की संख्या थी ४४.७ मिलियन्स (१४.१%)। इस गति से सन २०६० में वह ९८ मिलियन्स (२१.७%) हो जाएगी।

भारत में यह गिनती अलग है। भारत में आज युवाओं की संख्या अधिक है। किंतु यह पीढ़ी जब बुढापे में जाएगी तब भारत में बूढ़े लोगों की संख्या अत्यधिक होगी। आज यहाँ पर ६५ से अधिक उम्र के लोगों की संख्या ५.३% तो १४ से कम उम्र के लोगों की संख्या ३१.२% इतनी है। ३०-३५ साल बाद वृद्ध लोगों की संख्या ३५-४०%

होगी। इस बात को ध्यान में रखते हुए हमे अभी से वृद्धों की समस्याओं के समाधान ढूँढ़ने के प्रयास को ज़ोर देना होगा।

बदलता तन, बदलता मन

मनुष्य की उम्र बढ़ने के साथ ही, हलके कदमों के संग उसके तन मन में बदलाव आने लगते हैं। मराठी के एक नाटक 'संगीत शारदा' में एक गाना है—

" बूढा न इतना, महज पचहत्तर का हूँ;
शादी के लिए जो अति कम है;
कहीं-कहीं विरल केश हुए हैं;
सर पे गंजापन बढिया दिखता है;
बूढा न इतना, महज पचहत्तर का हूँ"

उम्र के साथ शरीर के सभी अंगों में थोडे बहुत बदलाव आने लगते हैं। इन बदलावों में लिंग और व्यक्ति के अनुसार अंतर होता है। बाल सफेद होना, कम होना, गंजापन आना ऐसे बदलाव आते हैं। आज कल तो बालों का यह बदलाव उम्र बढ़ने की प्रतिक्षा भी नहीं करता। अधीर हो कर किसी भी उम्र में आ जाता है। त्वचा शुष्क हो जाती है, त्वचा पर झुर्रीयाँ दिखाई देने लगती हैं, गले पर त्वचा ढीली हो कर उसमें शिकन आने लगती हैं। पुरुषों के पेट की चरबी बढने से उनकी तोंद निकल आती है। तो महिलाओं के घुटनों में असमान संघर्षण होने के कारण उनकी युवावस्था की हंसिनी चाल बदलकर वह बत्तख जैसी (डग डग) हो जाती है। ढंगदार शरीर बेढंगा हो जाता है। पेट पर टायर आता है तो भुजाओं, हाथों, की त्वचा लटकने लगती है। वक्षस्थल ढीले हो जाते हैं। आँखों की रोशनी कम होने लगती है। आँखों का सामंजस्य कम होने के कारण उम्र के चालीस पूरे होने पर आँखों पर ऐनक चढ़ जाती है। फिर मोतीबिंदू, काँचबिंद से दृष्टि क्षीण होने लगती है। कान औरों की बातें सुनना बंद कर देते हैं। इससे होता यह है कि समक्ष चलनेवाली बातें अंदाज़ से समझनी पड़ती है, ग़लतफहमियों का सामना करना पड़ता है या फिर श्रवणयंत्र की सहायता लेनी

पड़ती है। नाक की सूँघने की क्षमता कम हो जाती है। कान के पाले ढीले पड़ जाते हैं। आज कल लोग अपने दाँतों का खयाल अच्छा रखते हैं। दंत चिकित्सा में भी काफी सुधार आए हैं। इसके कारण बत्तीसी इस्तमाल करने का भाग्य कुछ ही लोगों को प्राप्त होता है। जिससे गाल चपटे हो कर चेहरा बेढंगा नहीं दिखाई देता।

हड्डियों में से कैल्शिअम की मात्रा घटने लगती है। जिससे हड्डियाँ कमज़ोर हो जाती है। उनमें वेदनाएँ होती हैं और सहजता से टूट सकती हैं। यह बात महिलाओं में अधिक दिखाई देती है। जोड़ों में में संघर्षण के कारण वेदनाएँ और फिर जोड़ों को बदलना यह पुरुषों से अधिक महिलाओं में दिखाई देता है। इनके जीवन में छाया से अधिक धूप होनी चाहिए। रोज़ सुबह ३०–४० मिनटों तक सूर्योदय के पहले किरणों में बैठने से खून में होनेवाला कोलेस्टोरोल व्हिटॅमिन डी में बदल जाता है। इससे शरीर को दोहरा लाभ मिलता है। खून में होनेवाले कोलेस्टोरोल की मात्रा घटती है और व्हिटॅमिन डी की गोली लेने की ज़रूरत नहीं पड़ती। महिलाओं में रजोनिवृत्ति के बाद हड्डियों का कैल्शिअम तेजी से घटने लगता है। इसे रोकने के लिए दूध और केलों का सेवन करना तथा कैल्शिअम की गोली लेना आवश्यक होता है।

बढ़ती उम्र के साथ साथ हाजमा बिगड़ने लगता है। पाचकसंस्था की क्षमता कम हो जाती है। इसके लिए आहार में बदलाव लाना तथा आहार का प्रमाण कम रखना आवश्यक होता है। इस उम्र में कब्ज़ की समस्या भी होती है। उसे टालने के लिए आहार में पत्तेवाली सब्जियाँ (सूप नहीं) गाजर, मूली, बीटरूट जैसे कंद और फलों का समावेश करना चाहिए। बढ़ती उम्र के साथ हार्मोन्स में असंतुलन आने से कामेच्छा घटती जाती है। जननमार्ग में शुष्कता आने से भी पीड़ा होती है। ऐसे में ज़रूरत होने पर बाह्य चिकनाई (ल्युब्रिकेट) का उपयोग करना उचित होता है। बढ़ती उम्र में लैंगिक संबंधों को कम करना चाहिए; और अगर वह कम हो रहे हों तो उसका स्वीकार करना चाहिए।

मांसपेशियों की ताकत कम होने के कारण मेहनत का काम कम करें किंतु व्यायाम में नियमितता रखें। इससे मांसपेशियाँ अधिक काल तक अपनी क्षमता बनाए रखती हैं। दीर्घ श्वसन, प्राणायाम, योगासनों से शरीर का लचीलापन बना रहता है। इससे शरीर को चोट पहुँचने की संभावना कम होती है। फेफडों की क्षमता अच्छी हो तो श्वसन सम्बंधी व्याधियों की पीड़ा नहीं सहनी पड़ती। बढ़ती उम्र के साथ शरीर पर खून की कमी, उच्च रक्तचाप, मधुमेह जैसे आभूषण चढ़ने लगते हैं, उनको उतारना कोई आसान काम नहीं होता। उच्च रक्तचाप, मधुमेह तथा रक्त वाहिनियों का लचीलापन कम होता है। जिससे कारण हृदय, फेफडें, मूत्रपिंड, मस्तिष्क जैसे सभी महत्वपूर्ण

अंगों में रक्त की आपूर्ति यानी की रसद कम होने लगती है। परिणामत: हृदय विकार या पैरालिसिस जैसी बीमारियाँ होने की संभावना होती है। कोई व्यक्ति अगर तमाखू सेवन करता हो तो ऐसी बीमारियों को बढ़ावा मिलता है जिसे टालना चाहिए। वृद्ध पुरुषों में प्रोस्टेट ग्रंथियाँ बढ़ने से, विशेषत: रात के समय उन्हें बार-बार पेशाब की भावना होती है। बार-बार मूत्र-संक्रमण होता है। पेशाब न होने के कारण पेट फूलता है। रजोनिवृत्ति के बाद योनी मार्ग का संकोच होने से, महिलाओं को भी यह पीड़ा हो सकती है। इसलिए दोनों ने ही डॉक्टर की सलाह से उचित उपचार करने चाहिए।

कामजीवन जारी रहा तो पुरुषों में प्रोस्टेट का कर्करोग होने की संभावना कम होती है। पुरुष और महिला दोनों का भी कामजीवन जारी हो तो जीवन का आनंद और प्रेम की भावना बनी रहती है। मन आनंदित रहा तो शरीर में भी रोगप्रतिकारक शक्ति बनी रहती है। इसलिए मन को सदा आनंदित रखें।

महिलाओं ने प्रजननक्षम उम्र में अपने बच्चों को स्तनपान कराने से उन्हें स्तन में दूध उतर आने का आनंद प्राप्त होता है। उनकी रोगप्रतिरोधी शक्ति बढ़ती है और स्तन के कर्करोग की संभावना कम हो जाती है। स्तनपान कराने के ऐसे कई लाभ होते हैं।

कर्करोग यह मानव का एक बड़ा शत्रु है। बालों को छोड़ कर वह किसी भी अंग पर धावा बोल सकता है। महिलाओं में प्रमुखता से स्तन का तथा गर्भाशय का कर्करोग होने की तथा पुरुषों में प्रमुखता से प्रोस्टेट का कर्करोग होने की संभावना होती है। इसे ध्यान में रखते हुए बढ़ती उम्र में समय समय पर योग्य डॉक्टर से अपनी जाँच करवा लेनी चाहिए। बढ़ती उम्र के साथ मस्तिष्क में रक्त की आपूर्ति घटने लगती है। जिससे उच्च रक्तचाप तथा मधुमेह जैसी व्याधियाँ शरीर में प्रवेश कर के मस्तिष्क की ग्रहणशीलता कम कर देती हैं। जिसके कारण स्मरणशक्ति की तुलना में विस्मरणशक्ति बढ़ जाती है। ऐसे लोग एक ही बात बार-बार दोहराते दिखाई देते हैं। विस्मरण जब मर्यादा से आगे जाता है तब वह 'डिमेन्शिया' नामक व्याधी बन जाता है। यह व्याधी आखरी चरण पर पहुँचती है तब उसे 'अल्झायमर्स' कहा जाता है। इसी प्रकार की एक पीड़ादायी बीमारी है, 'पार्किन्सन'। आखिर में रक्त में गुठलियाँ आने से/ रक्त के पिंडक बन जाने से विकलांग कर देनेवाली पैरालिसिस की बीमारी आ जाती है जिसे कोई भी नहीं चाहता। इन बीमारियों को दूर रखने के लिए नियमितता से शारीरिक तथा मानसिक/बौद्धिक व्यायाम लेते रहना चाहिए। बुरी लतों से दूर रहना चाहिए। अगर रक्तचाप या मधुमेह जैसी व्याधियाँ हों तो उन्हें नियंत्रित रखना चाहिए। और जीवन को तनाव रहित रखने की कला साध्य कर लेनी चाहिए। फिर भी अगर कोई बीमारी आती है, तो तुरंत योग्य डॉक्टर से योग्य चिकित्सा लेना उचित होता है।

किंतु बीमारी को दूर रखना हो तो समय पर ही प्रतिबंधक उपाय करना आवश्यक होता है।

नियमित रूप से शारीरिक, मानसिक व्यायाम लेने पर तथा उचित आहार और पर्याप्त निद्रा जैसे सभी प्रतिबंधात्मक उपाय करने पर भी डॉक्टर के पास जाना पड़े तो अच्छा यही है कि उसमें विलंब न करें। डॉक्टर ने बताई हुई जाँच साल में एक बार करा लें, या रक्तचाप, मधुमेह जैसी बीमारियों में आवश्यक जाँच डॉक्टर ने बताए हुए अंतर से करते रहें।

परिवार के ज्येष्ठ सदस्य अगर खुद चल कर डॉक्टर पास जाने में असमर्थ हो तो वह पुण्यकर्म उनकी अगली पीढ़ी यानी की उनके पुत्री, पुत्र, बहु या पोते-पोतियाँ करें। रामायण काल में कोई बाल श्रावण वृद्ध अंध माता पिता को काँवर में बिठा कर कंधे पर तीर्थयात्रा के लिए ले गया था। इस युग के बच्चों ने आवश्यकता होने पर अपने माता पिता को डॉक्टर के पास ले जाना, उन्हें तीर्थ यात्रा कराने से कम पुण्य का काम नहीं है। किसी दंपती के बाल बच्चे न हो या दूर देश में जा बसे हो तो यह जिम्मेदारी उनके रिश्तेदारों, मित्रों या सेवाभावी संस्थाओं को निभानी पड़ती है।

जिन वृद्धों को सेवा लेनी पड़ती है उन्हें 'सेवा लेनेवाले' तथा उन्हें सेवा उपलबद्ध करानेवाले व्यक्ति या संस्था के कर्मचारियों को 'सेवा प्रदान करनेवाले व्यक्ति' कहा जाता है। कुछ प्रगत देशों में ऐसी यंत्रणाएँ शासकीय स्तर पर भी बनाई गई हैं।जितना हो सके वृद्धों ने सेवा लेना टालना चाहिए, किंतु जिन्हें आवश्यकता हो उनको सेवा देनेवालों ने खुशी से और तत्काल सेवा उपलब्ध करानी चाहिए।

अब तक हमने मस्तिष्क से सम्बंधीत व्याधियों से ले कर सभी शारीरिक व्याधियों तथा उनके लिए चिकित्सा के विषय पर विचार किया। शरीर जितना ही महत्वपूर्ण होता है, मन और मन से सम्बंधीत बीमारियाँ भी उतनीही महत्त्वपूर्ण होती है। आम तौर पर शारीरिक बीमारियों को अधिक महत्व दिया जाता है। मानसिक बीमारियों के बारे में उतनी गंभीरता से नहीं सोचा जाता। किंतु अब मानसिक स्वास्थ्य के बारे में भी रिश्तेदारों, सेवाभावी संस्थाओं तथा शासन में सजगता आ रही है। मानसिक बीमारी से त्रस्त रुग्णों के लिए यह एक खुश खबर है किंतु क्या यह खबर उन तक पहुँची है?

आनंदमय वृद्धत्व

वैसे तो युवावस्था और वृद्धावस्था को शारीरिक उम्र के अनुसार तय करने का संकेत है। प्राचीन काल में शिशु अवस्था में मनुष्य के बच्चें नासमझ हुआ करते थे। जैसे ही बच्चें बड़े होने लगते थे तो उन्हें आसपास के बड़ों की नकल उतारना अच्छा लगने लगता था। गुडिया के साथ खेलते हुए लड़की अपनी माँ की, तो लड़का अपने पिता की भूमिका निभाता था। वह अपने दादा-दादी की नकल भी उतारते थे। उसके लिए दादी की लाठी लेते थे और दादाजी का कोट, पगड़ी, ऐनक, पैरों में बड़े जूते पहना करते थे। अब खेल भी बदल गए हैं और दादा दादी का पेहनावा भी बदल गया है। फिर भी बड़ों की नकल उतारना और जल्दी जल्दी उनके जितना बड़ा बनने की इच्छा इस युग की नई पीढ़ी में भी दिखाई देती है। युवावस्था में इच्छा, आकांक्षा, विचारों का तूफान उमडता रहता है। किंतु नौकरी-व्यवसाय से निवृत्त होने पर न जाने वह सारी इच्छाएँ कहाँ खो जाती हैं। अचानक से आई रिक्तता ड़रावनी लगती है। सारा जीवन शून्य सा लगने जगता है। परिवार, समाज के दृष्टिकोण से हमारा महत्त्व कम हो गया है यह भावना पनपने लगती है। भविष्य की चिंता सताने लगती है।

इस मानसिकता का वास्तव कारण यह है की नौकरी से निवृत्ति के नियमों में, आज-कल बढ़ते आयुर्मान का विचार नहीं किया गया है । अर्थात वृद्धत्व को शारीरिक उम्र के बजाय मानसिकता के आधार पर निश्चित किया जाना चाहिए। जो लोग उम्र के साठ साल बाद भी शारीरिक तथा मानसिक रूप से सक्षम होते हैं वह खुद को वृद्ध नहीं मान सकते। उनमें जीवन के प्रति उत्साह और उमंग बरकरार रहती है। इसके विपरित जो लोग मानसिक रूप से दुर्बल होते हैं वह हमेशा वृद्धत्व का अनुभव करते रहते हैं। किंतु आज के ज़माने में ६० से ले कर ७९ उम्र तक के लोग यही सोचते हैं, 'अभी तो मैं जवाँ हूँ!'

अभी तो मैं जवाँ हूँ!

कहते हैं की इक्कीसवी सदी उच्च तकनीकी की सदी है। चिकित्सा क्षेत्र ने तो गरूड जैसी उँची उड़ान भरी है... ना ना, मिसाईल उड़ान भरी है, जिससे मनुष्य के जीवन में आमूलाग्र परिवर्तन आया है।जिससे उसका आयुर्मान भी तेजी से बढ़ रहा है। वैसे तो मनुष्य का बढ़ता आयुर्मान यह इक्कीसवी सदी की सब से बड़ी उपलब्धि है। किंतु इसके साथ कई सारी समस्याएँ भी आ रही है। मनुष्य का बढ़ता आयुर्मान और घटती प्रजनन संख्या के कारण उत्पादक युवाओं की कमी और उत्पादन क्षमता रखनेवाले ज्येष्ठों की संख्या बढ़ रही है। इस समस्या से विश्वभर के सभी देशों की आर्थिक स्थिति में असंतुलन आ रहा है। इस समस्या ने आज आम आदमी, प्रसार माध्यम तथा देश चलानेवाले शासनकर्ता सभी का ध्यान अपनी ओर खींच लिया है और सब को जड़ से हिला दिया है।

सौ साल पहले उम्र के साठ साल पूरे करना प्रशंसनीय माना जाता था। पोपला मुँह, उजडा हुआ माथा, शरीर की बनी कमान... उम्र के साठवें साल में मनुष्य का रूप ऐसा हुआ करता था । ऐसे माना जाता था कि नौकरी से निवृत्त होना यानी किसी काम का न रहना। बस हरीनाम का जाप करते हुए, 'उसके' बुलावे का इंतज़ार करना। किंतु इक्कीसवी सदी में यह चित्र पूरी तरह से बदल गया है। उम्र के अस्सी साल होने पर भी मुँह में सारे दाँत दिखाई देते हैं। दिमाग अच्छी तरह से काम करता है। शरीर भी सीधा खड़ा दिखाई देता है। जीवनावस्था दर्शानेवाली उम्र की परिभाषा बदल रही है। अब ६० से ७९ तक की उम्र को मध्यम उम्र/ मध्यवयीन कहा जाता है। अर्थात 'ज्येष्ठता' की उपाधि उम्र के अस्सी साल के बाद प्राप्त की जाती है। उम्र की परिभाषा बदलने का आरंभ हुआ प्रगत देशों में। किंतु अब प्रगतशील तथा अप्रगत देशों में भी यही स्थिति दिखाई देती है। सन १९७४ में मैं लंदन के एक अस्पताल में काम करता था। वहाँ का एक किस्सा आपको बताना चाहता हूँ। उस समय उम्र के साठ साल होने पर कहा जाता था कि अक्ल सठिया गई है। अब तो केवल 'उसके' बुलावे का इंतज़ार करना है। एक दिन सेंट मार्क्स अस्पताल में एक रुग्ण की जानकारी दर्ज करते हुए मैं ने हमेशा की तरह सवाल पूछा, 'आपकी उम्र क्या है? – हाऊ ओल्ड आर यू?'

उसने आश्चर्य से इधर उधर देखा और मेरी ओर देख कर पूछा, 'क्या मैं वृद्ध हूँ?'

उसके सवाल से मैं चौकन्ना हो गया और उसके सवाल को समझ कर दूसरा सवाल किया, 'ठीक है, आप कितने जवान हैं ?'

तब जवाब आया, 'हाँ, अब सही सवाल पूछा! मैं सिर्फ पैंसठ साल का हूँ |'

तो दोस्तों, इस तरह सन १९७४ में लंदन में मेरे साथ ऐसी शरारत खेली गयी। अब तो भारत में भी हम लोग बच्चों से ले कर ७९ साल तक के व्यक्तियों को यह पूछने की हिम्मत नहीं करते कि, 'आपकी उम्र क्या है?' हम कहते हैं कि, 'अभी तो आप जवान हैं किंतु क्या आप अपनी उम्र बताने की मेहरबानी करेंगे?'

हमारे देश में भी अब नई परिभाषा के अनुसार मध्यवयीन तथा ज्येष्ठ व्यक्तियों की संख्या तेजी से बढ़ रही है। किंतु उनमें से अनेकों के आमदनी के मार्ग अभी भी उम्र के साठ साल में ही बंद हो जाते हैं या कम हो जाते हैं। साथ ही जीवन की कड़ी होड़ में अविरत भागती हुई नई पीढ़ी के पास परिवार के ज्येष्ठों के लिए न समय होता है और न ही पैसा। हमने अपनी युवावस्था में बच्चों का लालन पालन किया था, अपने बुजुर्गों की देखभाल की थी; तो भी नई परिभाषा के अनुसार अपनी मध्यवयीन या ज्येष्ठ अवस्था में (६०–७९) हम खुद की जिम्मेदारी अपने बच्चों पर सौंपने का विचार नहीं कर सकते। केवल भारत में ही नहीं तो पूरी दुनिया में आज यही हालत है। इसलिए यह बहुत ज़रूरी हो गया है कि लोग अपनी ज्येष्ठ अवस्था के लिए अर्थात निवृत्ति के बाद अपनी आर्थिक ज़रूरतें, बीमारी तथा सामाजिक जीवन के लिए नए सिरे से नियोजन करें। किंतु यह केवल उच्च मध्यमवर्गीय समाज के लिए ही संभव है। भारत जैसे खेतीप्रधान देश में साठ प्रतिशत जनसंख्या गाँवों में रहती है। मेहनत कर के रोजी-रोटी कमाती है। उनके लिए तो भविष्य के लिए निवेश करना मानो ऐश करने जैसा है। उनके लिए वह संभव नहीं होता। उनमें भी पिछड़ी जाति तथा दुर्बलों की स्थिति और भी कठीन होती है। उनकी अगली पीढ़ी भी बड़ी कठिनाई से रोजी रोटी बटोरती हो या गाँव छोड़ कर नौकरी के लिए शहर चली गई हो, तो जगह की कमी के कारण या कमाई पर्याप्त न होने के कारण अपने बुजुर्गों की जिम्मेदारी उठाने के लिए सक्षम नहीं होती। उनका मन भी उसके लिए तैयार नहीं हो पाता। ऐसे ज्येष्ठ व्यक्तियों की हालत बहुत बुरी हो जाती है। जिनकी अन्न, वस्त्र, आवास तथा स्वास्थ्य सेवाओं जैसी प्राथमिक ज़रूरतें भी पूरी नहीं हो पाती, उन ज्येष्ठ व्यक्तियों के लिए सम्मान का जीवन तो दूर की बात है, वह एक साधारण जीवन भी नहीं जी पाते। वह चुपचाप, ड़रे ड़रे रहते हैं। कल का सूरज देख पाने की उम्मीद भी खो बैठते हैं। वह सोचते हैं कि कल का दिन नहीं देखा तो कल की पीड़ा से भी छुटकारा मिलेगा। ऐसे निराशावादी ज्येष्ठों के लिए मृत्यू ही उपचार होता है। फिर भी स्थिति का स्वीकार कर के वह जीते रहते हैं, जब तक यमराज के दूत को उन्हें उठाने न आ जाए।

ऐसे दीन, दुर्बल, विकलांग ज्येष्ठ व्यक्तियों को भी जीने का पूरा अधिकार होता है। इस बात को ध्यान में लेते हुए देश के धनी समाज ने मानवता की भावना से समाज के ज्येष्ठ

व्यक्तियों की सहायता के लिए योगदान दे कर अपना उत्तरदायित्व निभाना चाहिए। सभी देशों में ज्येष्ठ व्यक्तियों की सहायता के लिए वृद्धाश्रम, स्वास्थ्य सेवाएँ, आरोग्य बीमा, निवृत्त वेतन योजनाओं जैसी सुविधाएँ तथा संरक्षण (Security)विषयक ज़रूरतें पूरी करनी ही होगी। फिर चाहे उसके लिए धनी समाज को 'सामाजिक संरक्षण कर' क्यों न ज़ारी करना पड़े, यह सरकार का परम कर्तव्य है।

पिछले कुछ दशकों में भारत सरकार ने, ज्येष्ठों की आर्थिक सहायता के लिए 'इंदिरा गांधी वृद्ध पेन्शन योजना' तथा स्वाथ्य विषयक सहायता के लिए 'राजीव गांधी जीवनदायी योजना' ज़ारी की हैं। ज्येष्ठ व्यक्तियों को यात्रा शुल्क में तथा आयकर में छूट दी गई है।

ज्येष्ठों में और खास कर गाँव के ज्येष्ठ व्यक्तियों में आज भी निरक्षरता का प्रमाण ७० प्रतिशत है। किंतु शहरों में रहनेवाले शिक्षित ज्येष्ठ भी उनकी शारीरिक अथवा मानसिक विकलांगता में उनका लाभ नहीं ले सकते। क्योंकि उन्हें भी शासकीय योजनाओं की जानकारी नहीं होती। अपने अधिकारों की जानकारी नहीं होती। अगर होती भी है, तो उसके लिए संघर्ष करने की क्षमता नहीं होती। शासकीय कर्मचारियों तथा शासन को भी ज्येष्ठ व्यक्तियों की परवाह नहीं होती। वह केवल स्वार्थ जानते हैं, कर्तव्य नहीं। परिणामत: ज्येष्ठों के लिए बनी सभी शासकीय योजनाओं का लाभ प्राप्त करनेवाले ज्येष्ठों का प्रमाण अत्यल्प है। कोई भी योजना, फिर वह भली हो या बुरी, वह शाश्वत नहीं होती। कभी न कभी यहाँ का भ्रष्टाचार और अनास्था भी बदल जाएगी। स्थिति में सुधार आएगा, ज्येष्ठों को उनके लिए बनी सुविधाओं का लाभ मिलेगा यह सपना देखने में क्या हर्ज है? स्वप्ने किं दरिद्रता?

ज्येष्ठ व्यक्तियों ने बढ़ते आयुर्मान को ध्यान में लेते हुए आर्थिक स्तर पर अपनी अगली पीढ़ी पर निर्भर रहना टालना चाहिए। अपने और अपनी पत्नी के भविष्य के लिए आर्थिक नियोजन करना चाहिए। कहते हैं ना कि, अपना दाना-पानी दान करें किंतु निवासस्थान नहीं। वरना उनकी हालत मराठी के 'नटसम्राट' नाटक के नायक की तरह हो सकती है, जिन्हें अंत में घर के लिए दर-दर भटकना पड़ा था! ऐसी व्यवस्था करें कि उनका घर उनके पश्चात उनके वारिसों को मिले। अपने बैंक बैलन्स की व्यवस्था भी ऐसे ही करें। याद रखें की मधुघट खाली हो जाए तो मधमक्खियाँ भी उससे दूर चली जाती हैं। परिवार के साथ रहना हो तो ज्येष्ठ व्यक्तियों ने अधिकार नहीं जमाना चाहिए और कोई उनपर अधिकार जमाए तो नम्रता से विरोध करना चाहिए। अपने विचार अगली पीढ़ी पर न थोपें; हठ न करें; बार बार अपनी बीमारी का रोना न रोते रहें। ज़रूरत हो तब छोटों को उपहार दें और संभव हो तो ज़रूरत पड़ने पर पैसों

से सहायता भी करें। पूछे जाने पर ही सलाह दें और घर के छोटे कामों की जिम्मेदारी उठाएँ। इस प्रकार ज्येष्ठों का व्यवहार समझदारी का हो तो दोनों पीढीयाँ सुख से साथ रह सकती हैं। किंतु किसी कारण से वह संभव न हो तो अलग रहना ही उचित होता है। दूर रह कर भी एकदूसरे की सहायता की जा सकती है। परिवार के साथ रहना या अलग रहना भी संभव न हो, तो अथश्री, वृद्धाश्रम या तत्सम विस्तारित परिवार का सदस्य बने रहना ही उचित होगा।

वृद्धावस्था में नई बातें सिखना कठीन होता है। क्योंकि मस्तिष्क की ग्रहण क्षमता कम हो जाती है। किंतु इस काल में समय की कोई कमी नहीं होती। इसलिए ज्येष्ठ व्यक्तियों ने जितना हो सके स्मार्ट फोन, इंटरनेट, संगणक जैसे नए तकनीक सीख लेने चाहिए। और अपने कामों के लिए उन्हें उपयोग में लाने का प्रयास भी करना चाहिए। बढ़ती उम्र के साथ बढ़नेवाली स्वास्थ्य की समस्याओं से बचने के लिए नियमित रूप से डॉक्टर की सलाह तथा उपचार लेने चाहिए। शरीर तथा मन की घटती क्षमता को ध्यान में रखते हुए उचित प्रमाण में शारीरिक, मानसिक व्यायाम लेना चाहिए। अपने सभी काम आप ही करने का आनंद पाने के लिए आत्मविश्वास बनाए रखना चाहिए।

अपनी वृद्धावस्था को आनंदित बनाना हो तो 'अपेक्षारहित जीवन मंत्र' जाप करें। इससे स्वभाव के अन्य दोषों के कारण आनेवाला दुख सहना नहीं पड़ेगा।

सहजीवन का स्नेह

आखिर स्नेह क्या होता है? स्नेह भावना पर केवल मनुष्य का अधिकार नहीं है। वनस्पती और प्राणी भी प्रेमालाप करते हैं। किंतु बुद्धिमता के कारण मनुष्य के स्नेह में इतने विभिन्न रंग होते हैं कि उन्हें देख कर इंद्रधनुष भी शरमा जाए। माँ का अपने नन्हे के प्रति की प्रेम भावना तो सभी जानते हैं। महाराष्ट्र में हिरकणी की कथा बहुत प्रसिद्ध है। अपना लाड़ला भूक से तिलमिलाता होगा इस कल्पना से हिरकणी ने अपने जान की बाज़ी लगाते हुए अँधेरे में ही उँचे पर्बत की कगार को पार किया और अपने लाड़ले को दूध पिलाया। यह इतिहास कभी भुलाया नहीं जा सकता। यौवन की बहार से खिले हीर-रांझा, लैला-मजनूं की प्रेमकथाएँ अमर हो गई हैं। आम तौर पर युवक-युवतियों का प्रेम विवाह में परिवर्तित हो जाता है। भारतीय परंपरा में माँ बाप ही अपने पुत्र पुत्रियों के लिए जीवनसाथी का चयन करते हैं। और ऐसे विवाह के पश्चात के सहजीवन में प्रेम की ड़ोर से उनका रिश्ता दृढ होता जाता है। रिश्ता कोई भी हो, कारण कोई भी हो, प्रेम तो प्रेम ही होता है। और निश्चय ही वह मन मस्तिष्क को आनंदित रखने का काम करता है।

कहते हैं कि 'ईश्वर भक्ति का भूखा होता है'| किंतु भगवान कोई व्यक्ति नहीं तो केवल एक संकल्पना है। या यूँ कहे कि वह एक विश्वव्याप्त शक्ति है; इसलिए वह भूखा तो नहीं रह सकता। हाँ, किंतु मनुष्य हमेशा प्रेम का भूखा होता है, यह त्रिवार सत्य है। प्रेम से मनुष्य का जीवन खिल उठता है, समृद्ध होता है, संतुष्ट होता है। बचपन में माँ-बाप, भाई-बहनों का प्रेम मिलता है; तो युवावस्था में प्रियतम के प्रेम की बहार आती है। विवाह के पश्चात सहजीवन से बना प्रेम का मुरब्बा, जीवन की मिठास बढ़ाता है। सहजीवन के साथ प्रेम में समझदारी आने लगती है। उसमें शारीरिक आकर्षण न रहने पर भी प्रेम बना रहता है। दोनों जीवनसाथी मानो एक से हो जाते हैं। शारीरिक आकर्षण की जगह अब त्याग और समझदारी ले लेती है।

'ओ साथी रे, तेरे बिना भी क्या जीना,' यही भावना होती है युवा प्रेम में। युवा युवतियों का प्रेम बड़ा लुभावना होता है। उसमें त्याग की भावना भी पनपने लगती है। एकदूसरे के बिना जीना कठीन हो जाता है। किंतु... अगर मृत्यु सामने खड़ी हो जाए तो प्राणी की मूल वृत्ति के अनुसार हर कोई पहले अपनी जान बचाने में लग जाता है। इसीको 'उत्क्रांती की सर्वोच्च प्राथमिकता' कहा जाता है। बिरबल-बादशाह की कहानी की बंदरिया तो आपको याद होगी ही। उसे उसके बच्चे के साथ हौज में छोड़ कर हौज को पानी से भर देने पर अपनी जान बचाने के लिए वह बच्चे के ऊपर चढ़ जाती है। हाँ, किंतु जान बचने पर मनुष्य अपनी प्रियतमा को ही सब से अधिक चाहता है। यह केवल युवावस्था में ही नहीं तो जीवनसंध्या के समय, वृद्धावस्था में भी होता है।

जब ज्येष्ठ व्यक्ति अपने ही परिवार से दूर हो जाते हैं, तब उन्हें सहारा होता है तो बस एकदूसरे का। बच्चों ने नकारा हो, घर से बाहर किया हो, संबंध तोड़े हों, खेतीबाडी छीन ली हो, दुख कोई भी हो, उसमें पति-पत्नी दोनों ही एकदूसरे के साथ उसे बाँट लेते हैं। विवाह के समय बड़े-बुजुर्ग वधू को 'अखंड सौभाग्यवती भव' यह आशीर्वाद देते हैं क्योंकि उसे विधवा जीवन की पीड़ा सहनी न पड़े। किंतु वर के लिए कभी ऐसा आशिर्वाद नहीं दिया जाता। इसका कारण मेरी समझ में नहीं आया; अच्छा होता अगर दोनों को मृत्यु भी साथ ही ले जा सकती! पुराने ज़माने में सती प्रथा के कारण लड़की को विधवा जीवन की पीड़ा से बचाने का ही उद्देश्य होगा। किंतु वह भी एकतरफ़ा थी। किसी जीवित महिला को जला देने की प्रथा अमानुषता ही थी। उसे बंद कर देने से न धर्म का नुकसान हुआ, न भगवान क्रोधित हुए और न ही प्रलय आया। संक्षेप में कहे तो विवाह का बंधन की दृढता दोनों के लिए ही उपयुक्त होती है।

'छोड़ गए बालम, मुझे हाय अकेला छोड़ गए,' इस पंक्ति में जीवनसाथी से बिछड़ने का दुख व्यक्त किया गया है। केवल युवावस्था में ही नहीं तो वृद्धत्व में भी जीवनसाथी से बिछड़ने का दुख ऐसा ही होता है। यह समझाने की बात है। 'जिस पर गुजरती है, वही जानता है'। इसके लिए उम्र की कोई मर्यादा नहीं होती। संसाररूपी रथ का एक चक्का टूट जाए तो फर्क इतना ही होता है कि जीवनसाथी के ना होने से आनेवाली समस्याएँ युवावस्था में और वृद्धावस्था में अलग अलग होती हैं। दूसरा विवाह करना या सहनिवास *(Live in relationship)* का स्वीकार करना वृद्धावस्था की तुलना में युवावस्था में आसान होता है। परिवार और समाज भी सहजता से उसका स्वीकार करता है।

हाल ही में मैंने फेसबुक पर ९० वर्ष के एक धनी वृद्ध की विवाह की इच्छा व्यक्त करनेवाली पोस्ट देखी थी। उसकी बड़ी आलोचना की गई। लोगों ने कहा कि शायद

इस उम्र में इसे अपनी सेवा करवाने के लिए नर्स का काम करनेवाली पत्नी चाहिए। इससे तो अच्छा है कि वह किसी नर्स को ही नियुक्त करें या किसी वृद्धाश्रम का सहारा ले ले। अगर विवाह का उद्देश्य केवल लैंगिक संबंधों का न हो कर, जीवनसाथी पाना हो तो उसे उम्र की कोई मर्यादा नहीं होनी चाहिए। सुख-दुख बाँटना, गप-शप करना, ज़रूरत पड़ने पर एक दूसरे को सहायता करना, इस तरह के प्रेम के लेन-देन के लिए विवाह या सहनिवास का स्वीकार जरुर किया जाए। विवाह के लिए कानूनी तौर पर उसका पंजीकरण करना आवश्यक होता है।

पुरुष अगर उम्र में बड़ा हो तथा धनी हो और जिससे पुनर्विवाह करना हो वह स्त्री आर्थिक स्तर पर दुर्बल हो तो उसे पती के होते हुए और उसके पश्चात उसकी विधवा होने के नाते आर्थिक बल मिल सकता है। इसमें कोई गैर बात नहीं है। इसमें धनी ज्येष्ठ पुरुष के पुत्र पौत्रों, वारीसों का विरोध हो सकता है। किंतु वह धन उसका स्वयं अर्जित हो और उसने मरने से पहले कानूनी तौर पर वसीयत तैयार की हो, तो कानून की सहायता से उसकी पत्नी को अपना अधिकार अवश्य मिल सकता है। अब तो सहनिवास में रहनेवाले जीवनसाथी को या उसकी संतती को भी कानूनी तौर पर अपने माता पिता की सम्पत्ति में वारीस का अधिकार दिया जाता है।

जीवनसंध्या के विषय में चर्चा करते हुए आईए अब हम ज्येष्ठ व्यक्तियों की प्रेम सम्बंधीत ज़रूरतों की बात करते हैं। प्रेम विवाह हो या भारतीय परंपरा के अनुसार एकदुसरे को परखने के बाद किया गया विवाह हो; शुरू के दिन रंगीन सपनों के होते हैं। एकदूसरे के लिए जान देने की भावना होती है। दोनों ही प्रेम के पंख लगा कर अनंत आकाश में विहार करते हैं। फिर धीरे-धीरे वे ज़मीन पर आने लगते हैं। रोज़मर्रा की जिंदगी की कठिनाइयाँ दिखाई देने लगती हैं। शुरू में एक दूसरे के केवल रूप-गुण दिखाई देते हैं। फिर आँखों पर का सप्तरंगी पर्दा हट जाता है। एकदूसरे की कमियाँ दिखाई देने लगती हैं। जैसे जैसे समय गुजरता है, वैसे एकदूसरे के दोष चुभने लगते हैं। नाराज़गी जताई जाती है। मन काबू में नहीं रहता और घर की तू-तू, मैं-मैं, घर के बाहर चौक में सुनाई देने लगती है। ऐसे में दोनों ने समझदारी से, समझौते से काम लिया, तो यह दौर भी निकल जाता है। दोनों में समझदारी हो तो बात को सँभाला जा सकता है। कोई भी मनुष्य सर्वगुणसम्पन्न नहीं होता। हर एक में कोई न कोई दोष होता ही है। समझदारी हो तो प्रौढ़ता से,पक्व विचारों से अपने दोष भी जाने जा सकते हैं। और उसके बाद ही सच्चे सहजीवन की शुरूआत होती है। जो पती-पत्नी एक दूसरे के गुण-दोषों का स्वीकार कर के कई साल तक सहजीवन गुज़ारते हैं, वह बिना बोले ही एक दूसरे के मन के भाव जान सकते हैं और एक दूसरे की चाहत को पहचान कर

उसे पूरा कर सकते हैं। वही सच्चा प्रेम होता है। अब एकत्रित परिवार न होने के कारण जीवनसाथी से प्रेम, उसके स्नेह का सहारा चाहिए होता है।

मृत्यु ने अगर दोनों में से किसी एक को उठा लिया तो जीवित रहनेवाले को घोर अकेलापन सताता है। अकेलापन सहने में पुरुषों की तुलना में महिलाएँ अधिक सक्षम होती है। वह संवेदनाक्षम होती हैं, फिर भी प्राकृतिक रूप से ही तनाव की या प्रतिकूल स्थिति में जीने के लिए सक्षम होती है। घरेलू काम, रसोई के काम की उसे आदत होती है। पुरुष अकेला रह गया तो उससे साफ़सफ़ाई, रसोई अर्थात घर गृहस्थी नहीं सँभाली जाती। पत्नी की मृत्यु के पश्चात अकेला पुरुष दयनीय दिखाई देता है। किंतु दोनों में से जो भी पीछे रह जाता है, उसके लाड-प्यार करने, अपना सुख-दुख बाँटने, उसके आँसू पोंछने के लिए कोई नहीं होता; तब महिला हो या पुरुष, वह दयनीय ही होता है। अकेलेपन में घर खाने को दौड़ता है। मानो सेल्युलर जेल की, काले पानी की सजा दी गई हो। ऐसे में अकेलापन हल्का करने के लिए, लाड प्यार करने-करवाने के लिए कोई मनुष्य साथ में न हो तो किसी पालतू जानवर से उस कमी को पूरा किया जाता है। कुत्ता बिल्ली को पाला हो तो उनके साथ भी प्रेम का लेन देन करना पड़ता है। उनके खाने पीने की व्यवस्था करनी पड़ती है। फिर वह आपको छोड़ कर नहीं जाते। वह उनकी भाषा में आपसे बातें करते हैं। आपकी बातें बिना विरोध के सुन लेते हैं। आपकी आँखों में आँसू देख कर बौखला जाते हैं। कुत्ते तो आप पर हमला करनेवाले पर आक्रमण करते हैं, जान भी देते हैं। उनके जितना वफ़ादार और कोई नहीं हो सकता, मनुष्य भी नहीं। किसी मनुष्य को अच्छा खाना पीना दिया, अच्छी पगार दी तो भी आप इस बात का भरौसा नहीं दे सकते कि वह आपको धोखा नहीं देगा या ज़ायदाद के लिए आपकी जान नहीं लेगा। इसलिए अनेक निराधार ज्येष्ठ व्यक्ति मनुष्य साथी से अधिक कुत्ते का भरौसा करते हैं, उसीसे प्रेम करते हैं। देखा गया है कि कितने ही धनी ज्येष्ठ अपनी सारी सम्पत्ति अपने कुत्ते के नाम कर देते हैं।

पालतू जानवर रखते हुए और उनके प्रेम का लाभ लेते हुए एक और बात का ध्यान रखना पड़ता है। उनके वात्सल्य को, उनके बच्चों को पीड़ा दी गई तो वह आपको माफ नहीं करेंगे। आप जो बोएंगे वही पाएँगे। इसलिए प्रेम दें और प्रेम लें। प्रेम के गाँव जाकर सुख से जिए और सुख से जीने दें।

कुछ लोग मनुष्यों से प्रेम पाते हैं। फिर भी प्राणियों को प्रेम देते हैं और उनसे प्रेम पाते भी हैं, किंतु वह उनके मस्तिष्क की ज़रूरत नहीं होती; इसके पीछे भूतदया, पक्षी मित्रता, प्राणी मित्रता बनाए रखने की भावना, कुछ अलग कर दिखाने की इच्छा होती है। इसी भावना से वह तोता, कबूतर, मोर जैसे पक्षी, या खरगोश, कछुआ,

हिरन जैसे प्राणियों से दोस्ती करते हैं। कुछ लोग तो अपने साहस का प्रदर्शन करने हेतु हाथी, बाघ, शेर जैसे प्राणियों को भी पालते हैं और उनसे दोस्ती का आनंद पाते हैं।

चालीसगाव में रहनेवाले डॉक्टर पूर्णपात्रेजी ने, अपना वैद्यकीय पेशा सँभालने के साथ-साथ एक बाघ को पाला था। वह बाघ मुक्त था और उनके बंगले में घूमता-फिरता था। डॉक्टर प्रकाशजी आमटे ने हेमलकसा में चिकित्सकीय सेवा उपलब्ध कराने के साथ ही वन्यजीवों के लिए आवास का निर्माण किया है। उन्होंने भी बाघ, शेर, साप और अजगर जैसे प्राणियों से प्रेम का रिश्ता बनाया है। किंतु ऐसी रुची रखने के लिए पैसों की ज़रूरत होती है। ऐसे जंगली जीव भूखे रहें तो वह आक्रमक हो सकते हैं।

सभी को
प्रेम करने का,
प्रेम पाने का,
प्रेम की वर्षा में भीगने का,
प्रेम की दुनिया में रहने का अधिकार है

किंतु जंगली जीवों से प्रेम का रिश्ता रखने में होनेवाला खतरा ध्यान में रखना चाहिए।

ज्येष्ठ आयु के जिन लोगों को परिवार में स्थान नहीं दिया जाता, उन्हें परिवार से अलग रहने के विकल्प का स्वीकार करना पड़ता है। ऐसे ज्येष्ठ व्यक्तियों ने अपनी ज़रूरत के जितना ही बड़ा घर लेना चाहिए। सीढियां चढ़ना-उतरना स्वास्थ्य को ध्यान में रखते हुए करें। लिफ्ट की सुविधावाली गृहसंस्था में घर लेना अनेक कारणों से उपयुक्त होता है। उसमें व्यायाम के लिए जिम, वॉकींग ट्रैक, तैराकी तालाब की सुविधा होना अच्छा है। घर के पास कोई मंदिर हो तो वह धार्मिक वृत्ति रखनेवालों के लिए मन की शांति का साधन बन जाता है। घर की छोटी मोटी मरम्मत करवानी हो या सुरक्षा-व्यवस्था की जरूरत हो तो सामायिक सुविधाओं का लाभ मिल सकता है। फ़ुरसत में बातें करने के लिए या बीमारी में सहायता और सहानुभूती के लिए पड़ोसी होते हैं। यह सब बातें वहाँ रहनेवाले सभी ने एकदूसरे के लिए करना अपेक्षित होता है। मुंबई जैसी स्वकेंद्रीत, सदा व्यस्त नगरी के लोगों को यह भी पता नहीं होता की अपने पासपड़ोस में कौन रहता है। ऐसी गृहसंस्था में रहने से कोई लाभ नहीं होता। ज्येष्ठ व्यक्तियों ने अपने घरों में कुछ खास सुविधाएँ करा लेनी चाहिए। बाथरूम में आधार के लिए खड़े-आड़े बार लगा लेने चाहिए। घुटनों की पीड़ा को ध्यान में लेते हुए भारतीय पद्धती की तुलना में कमोड अधिक उपयुक्त होता है। बाथरूम में जाने के बाद गिली फर्श से फिसल कर या हृदय विकार, पैरालिसीस से ज्येष्ठ व्यक्ति गिर जाता है तो उसके

लिए उठना कठीन हो जाता है। इसलिए बाथरूम में अंदर से कुंडी नहीं होनी चाहिए। अगर अंदर से कुंडी हो तो उसके बगल में एक छोटी खिड़की होनी चाहिए। (जिसमें हाथ ड़ाल कर कुंडी निकाली जा सके) जिससे दरवाज़ा तोड़ने की नौबत नहीं आएगी। घर में उतार चढ़ाव या सीढियां नहीं होनी चाहिए।

जिस शहर में ऐसा कोई संकुल नहीं है या ऐसी गृहसंस्थाओं में फ्लैट लेना संभव न हो तो घर का कुछ हिस्सा भाड़े पर लेने की सुविधा होनी चाहिए। जिन लोगों के लिए यह सुविधा उपलब्ध नहीं है और जिन्होंने पहले से ही अपने अलग घर के बारे में नहीं सोचा है, उन्हें जो मिले वह घर भाडे से ले कर साथ में या अकेले हो तो अकेले रहना पड़ता है, जिससे उन्हें काफ़ी असुविधाओं का सामना करना पड़ता है। भारतीय संस्कृति में महिला घरेलू काम, रसोई और नौकरी सब कुछ सँभालती सकती है। पुरुष ये सारे काम नहीं करता। इसलिए वह अगर अकेला रह जाए तो अब तक जो काम नहीं किए थे, उन्हें सँभालना उसके लिए कठिन हो जाता है। किंतु असंभव नहीं होता। हाँ, बस खाना पकाना उससे नहीं होता। तब उसे बाहर का खाना खाना पड़ता है। फिर भी महिला हो या पुरुष दोनों को ही अकेलापन भारी पड़ता है। भले ही दोनों एकदूसरे को काम में सहायता न कर रहे हो किंतु भावनिक आधार देना, बातें करना, सुख दुख बाँटना, बीमारी में सेवा करना इन सब बातों में जीवनसाथी की कमी महसूस होती है। अकेलेपन में घर खंडहर लगने लगता है। परिस्थिति का स्वीकार करना पड़ता है।

ज्येष्ठ व्यक्तियों की समस्याओं को प्रस्तुत करनेवाली राजा परांजपे की मराठी फिल्म 'ऊन पाऊस' (१९५७–५८) या हिंदी फिल्म 'बागबान' हृदय को छू जाती है। जिन बच्चों को उँगली पकड़ कर चलना सिखाया, शिक्षा-संस्कार दे कर दुनियादारी निभाना सिखाया, अपने पैरों पर मज़बूती से खड़े रहने का बल दिया, समय आने पर अपनी इच्छाओं की बली दे कर जिनका लाड प्यार किया, वही बच्चे बड़े हो कर अपने माँ बाप की कैसी बुरी हालत करते हैं इसका भावुक चित्रण इन फिल्मों में किया गया है।

माँ बाप निवृत्त हुए हैं। उनकी अर्थिक स्थिति अच्छी नहीं है। शरीर पर बीमारियों ने कब्ज़ा कर लिया है। उनके मन भय से कंपित हुए हैं। यह सब जानते हुए भी दोनों को एक साथ रखने की जिम्मेदारी, दोनों को सँभालने का खर्चा टालने के लिए, अपनी आसानी के लिए उनके बच्चें उन्हें एक दूसरे से अलग कर देते हैं। उनके साथ किसी आश्रित जैसा हीन व्यवहार करते हैं। यही वास्तव इन फिल्मों में दिखाया गया है। ज्येष्ठ पती-पत्नी में से कोई एक बीमार होने पर, दूसरा उसके साथ बात करने के लिए तरसता है और चोरी छुपे फोन करता है। उसे दवाई नहीं मिल सकेगी यह जानते हुए

भी एक ने दूसरे को दवाई लेने की याद दिलाना और दूसरे ने दवाई लिए बिना ही दवाई नियमितता से लेने की झूठी बात करना और सांत्वना देना ऐसे कितने ही आँखों में आँसू लानेवाले दृष्य इन फिल्मों में हैं।

भारत में अब तक तलाक़ का प्रमाण कम हुआ करता था। पश्चिमी लोगों का अनुकरण करते हुए अब यहाँ पर तलाक़ का प्रमाण भी तेजी से बढ़ रहा है। विवाह के बाद एकदूसरे से नहीं बनती हो तो छोटी उम्र में ही तलाक़ लिया जाता है। अब तो उम्र के साठ साल पार करने के बाद भी तलाक़ की माँग करनेवाले ज्येष्ठ व्यक्ति दिखाई देते हैं। अब तक इसमें पुरुष अग्रणी थे। अब तक बच्चों की वजह से बहुत कुछ सहना पड़ा, अब पति का अत्याचार सहन नहीं होता कहकर अब साठ साल से अधिक उम्र की कुछ महिलाएँ भी तलाक़ की माँग करती दिखाई देती हैं। समान दुख सहनेवाली ज्येष्ठ महिलाओं ने एकदूसरे की सहायता के लिए दल भी स्थापित किए हैं। वहाँ एकदूसरे की समस्याएँ जान कर, एकदूसरे का दुख बाँटा जाता है, सलाह दी जाती है। इसलिए ऐसे दल उपयुक्त साबित होते हैं। नारी शक्ति की जय हो! नारी मुक्ति की जय हो!

इस समस्या पर उपाय के लिए आज कल ज्येष्ठ व्यक्ति पुनर्विवाह करते हैं या कोई संगी-साथी ढूँढ़ कर उसके साथ रहते हैं। साथ रहने के लिए स्त्री-स्त्री, पुरुष-पुरुष या स्त्री-पुरुष इन सभी विकल्पों का विचार होना चाहिए। आम तौर पर ज्येष्ठों का पुनर्विवाह उनकी अगली पीढ़ी को रास नहीं आता। फिर चाहे वह अपने ज्येष्ठों को अपने साथ रखे या न रखे। दूसरी बात यह है की पुनर्विवाह में भी बात नहीं बनी तो फिर से तलाक़, कानूनी कारवाई, सम्पत्ती में हिस्सा ऐसी कई कठीनाईयों का सामना करने की ताकत नहीं होती। इसलिए समलिंगी अथवा भिन्न लिंगी साथी को चुनकर उसके पड़ोस में या उसके साथ रहना अच्छा होता है। सच कहें तो ऐसी स्थिति में 'अथश्री' जैसा कोई संकुल या वृद्धाश्रम में रहना अधिक सुविधादायी होता है। अथश्री संकुल (विस्तारित ज्येष्ठ निवास) के विषय में पूरी जानकारी आगे दी गई है।

अपना मन

मराठी कवयित्री बहिणाबाई ने उनकी कविता में तो 'मन' को उस जानवर की तरह कहा है, जो कितना भी खदेड़ने पर, वापस फसल खाने के लिए आता है|

"बहती हवा-सा है वो, उड़ती पतंग-सा है वो,
कहाँ गया उसे ढूंढो!"

नटखट मन का विचार आते ही इस फिल्मी गीत की याद आती है। मनुष्य का मन समय आने पर कभी वज्र से कठीन तो कभी शिरीष कुसुम की तरह कोमल और भावुक हो जाता है। बढ़ती उम्र के साथ मनुष्य का अगम्य मन कोमल, संवेदनाक्षम होता जाता है। थोड़ी सी अनबन से या अपनी ओर औरों के व्यवहार में थोड़ासा बदलाव आने से भी वह घायल हो जाता है। खास कर अपने जिस जिगर के टुकड़े को लाड प्यार में नहलाया, जिसका भविष्य बनाने के लिए दिन रात एक किए, जिसे छाँव देने के लिए खुद ने कड़ी धूप का ताप सहा, उसने अगर जली-कटी सुनाई या बुरा व्यवहार किया, तो मन तार-तार हो जाता है। उसे सांत्वना देना कठीन हो जाता है। शरीर का कोई भी घाव भर आता है, हृदय की शल्यक्रिया जैसी बड़ी शल्यक्रिया करने पर होनेवाली वेदनाएँ भी सही जा सकती हैं, लेकिन मन पर होनेवाले आघात गहराई तक घाव देते हैं पर वह दिखाई नहीं देते, वह जल्दी नहीं भर आते, कुछ घाव तो कभी भी नहीं भर सकते। जीवन संध्या की विचित्र बेला में मनुष्य को अपने बच्चों से सांत्वना भरे मीठे शब्दों की चाह होती है। जब वह चाह पूरी नहीं होती उस समय की पीड़ा सहनीय नहीं होती। फिर भी परिस्थिति का स्वीकार कर के मनुष्य अपने मन के उपरी घावों पर मरहम लगा कर उसे चुप कराने की कोशिश करता रहता है।

ज्येष्ठ व्यक्तियों के लिए उनकी शारीरिक व्याधियाँ, समाज की ओर से लापरवाही, आर्थिक दुर्बलता इन सब से अधिक दुखदायी होता है, अपनों से नकारा जाना। नई

पीढ़ी की अपनी कुछ समस्याएँ होती हैं, कुछ ऐसी स्थितियाँ होती हैं, जिनका कोई इलाज नहीं होता; उस वक्त माँ बाप के प्रति प्रेम कम हो जाता है और वह माँ बाप के लाड प्यार को भी भूल जाते हैं। बच्चों का यह बर्ताव माँ बाप के लिए क्लेशदायी होता है। ज्येष्ठ व्यक्तियों ने बढ़ती उम्र के साथ बढ़नेवाला हठीलापन छोड़ देना चाहिए। बात बात में बिना पूछे सलाह देते रहना, बहू बेटों के रोज़ाना जीवन में दखल अंदाज़ी लेना, उनकी ग़लतियाँ निकालना, हर बार कहते रहना कि, 'हमारे ज़माने में ऐसा नहीं था,' आस पड़ोस में या रिश्तेदारों में अपने बहू बेटों की बुराई करना यह सब टालना चाहिए। इसके विपरीत योग्य समय पर उनकी प्रशंसा करना, घरेलू काम में हाथ बँटाना तथा पोते-पोतियों का लालन पालन करना और उन्हें पढ़ाई में सहायता देना, ज्येष्ठों की जिम्मेदारी है। संक्षेप में कहे तो दोनों ही पीढ़ीयाँ पूरी तरह सही या ग़लत नहीं होती, इस बात को मान कर दोनों ही पीढ़ीयों ने एकदूसरे को समझ लेना चाहिए और हँसते खेलते रहना चाहिए। लगातार सलाह देनेवाली सास और सलाह नाकारनेवाली बहू ऐसा रिश्ता नहीं होना चाहिए। पुराने ज़माने में विवाह के पश्चात लड़की अपना मायका छोड़ कर ससुराल को पूरी तरह से अपनाती थी। नई और पुरानी पीढ़ी ने इसी प्रकार एकदूसरे को अपनाना चाहिए। किसी कारण से यह संभव नहीं हो रहा हो, नई पीढ़ी नौकरी व्यवसाय के लिए विदेश में रहती हो तो भी ज़रूरत पड़ने पर एकदूसरे के यहाँ आना-जाना, आर्थिक, भावनिक स्तर पर एकदूसरे की सहायता करना संभव हो सकता है। ऐसे कई उदाहरण दिखाई देते हैं। दूर रहने से एकदूसरे से शिकायतें कम हो जाती हैं और ज़रूरत होने पर सहायता भी दी जा सकती है। संघर्ष टाले जा सकते हैं और समस्या की घड़ी में साथ निभाया जा सकता है। आज कल परदेस में रहनेवाली बेटी या बहू की प्रसूती के लिए उसकी माँ या सास छह महीनों तक विदेश में उसके पास जा कर रहती दिखाई देती है। वह इसी प्रकार की सहायता का निदर्शक है। अन्यथा दूर रहना ही उचित होता है। कहते हैं ना, 'दूर के ढोल सुहाने' उसी प्रकार ज्येष्ठ व्यक्तियों की आर्थिक समस्याओं में परदेशस्थ नई पीढ़ी सहजता से सहायता दे सकती है। ज्येष्ठ व्यक्ति गंभीर रूप से बीमार हो तो उसके पास रह कर भावनिक तथा आर्थिक सहायता दे सकती है। सालों साथ रहने से 'अतिपरिचयात अवज्ञा...' हो सकती है। उसके बजाय दूर रह कर भी एकदूसरे की ज़रूरतें समझ कर समय आने पर एकदूसरे की सहायता करना इसे भी एकत्रित परिवार कहा जा सकता है। इसी को कुछ लोग "विस्तारित एकत्रित परिवार" कहते हैं।

बदलती रही मानसिकता

जैसे जैसे मनुष्य की उम्र बढ़ने लगती है वैसे उसके तन, मन, धन की स्थिति बदलने लगती है। बच्चें बड़े होने लगते हैं तब उनके लाड प्यार होने के बजाय उन्हें अनुशासित किया जाता है। खाने पीने के मामलों में लाड प्यार तो होते ही रहते हैं। किंतु पढ़ाई, व्यायाम तथा अच्छी आदतों के लिए माँ बाप का उन्हें डाँटना, सजा देना या ज़रूरत पड़ने पर उन हाथ उठाना यह स्वाभाविक बात होती है। थोडे बड़े बच्चें समझ सकते हैं की उन्हें होनेवाली डाँट फटकार, उनकी भलाई के लिए ही है। जैसे ही बच्चें कॉलेज जाने लगते हैं वैसे उनमें स्वत्व की, स्वतंत्रता की पहचान आने लगती है। उन्हें लगता है की अब वह सयाने हो गए हैं। वह झूठ बोलने लगते हैं। माँ बाप को उलटा जवाब देने लगते हैं। जब वह कमाने लगते हैं तब सयानेपन की भावना सर चढ़ जाती है। वह बड़ों का सम्मान करना भूल जाते हैं। विवाह के बाद उनका सयानापन बढ़ानेवाली प्यारी पत्नी आ जाती है। कुछ ही दिनों में उसने की सास ससुर की शिकायतें सच्ची लगने लगती हैं। बचपन से होनेवाला माँ बाप का लगाव कम होता जाता है। गृह कलह का शंखनाद होता है। जब बच्चें खुद बाप बन जाते हैं तब वह अपने बच्चों के लाड प्यार में व्यस्त हो जाते हैं। फिर उन्हें अपने निवृत्त, थके हुए वृद्ध माँ बाप बोझ लगने लगते हैं। रोज़ाना की तू तू मैं मैं झगडे क रूप लेती है। परिणामत: माँ बाप को घर से बाहर किया जाता है या वह खुद घर छोड़ने के लिए मजबूर होते हैं। फिर वह घर चाहे उनका अपना हो या बच्चों का।

जिस प्रकार बच्चों की मानसिकता बदलती है वैसे वृद्धों की भी बदलती है। जिन बच्चों के लाड प्यार में कोई कमी नहीं की उनके कडवे बोल सुनकर वह व्यथित हो जाते हैं। वह सोचते रहते हैं की आखिर उनकी ग़लती क्या है? ऐसा मानसिक आघात बार बार होता रहता है। अपने ही घर में परायापन आने से उनमें चिड़चिड़ापन आ जाता है। फिर गुस्सा, विवशता और फिर निराशा इस क्रम से भावनाओं की सिढ़ीयाँ उतरते हुए आखिर में वह बच्चों से अलग हो जाते हैं या किसी वृद्धाश्रम में पहुँच जाते हैं।

मनुष्य अपनी युवावस्था में सफलता की होड़, नौकरी व्यवसाय में ओव्हर टाईम, शिष्टाचार, भ्रष्टाचार जैसे सभी मार्गों से अपने परिवार के लिए पुंजी जमा करने में व्यस्त रहता है। बच्चों को अधिकतम सुविधाएँ देनेवाले अभिभावक जब जीवन के आखरी पड़ाव की ओर निकलते हैं तब उनका आत्मविश्वास ढ़लने लगता है। तब भी समाज में उनका स्थान सम्मान का होता है। लोगों से मेल मिलाप, घरेलू या सामाजिक समारोहों का निमंत्रण और मान सम्मान का लाभ होता रहता है। कारण

कोई भी हो किंतु रिश्तेदारों, दोस्तों, सहकर्मचारियों के बीच उन्हें सम्मान का स्थान होता है। फिर आता है निवृत्ति का अटल पड़ाव। तब तक उम्र के साठ साल पूरे करते करते शरीर और मन में थकान आ जाती है। उम्मीद का स्टेशन पीछे रह जाता है। कुछ दिन आराम करना ठीक लगता है किंतु कमाई कम होने से खर्चा भी कम करना पड़ता है। कोई भी चीज़ खरीदते समय बार बार सोचना पड़ता है की क्या वह चीज़ सच में ज़रूरी है और क्या उसकी कीमत अपने लिए उचित है। जिस प्रकार मधु समाप्त होने पर मधुमक्खीयाँ छत्ता छोड़ देती हैं उसी प्रकार ज्येष्ठ व्यक्ति के पास जब पैसों का मधु नहीं रहता तब उसके रिश्तेदार, दोस्त, सहकर्मचारी मधुमक्खीयों की तरह उससे दूर भागने लगते हैं। फिर लोग उन्हें किसी समारोह का निमंत्रण देना अवश्य भूलने लगते हैं। घर से और समाज से होनेवाले ऐसे अनुभव ज्येष्ठ व्यक्तियों के मन को व्यथित कर देते हैं।

मन से पहले वह धीरे धीरे तन से कमज़ोर होते ही रहते हैं। उच्च रक्तचाप, मधुमेह, गठिया, पीठ, कमर में पीड़ा के साथ कर्करोग या अन्य बीमारीयाँ भी बिना संकोच शरीर में घर बना लेती हैं। फिर मस्तिष्क और मूत्र पिंड भी धोखा देने लगते हैं।

विस्मरण, थरथराहट, शरीर तथा मन का असंतुलन को लोग सठियाना समझ बैठते हैं। कान कामचोर हो जाते हैं। किंतु ऐसी जली कटी बातें ठीक सुन लेते हैं। दृष्टि भी कम होने लगती है। तब अच्छी चीज़ें ठीक तरह से दिखाई नहीं देती, पुस्तकें पढ़ना कठीन हो जाता है। किंतु घरवालों और बाहरवालों की नज़रों में छलकती नफ़रत ठिक दिखाई देती है।

मन रे तू काहे न धीर धरे...

मनुष्य का मन बड़ा ही चंचल होता है। इसलिए कवी ने उसे धीरज रखने के लिए कहा है। मन की गति अमर्याद, कल्पनाओं के परे होती है। मन पल-पल बदलता रहता है। पल में आनंद, पल में परमानंद तो पल में निराशा के झूले झूलता रहता है। बचपन में वह आनंद के झूले पर अधिक झूलता है। तो वृद्धत्व में वह निराशा के झूले पर अटक जाता है। निराशा के कई कारण होते हैं।

वयोवर्धन

वयोवर्धन (aging) के कारण शरीर, मन, परिवार, लैंगिक क्षमता, हार्मोन्स इन सभी में बदलाव आने लगते हैं। आमदनी के तथा मनोरंजन के साधन नहीं रहते। (सेवा निवृत्ती) ऐसे विभिन्न कारणों से ज्येष्ठ व्यक्तियों का आत्मविश्वास कम होने लगता

है। साथ ही उच्च रक्तचाप, मधुमेह, हृदय विकार, कर्करोग, एडस, पार्किन्सोनिझम, विस्मरण, अल्झायमर्स जैसे आभूषणों से शरीर सज्जित हो जाता है तब मनुष्य का मन दुर्बल होता है और निराशा की खाई में गोते खाने लगता है। वयोवर्धन की यह प्रक्रिया सभी प्राणियों के जीवन में होती रहती है। किंतु सोचने की तथा भविष्य की चिंता करने की बुद्धि केवल मनुष्य को ही प्राप्त है। सोच विचार की यह अमूल्य शक्ति अधिकतम चिंता ही करवाती है। और चिंता तो चिता समान होती है।

पहले बालों में कहीं-कहीं रूपहला रंग दिखाई देने लगता है। पुरुषों में गंजापन आने लगता है। पेट का घेरा बढ़ने लगता है। महिलाओं में कमर के नीचे पिलपिलापन आने लगता है, जिससे उनका वजन बढ़ने लगता है। शरीर बेढ़ंगा होने लगता है। फिर आँखें, कान काम करने से मना कर देते हैं। भूख कम होती जाती है लेकिन जिव्हा को रोका नहीं जा सकता। इससे बाजे गाजे के साथ हवा *(gases)* बाहर निकल आती है। मधुमेह या प्रोस्टेट के कारण पुरुषों को बारंबार पेशाब करने पर भी संतोष की भावना नहीं होती। सुबह के समय मल विसर्जन भी पूरी तरह नहीं हो पाता।

पोते-पोतियों को पुकारते समय चिंटू, मिंटू, पिंकी... सारे नाम लेने के बाद सामने खडी नाती का नाम याद आता है। नाम विस्मरण *(Nominal Aphasia)* होने से अर्थात बोलते बोलते नज़दीकी रिश्तेदार या दोस्त का नाम याद न आने से परेशानी होने लगती है। ऐनक को माथे पर चढ़ा कर या गले में लटका कर घर भर ढूँढ़ा जाता है। यही विस्मरण की किमया है।

शरीर विनम्र हो कर आगे झुकने लगता है। घुटने, कमर बोलने लगते हैं। शरीर तथा मन आसानी से अपना संतुलन खोने लगते हैं। इन जैसे अन्य कारणों से आत्मविश्वास कम होता जाता है। स्मार्ट फोन, संगणक, इलेक्ट्रॉनिक खेल या कोई भी नई चीज़ सीखने में काफ़ी समय लगता है या वैसा कुछ सीखने की इच्छा ही नहीं रहती। इस प्रकार सभी ओर से असफलता आती है। किंतु 'इगो' वैसे के वैसे रहता है। परिवार का ज्येष्ठ व्यक्ति जाने अंजाने में यही सोचता है कि आज तक परिवार के प्रमुख होने के नाते मैंने सभी निर्णय लिए हैं, मैं अनुभवी हूँ, ज्येष्ठ हूँ, मेरा यह पद कायम रहना चाहिए। उसकी सोच को ठेस लगी तो वह गुस्सा हो जाता है, आसमान सर पर उठा लेता है, बोलना बंद कर देता है, असहकार जैसे अहिंसक शस्त्रों को उपयोग में लाता है। अगर उसका कोई लाभ नहीं हुआ तो घर में तनाव बढ़ता है। परिणामत: ज्येष्ठ व्यक्ति निराशा की खाई में ढकेला जाता है।

युवावस्था में लैंगिक स्तर पर मनुष्य सक्षम होता है। किंतु हार्मोन्स का स्तर कम होने से धीरे धीरे लैंगिक संबंध रुक जाते हैं। तब उसे लगता है कि अब मैं किसी काम का नहीं

रहा। तभी उम्र के परिणाम स्वरूप उच्च रक्तचाप, मधुमेह, कर्करोग या एड्स जैसे भारी भरकम आभूषण शरीर को सज्जित करने लगे या दिल का दौरा, पैरालिसीस जैसी व्याधियों के माध्यम से स्वर्ग का आरक्षण हुआ होगा तो वह घोर निराशा के चपेट में आ जाते हैं। मृत्यु को सामने देख कर मनुष्य भयकंपित हो जाता है।

ऐसे समय अगर ज्येष्ठ व्यक्ति एकत्रित परिवार से दूर हो गए हो, अपना सब कुछ बच्चों पर न्योछावर कर दिया हो, जीवनसाथी कालवश हो गया हो तो अकेलापन खाने दौड़ता है। जिसे अपनी मन की बात कह सके,जिसके कंधे पर माथा रख के रो सकें, वही साथी चला जाए तो मनुष्य निराशा के घेरे में आ जाता है। मस्तिष्क को रक्त की आपूर्ति ठीक तरह से नहीं हो पाती। सभी ओर बस निराशा ही दिखाई देती है। तब केवल सब का मालिक कहलानेवाले परमात्मा का सहारा होता है। ऐसे लोग अत्यधिक धार्मिक बन जाते हैं। पूजा, जाप, भजन, धार्मिक ग्रंथों का पठन, चर्चा करते हुए समय बिताते हैं या फिर हताशा से कहीं पर नज़रे गडाए बैठते हैं। जिससे निराशा और भी गहरी हो जाती है। भूख न लगना, नींद न आना, कमज़ोरी आना, नई नई बीमारियों ने सताना इससे रोज़ाना के कामों में भी किसी की सहायता लेनी पड़ती है। जीवन जीने की रुची कम होने लगती है। अपना ही जीवन अपने लिए बोझ बन जाता है। ऐसे व्यक्तियों के मन में आत्महत्या के विचार आने लगते हैं, जो उत्क्रांति की सर्वोच्च प्राथमिकता अर्थात स्व-जीव संरक्षण के बिलकुल विरुद्ध होते हैं। समय रहते ही इस मनोविकार का सही उपचार नहीं किया गया तो उस मनुष्य से आत्महत्या का पातक हो जाता है।

उपाय – निराशा न आए और आए भी तो अत्याधिक स्तर तक बढ़ने न देने के लिए प्रतिबंधात्मक उपाय करना लाभकारी होता है।

बच्चों ने घर में रखा या घर से बाहर कर दिया तो भी चाहते हुए या ना चाहते हुए ज्येष्ठ पती-पत्नी एकदूसरे का मज़बूत सहारा बन जाते हैं। मन को हल्का करने के लिए, आँसू पोछने के लिए कोई अपना हो तो ज्येष्ठ व्यक्तियों का जीवन सह्य होता है। अगर दोनों ही जीवनसाथी रोज़ाना साथ में घूमने जाएँ, मंदिर में जाएँ, भजन कीर्तन में जाएँ, एकदूसरे से बातें करे तो उनका समय अच्छी तरह से कट सकता है। नियती के आगे किसी की नहीं चलती। दोनों में से एक जीवन साथी काल के वश में हो जाए तो जीवित रहनेवाले के लिए जीवन सजा बन जाता है। किसी ज्येष्ठ व्यक्ति के लिए उसका शारीरिक, मानसिक आधार खो जाना, मानो उसके हाथ से लाठी गिर जाने जैसा है। फिर भी जीना तो पड़ता है। द शो मस्ट गो ऑन!

वयोवर्धन के साथ होनेवाले शारीरिक, मानसिक बदलाव हमने अपनी पिछली पीढ़ी में या आसपास के वृद्ध लोगों में देखे होते हैं। सुशिक्षित, समझदार मनुष्य यह जान सकता है की उसे भी कभी न कभी उन बदलावों का सामना करना पड़ेगा।

जीवन की आवश्यकताएँ

जीवन की तीन प्रमुख आवश्यकताएँ हैं, अन्न, वस्त्र और आवास। उनके पूरे होने पर ही जीवन की अन्य भावनाएँ आती हैं।

लैला मजनू

लैला ने मजनू से कहा, 'मैं तुम्हे चाहती हूँ। तुम्हारे बिना मैं जी नहीं सकती।' मजनू ने कहा, 'मैं भूखा हूँ। मुझे खाना चाहिए। बिना खाए मैं जी नहीं सकता।' यह सुनते ही लैला हैरान हो गई। मजनू बोला, 'मैं हवा, अन्न और पानी चाहता था। वह मुझे मिल गया। अब मैं खूब जिऊँगा। तुमसे कभी दूर नहीं रहूँगा। मैं तुम्हारे बिना जी नहीं सकता।' यह सुनते ही लैला खुश हो गई। फिर दोनों ने तय किया की जितनी भी हवा, पानी और खाना है, उसे दोनों मिल बाँट कर, बचा बचा कर लेंगे। लंबी उम्र जिएँगे। फिर प्रेम करने के लिए बहुत समय मिलेगा।

जीने के लिए पहले चाहिए हवा। उसके बाद आता है पानी। और फिर अन्न। किंतु अनरोबिक बैक्टेरिया जैसे कुछ जीव ऐसे भी हैं जो हवा के बिना जी सकते हैं। तपते लाव्हा में बिना पानी के जीनेवाले भी कुछ सूक्ष्म जीव होते हैं। वैज्ञानिकों का कहना है कि ब्रह्मांड के किसी ग्रह पर जीवन के लिए इन तीनों आवश्यकताओं के बजाय कुछ और आवश्यकताएँ भी हो सकती हैं। संक्षेप में कहे तो हवा, पानी और अन्न के बिना, लैला का मजनू के बिना और मजनू का लैला के बिना जीना संभव हो सकता है। यह एक वैज्ञानिक सत्य है। किंतु हम सोचेंगे साधारण मनुष्यों के जीवन की प्राथमिक आवश्यकताओं के विषय में।

हवा – मनुष्य को जीने के लिए सब से अधिक आवश्यकता होती है तो प्राणवायू की। सौभाग्य की बात यह है कि आज तक तो वह जन्म के साथ पहली साँस से आखिरी साँस तक मुफ्त में मिल रही है। दुर्भाग्य की बात यह है कि हम खुद ही प्रकृति की इस देन का नुकसान कर रहे हैं। हवा के प्रदूषण का प्रमाण दिन-ब-दिन बढ़ रहा है। अर्थात हम समस्त पृथ्वीवासियों का ऐसा नुकसान कर रहे हैं जिसे कभी सुधारा नहीं जा सकेगा। इससे हम अपनी हाथों से कई सारी बीमारीयाँ अपनी ओर खींच रहे हैं। हमारा और अपनी अगली पीढ़ीयों के लिए खतरा पैदा कर रहे हैं। अब धीरे धीरे इस विषय में सजगता आ रही है। प्रदूषण टालने के लिए हम बहुत कुछ कर सकते हैं।

पानी – मनुष्य को जीने के लिए दूसरी प्रमुख आवश्यकता होती है पानी की। हमारे शरीर में पानी की मात्रा लगभग ७५% होती है। मस्तिष्क तथा मज्जासंस्था में ८५%, रक्त में ८०% और मांस पेशियों में ७०% पानी होता है। सभी ओर पानी ही पानी! जीवन पानी है। पानी ही जीवन है। पीने का पानी शुद्ध, पीने के लिए योग्य होना चाहिए। उसमें जीव जंतु, रसायन, खनिजों की मात्रा ना के बराबर होनी चाहिए। साधारण मनुष्य को स्वास्थ्यपूर्ण जीवन के लिए रोज़ाना २.५ से ३ लिटर पानी की आवश्यकता होती है। पानी के कारण रक्त में मिश्रित हवा-प्राणवायु शरीर की सभी कोशिकाओं तक पहुँचाई जाती है। साथ ही पानी की सहायता से अन्न से पाचक क्रियाओं से (*Metabolism*), सभी अंगों में होनेवाली क्रियाओं से निर्माण होनेवाले बेकार पदार्थ अर्थात मल-मूत्र को बड़ी आंत के द्वारा बाहर निकालना आसान होता है। कुछ अनचाहे बेकार द्राव फेफडों और त्वचा के माध्यम से भी बाहर निकाले जाते हैं। अर्थात त्वचा, फेफेड़ों और मूत्रपिंड के द्वारा पूरे शरीर का तापमान उचित रखा जाता है। पानी जीवन है और हवा भी जीवन है। दोनों का महत्व जितना कहें उतना कम है। चाय, कॉफी, दूध, फलों के सेवन से शरीर को कुछ मात्रा में पानी मिलता है। किंतु पानी की आपूर्ति प्रमुखता से पानी पीने से ही होती है। पानी पीने की आवश्यकता देश, प्रदेश में होनेवाले ठंड़े या ग़रम तापमान पर निर्भर होती है।

अन्न – (ज्येष्ठ व्यक्तियों के लिए केवल उदरभरण नहीं तो यज्ञकर्म के समान है।) जीवन में तीसरे क्रमांक पर होनेवाली आवश्यकता है, अन्न। अन्न परब्रह्म है, पूर्णब्रह्म है। अन्न, पानी, हवा में ईश्वर का रूप है। मनुष्य को जीने के लिए अन्न की आवश्यकता होती है जिसे विभिन्न पदार्थों, व्यंजनों से पूरा किया जा सकता है। किंतु उत्तम स्वास्थ्य के लिए उपयुक्त अन्न के विषय में लगातार अनुसंधान किए जा रहे हैं। उसके अनुसार अन्न पदार्थों का सेवन किया गया तो केवल जीवन जिया नहीं जाता तो उसे निरामय

बनाया जा सकता है। संतोषपूर्ण दीर्घायु का लाभ होता है। अन्न यानी शरीर यंत्र को चालना देनेवाली ऊर्जा है।

वैसे सोचा जाए तो पृथ्वी की समस्त जीवसृष्टि के लिए ऊर्जा का एकमात्र स्रोत है सूर्य का प्रकाश और उष्णता। उसकी उष्णता से ही छोटी मोटी सभी वनस्पतियाँ कर्बोदकों का निर्माण करती हैं। शाकाहारी प्राणी कर्बोदकों से अपने लिए ऊर्जा का निर्माण करते हैं। और इन शाकाहारी प्राणियों का भक्षण कर के मांसाहारी प्राणी अपने लिए अन्न तथा ऊर्जा प्राप्त करते हैं। मनुष्य प्राणी मिश्र आहार लेता है। इसलिए वह वनस्पतिजन्य अनाज, कंदमूल, फल के साथ ही अंडें, दूध, मछली, मांस जैसे प्राणिजन्य पदार्थों से अपनी जठराग्नि शांत करता है। सभी को स्वाहा करता है। शरीर को पोषण देनेवाले अन्न घटकों की जानकारी मिलने के पहले से ही मनुष्य विभिन्न प्रकार का आहार ले रहा है। मांसाहारी व्यक्ति दूध, चरबी, मांस के साथ जवार, बाजरा, गेहू, दाल, सब्जियाँ और फल खाते थे। शाकाहार का महत्व जाननेवाले, अहिंसा तत्व का पालन करनेवाले लोग अनाज, सब्जियाँ, फलों के साथ दूध जैसे कुछ ही प्राणिजन्य पदार्थों का सेवन किया करते थे। सभी अन्नघटकों का समावेश कर के आहार को परिपूर्ण बनाया जाता था। इसलिए अन्नघटकों के विषय में वैज्ञानिक जानकारी न होने से भी कुछ नुकसान नहीं होता था। किंतु जब से मनुष्य विज्ञान को जानने तथा मानने लगा है तब से साधारण मनुष्य भी जान गया है कि परिपूर्ण आहार में कौनसे अन्न घटक होने चाहिए, कितनी मात्रा में होने चाहिए, दिन में कितनी बार तथा कितने अंतर से अन्न का सेवन करना चाहिए। उम्र के अनुसार शारीरिक मेहनत का प्रमाण, व्यायाम, आर्थिक स्थिति, हवा-पानी अर्थात तापमान जैसी सभी स्थितियों को विचार में लेते हुए भी अब आहार का नियोजन किया जा सकता है। परिपूर्ण आहार आवश्यक है ही किंतु मेहनत का काम करनेवाले मज़दूर सूखी रोटी खा कर भी अपने स्वास्थ्य को अच्छा बनाए रख सकता है।

अब हम साधारण ज्येष्ठ नागरिकों के आहार के बारे में सोचेंगे। उम्र के इस पड़ाव पर युवावस्था की तुलना में आहार की मात्रा कम होनी चाहिए। दिन में दो बार भरपेट खाने के बजाय उसे थोड़ा थोड़ा कर के ४–५ बार खाना चाहिए। रात का भोजन, सोने से दो-ढाई घंटे पहले लेना चाहिए। जैन धर्मिय रात का भोजन सूर्यास्त के पूर्व करते हैं। यह प्रथा उचित है। अनेक प्रगत देशों में सुबह के समय भरपेट नाश्ता किया जाता है। दोपहर में थोड़ा सा भोजन और ऑफीस से लौटने के बाद शाम सात बजे के आसपास रात का भोजन किया जाता है। यह प्रथा भी स्वास्थ के लिए बिलकुल ठीक है। डॉक्टर से या आहार तज्ज्ञों से जानकारी ले कर निश्चित करना चाहिए कि क्या हम अपने

आहार में प्रथिनों, कर्बोदकों, खनिजों तथा जीवनसत्वों की सही मात्रा लेते हैं। उसके अनुसार ही अपने आहार का नियोजन करना चाहिए।

प्रथिनों से रोग प्रतिबंधक शक्ति बढ़ती है। तथा शरीर की कमियाँ पूरी हो कर उसे सही पोषण मिलता है। मांसाहारी लोगों को मछली, अंडें, मांस में से और शाकाहारी लोगों को दूध, दही, अंकुरित अनाज, दाल में से प्रथिनों का लाभ होता है। और 'ब' जीवनसत्व का लाभ दलहन से होता है। गेहूँ, चावल, जवार, बाजरा, रागी जैसे तृणमय अनाज से बड़ी मात्रा में कर्बोदक तथा कुछ मात्रा में प्रथिनों का लाभ होता है। दाल-रोटी, चावल-दाल, सब्जियाँ, मूँग दाल की खिचडी इस प्रकार नियोजन करने से हमे प्रथिन तथा कर्बोदक प्राप्त हो सकते हैं। भौगोलिक स्थिति की भिन्नता के अनुसार उनमें कुछ बदलाव होने पर भी इन दोनों घटकों का लाभ होता है। दाल, सब्जी पकाते हुए उपयोग में लाया गए तेल में से, रोटी या चावल पर ड़ाला गए घी में से तथा दूध, दही, मक्खन में से पर्याप्त स्निग्धता मिलती है। हरे पत्तेवाली सब्ज़ियाँ, गाजर, मूली, बीटरूट, टमाटर, प्याज, लहसन, ककडी को कच्चा खाने से या उसका कचुंबर बनाकर खाने से उचित मात्रा में अँटीऑक्सिडंटस का लाभ होता है। उससे वृद्धत्व की प्रक्रिया धीमी हो जाती है। इससे वृद्धत्व की घड़ी को दूर रखा जा सकता है। सब्ज़ियों और फलों में से जीवनसत्व 'सी' तथा खनिक प्राप्त होते हैं। आमला, नींबू, संत्रा और टमाटर में से भी पर्याप्त मात्रा में 'सी' जीवनसत्व प्राप्त होता है।

जागतिक आहार संगठन के अनुसार हमारे आहार में कर्बोदक ६०%, प्रथिन २०% और स्निग्ध पदार्थ २०% होना आवश्यक होता है। ज्येष्ठ व्यक्ति अगर मधुमेह से पीड़ित हो तो उसने आहार तज्ज्ञों की सलाह से कर्बोदकों की तथा मूत्रपिंड की बीमारियों से पीड़ित ज्येष्ठ व्यक्ति ने प्रथिनों की मात्रा नियंत्रित करनी चाहिए।

मस्तिष्क का कार्य, स्मरणशक्ति, विचार क्षमता, सजगता, सतर्कता तथा शरीर का संतुलन बनाए रखने के लिए 'टायरोसीन' नामक अमीनो आम्ल की आवश्यकता होती है। यह आम्ल, मांस, दलहन, सोयाबीन, तील तथा मूँगफली में से मिल सकता है। किंतु स्थूलता हो तो तिल और मूँगफली का सेवन कम होना चाहिए। स्निग्ध पदार्थों में से 'अ', 'क', तथा 'ड' जीवनसत्व प्राप्त होते हैं। किंतु उच्च रक्तचाप या हृदय संबंधी बीमारियाँ हों तो दूध, घी, तेल का सेवन नियंत्रित रखना पड़ता है। बादाम, अखरोट, राईस ब्रॅन तेल तथा ऑलीव्ह ऑयल का सेवन करने से अच्छा यानी की उच्च कोलेस्ट्रॉल की मात्रा बढ़ती है तथा ओमेगा–३ फॅटी ऐसीड मिलता है। और निम्न कोलेस्ट्रॉल की मात्रा कम रखने के कारण उनका एक दूसरे के साथ आवश्यक प्रमाण रखा जा सकता है। जिनकी धमनियाँ (*Arteries*) रक्तचाप, मधुमेह

या ऐथरोस्केरोसिस के कारण सँकरी हुई हैं उनके लिए ऐसा प्रमाण उपयुक्त होता है। सब्ज़ी में लहसन ड़ालने से या हर दिन लहसन की २–३ पंखुडियाँ खाने से भी लाभ हो सकता है। एक संशोधन में देखा गया है कि जैन धर्म के लोगों को ऐसी बीमारियाँ होने की संभावना अधिक होती है क्योंकि वह प्याज, लहसन नहीं खाते।

अमिनो आम्लों को प्रथिनों में से पाया जा सकता है। हमारे मस्तिष्क तथा चेतासंस्थाओं (*Neurotransmitters*) में होनेवाले उपयुक्त चेता प्रसारकों का निर्माण करने के लिए कच्चे माल के रूप में अमिनो आम्ल आवश्यक होते हैं। उनमें से ट्रिप्टोफेन और टायरोसीन महत्वपूर्ण हैं। वह मछली, मांस, दूध, अंडें, चीज, गेहूँ, ओट्स, दालें तथा अन्य दलहन, लाल चावल, फलों तथा सब्ज़ियों से प्राप्त होते हैं। अच्छी नींद के लिए ट्रिप्टोफेन आवश्यक होता है। इसलिए आहार में कर्बोदक, दूध, दही का समावेशन होना चाहिए। खाना पकाने में और खाने में उपर से लिया हुआ तेल हर एक व्यक्ति के लिए महीने में १-२ लिटर जितना मर्यादित होना चाहिए।

अ, ब, क, ड, ई तथा अन्य सभी जीवनसत्व दूध, दही, सब्जियों, तेल, घी तथा फलों में से मिलते हैं। इसलिए आहार में अन्य अन्न घटकों के साथ सब्ज़ियाँ, दूध और फलों का समावेश उचित रखना चाहिए। साथ ही जौ, मेथी के अंकुरित दाने (कड़वे हो तो भी), अंकुरित मोठ, चौलाई तथा चने को भी आहार में लेना चाहिए। उपलब्धतता के अनुसार ओट्स, राजगिरा तथा शकरकंद भी खाना चाहिए।

उपवास रखने के दो कारण होते हैं। एक तो धार्मिकता और दूसरा पेट को आराम देना। अच्छा आचार विचार, बंधुता, सहिष्णुता, सत्य, अपरिग्रह, अचौर्य जैसे धार्मिक तत्वों के पालन से मनुष्य जाती का कल्याण ही होगा। किंतु उपवास का पुण्य से संबंध समझ में नहीं आता। ऐसा माना जाता है कि उपवास से मन तथा वासनाओं को नियंत्रित किया जा सकता है। शरीर के विषय में सोचा जाए तो उसे आराम की आवश्यकता होती है। शरीर के सभी अंग तथा कोशिकाएँ मनुष्य की पहली सांस से ले कर आखरी सांस तक हर क्षण कार्यरत होते हैं और होने चाहिए। मस्तिष्क, श्वसनसंस्था या मूत्र पिंड जैसे किसी भी अंग ने काम बंद किया तो अनर्थ हो सकता है। भारतीय लोगों का मानना है की बीच बीच में रेचक यानी पेट साफ़ करनेवाला औषध लेना अच्छा होता है। यह अनुचित है, अनावश्यक है। पेट फूलने तक या पेट भरा हो तो खाना नहीं चाहिए। पर्याप्त मात्रा में शौच न हो रहा हो तो डॉक्टर की सलाह से उचित उपाय करवाना चाहिए। अन्यथा उपवास और रेचक दोनों ही अनावश्यक हैं।

आज कल चिकित्सा तज्ज्ञों का निरीक्षण है कि मनुष्य के शरीर में बी–१२ और डी–३ की घटती मात्रा अनेकों व्याधियों का कारण बनी हुई है। भारी कमज़ोरी, उदासीनता,

मांसपेशियों तथा गठियों में दर्द, इनके लक्षण हो सकते हैं। रक्त की जाँच में इसकी कमी दिखाई दे तो बी–१२ के इंजेक्शन लगाने तथा बाद में गोलियाँ खाने से व्यक्ति में जादू की तरह सुधार आने लगता है। डी–३ के अभाव से यही होता है। इसके कारण हड्डियों का कैल्शिअम घटने लगता है।

रक्त में डी–३ और कोलेस्टोरोल के संबंध घनिष्ट होते हैं। अपनी त्वचा शरीर में स्थित कोलेस्टोरोल का उपयोग कर के सुबह के हलके सूर्य किरणों शरीर में खींच लेती है और डी–३ का निर्माण करती है। आज कल की बदली हुई जीवन शैली में देर से उठने तथा बंद वाहनों में से सफ़र करने से हमे सूर्य किरणों का स्पर्श होता ही नहीं है। वास्तव में शरीर के लिए यह सजा के समान है। डी–३ की मात्रा घटने से हड्डियों में कैल्शियम भी घटने लगता है जिससे (Osteporosis) फ्रैक्चर होने की संभावना बढ़ती है। साथ ही कोलेस्टोरोल का उपयोग कच्चे माल के रूप में न होने से रक्त में उसकी मात्रा बढ़ने लगती है, जो अपनी धमनियों के अंदर परत बनाता है और उन्हें सँकरा बना देता है। इससे उच्च रक्तचाप, हृदय विकार, पैरालिसीस तथा किडनी अशक्तता या अन्य अंगों की कमजोरी जैसी बीमारियाँ हो सकती है। परिणामत: मनुष्य को किसी बड़ी व्याधि का सामना करना पड़ता है और उसकी आयुर्मयादा कम हो जाती है। इसका एक ही उपाय है। वह है धूप से दोस्ती करना। रोज़ सुबह जल्दी उठें और कम कपड़ें पहन कर, नाश्ता करने या समाचार पत्र पढ़ने जैसे काम घर के छत पर बैठ कर किया करें। इससे रक्त का कोलेस्टोरोल कम होगा और शरीर में ही पर्याप्त मात्रा में डी–३ तैयार होगा। एक तीर से दो निशान लगाए जाएँगे।

ज्येष्ठ महिलाओं में प्राकृतिक रूप से आनेवाली रजोनिवृत्ती के कारण हड्डियों में से कैल्शिअम कम हो कर ओस्टिओपोरोसिस होना अटल हो जाता है। इससे हड्डियों में वेदनाएँ तो होती ही हैं साथ में हड्डियाँ टूटने की संभावना बढ़ जाती है। इसे टालने के लिए नियमितता से कैल्शिअम तथा डी–३ की गोलियाँ लेना आवश्यक होता है। आहार में दूध और केले लेना भी उपयुक्त होता है।

संक्षेप में कहे तो हवा, पानी और अन्न, जीवन की ये तीनों प्राथमिक आवश्यकताएँ पूरी होने पर ही 'प्रेम' की मानसिक भावना खिलने लगती है।

व्यायाम के आयाम

व्यायाम में नियमितता होने के कई लाभ हैं। मनुष्य किसी भी उम्र का हो, उसे व्यायाम की आवश्यकता होती ही है। हमारे शरीर के सभी अंग, कोशिकाएँ तथा कोशिका समूह अपने कर्तव्य निभाने में व्यस्त होते हैं। वह कभी भी कामचोरी नहीं करते। इन सब को चलानेवाला होता है मस्तिष्क। जो कुछ भी होता है वह उसके आदेश से होता है। वह बड़ा ही अनुशासनप्रिय होता है। 'इस्तेमाल करो या भूल जाओ' (Use it or loose it) यह कायदा सब के लिए होता है। काम के लिए भाग दौड़ सभी को करनी पड़ती है। 'रूक जाना नहीं तू कभी हार के...' इस पंक्ति को ध्यान में रखते हुए चलते रहना चाहिए।

व्यायाम

सभी कोशिकाओं का काम निरंतर चलता रहता है। वह अदृश्य होता है। किंतु मांसपेशियों तथा जोड़ों का काम दिखाई देता है। शारीरिक व्यायाम लेते हुए सभी मांस पेशियाँ काम करती दिखाई देती हैं। उसी समय रक्ताभिसरण और श्वसन क्रियाएँ भी गतिमानता से होने लगती हैं। मस्तिष्क भी सतर्क हो जाता है। और श्वसन गति बढ़ने से शरीर में भरपूरता से प्राणवायू की आपूर्ति की जाती है। रक्ताभिसरण संस्था के द्वारा शरीर में अधिकता से संग्रहित प्राणवायू तथा ग्लूकोज को सभी अंगों तक उनकी बढ़ती माँग के अनुसार दिया जाता है। मस्तिष्क के लिए प्राणवायू और ग्लूकोज की आवश्यकता सब से अधिक होती है। उसी प्रकार हृदय की मांस पेशियों तथा शरीर की अन्य मांस पेशियों के लिए भी प्राणवायू और ग्लूकोज अधिकतम मात्रा में आवश्यक होता है। यह आवश्यकता व्यायाम से पूरी की जा सकती है। यही व्यायाम का आयाम है। इससे मिलनेवाले लाभ अनगिनत हैं।

किसने किस प्रकार का व्यायाम, कितने समय तक करना चाहिए इसके बारे में एक ही नियम हर एक के लिए नहीं हो सकता। व्यक्ति की उम्र, काम का स्वरूप, तापमान,

हवा में होनेवाली प्राणवायू की मात्रा जो ऊँचे स्थानों पर कम होती है, ऐसी अनेकों बातों को ध्यान में रख कर व्यायाम प्रकार निश्चित किए जाने चाहिए। बच्चों के लिए शारीरिक खेल-कूद, दौड़ लगाना, तैरना, युवाओं के लिए मैदानी खेल, जिम, तैरना, ज़ोर लगाना, सूर्य नमस्कार, योगासन, स्प्रिंगवाले व्यायाम प्रकार अर्थात शक्ति का उपयोग करनेवाले व्यायाम प्रकार उचित होते हैं। ज्येष्ठ व्यक्तियों के लिए सोच विचार के साथ व्यायाम का नियोजन करना पड़ता है। गर्दन, कमर, पीठ की पीड़ा, जोड़ों में दर्द, उच्च रक्तचाप, हृदयविकार, फेफडों की बीमारी, मधुमेह, स्थूलता इन सब बातों को ध्यान में लेते हुए सुयोग्य व्यायाम प्रकार निश्चित करने होते हैं। इसलिए डॉक्टर की सलाह आवश्यक होती है।

संक्षेप में कहे तो ज्येष्ठ व्यक्तियों ने मैदानी खेल, दौड़ लगाना या जिम में किए जानेवाली मेहनत जैसे व्यायाम टालना चाहिए। नियमितता से चलना, हो सके तो तेज चलना, तैरना, सीढियाँ चढ़ना-उतरना (जितना हो सके उतना ही), योगासन, प्राणायाम, कुछ हद तक सूर्य नमस्कार यह व्यायाम प्रकार अदल बदल के या डॉक्टर की सलाह से, उनके बताए समय तक ही करने चाहिए। व्यायाम की अवधि एकदम से न बढ़ाएँ। इसे रोज़ाना अभ्यास से धीरे धीरे बढ़ाना उचित होता है। व्यायाम ऐसा और इतना ही करें की जिससे साँस न फूले, कहीं चोट न लगे, ज्यादा थकावट न हो, सीने में पीड़ा न हो और अस्वस्थता न महसूस हो। तैरते हुए चोट लगने की संभावना कम होती है। इसलिए तैरने का व्यायाम अच्छा रहता है। आसन जमा कर दीर्घ श्वसन करने से फेफडों की कार्य क्षमता बढ़ती है। और पूरे शरीर के लिए पर्याप्त मात्रा में प्राणवायू की आपूर्ति होती है। साथ ही मन की एकाग्रता और शांती भी प्राप्त होती है। बचपन से ही योगासनों के आदी हो तो बहुत अच्छा। ज्येष्ठ व्यक्तियों ने योगासन करने से उम्र के साथ शरीर में आनेवाली अकड़ कम हो कर मांस पेशियों तथा जोड़ों में लचीलापन आ जाता है। परिणामत: किसी कारण शरीर पर तनाव आने से या गिरने से कोई नुकसान नहीं होता या हुआ भी तो वह ज्यादा नहीं होता। स्कूल में जिस प्रकार कवायद की जाती है उस प्रकार हात पैर हिलाने से भी ज्येष्ठ व्यक्तियों के शरीर को अच्छा व्यायाम मिल सकता है।

शारीरिक व्यायाम तथा प्राणायाम का लाभ शरीर के साथ ही मस्तिष्क को भी प्राप्त होता है। इससे मस्तिष्क को ग्लूकोज तथा प्राणवायू तो मिलता है ही। साथ ही मस्तिष्क में सिरोटोनीन तथा एन्डोर्फिनस के स्राव बढ़ कर मन तनाव रहित हो जाता है। इससे शरीर की रोग प्रतिबंधक शक्ति बढ़ती है। परिणामत: बीमारियाँ दूर भागती हैं। जीवन उमंगभरा, उत्साहित हो जाता है और आयुर्मान बढ़ जाता है। मन में उम्मीद

जग जाती है। ऐसा व्यक्ति अपने कामों में, सामाजिक मेल-मिलाप में रुची लेने लगता है। वह निरंतर आनंदित रहता है। अपने दुख भूल कर दूसरों के दुख दूर करने में जुट जाता है। ज्येष्ठ व्यक्तियों ने जितना हो सके, नृत्य तथा गायन, वादन का आनंद भी लेना चाहिए। इससे मन की प्रसन्नता कायम रहती है।

ज्येष्ठ व्यक्तियों ने शारीरिक व्यायाम के साथ मस्तिष्क को चुस्त रखनेवाले व्यायाम भी करने चाहिए। जैसे की शब्दवर्ग पहेलियाँ बुझाना, मोबाईल फोन के इलेक्ट्रॉनिक खेल खेलना, पुस्तकें पढ़ना, लिखना, बातें करना, भजन, कीर्तन तथा विभिन्न विषयों पर व्याख्यानों का लाभ लेने से बुद्धि को चालना मिलती है और मनुष्य की बौद्धिक, वैचारिक क्षमता, सतर्कता बनी रहती है। परिणामत: पार्किन्सोनिझम और अल्झायमर जैसी विस्मरण संबंधी व्याधियों की संभावना कम होती है। सेल्फ एस्टीम और आत्मविश्वास बना रहता है।

इस प्रकार शरीर तथा मस्तिष्क को नियमित व्यायाम देने के लाभ अनगिनत हैं। और नुकसान कुछ भी नहीं। मानो अपनी पाँचों उँगलियाँ घी में होंगी। हाँ, किंतु इसके लिए उदासीनता और आलस को त्याग कर व्यायाम में नियमितता रखनी चाहिए।

धार्मिक वृत्तिवाले लोग सुबह के समय भगवान के दर्शन करने के लिए किसी दूर के मंदिर में जाएँ और श्याम के समय आरती और भजन के लिए भी अवश्य जाया करें। व्यायाम की तरह धार्मिक भावना भी मन को चुस्त रखती है। संगीत प्रेमी लोग व्यायाम करते समय किसी शांत धुन का श्रवण करेंगे तो रोज़ाना एक ही प्रकार का व्यायाम करने से भी (*Monotony*) व्यायाम में अरुची नहीं होगी। बल्कि मन प्रसन्न रहेगा।

ज्येष्ठ व्यक्ति अगर योगासन तथा प्राणायाम नहीं जानते हो तो शुरू में उन्होंने किसी तज्ज्ञ की सलाह से और बाद में रामदेवबाबा या तत्सम अन्य विशेषज्ज्ञ का रिकार्डींग देखते हुए व्यायाम करना चाहिए। किंतु एक बात की सावधानी बरतें। टी.व्ही. पर लोग कहते रहते हैं कि किसी किसी तज्ज्ञ की सलाह से या औषधी से १५ दिनों में उनका वज़न २५ किलो से कम हुआ या ८–१० दिनों में उनका मधुमेह नियंत्रित हो गया। ऐसी बातों का विश्वास नहीं करना चाहिए। अपने डॉक्टर का और जाँच पड़ताल से आए रिपोर्ट का ही विश्वास करें। अन्यथा बीमारी के संकटों का सामना करना पड़ेगा। इसलिए सदा सावधान रहें।

हँसते रहें (हास्ययोग)

हँसी, मानो हर्ष की फुहार! नन्हे बच्चे का मासूम हास्य हो, प्रियतमा का लज्जित हास्य हो या किसी विनोद पर उठा हँसी का ठहाका हो। हँसी में से आनंद व्यक्त होता

है। काम, क्रोध या लोभ की भावना को छुपाना आसान होता है। किंतु आनंद को छुपाना कठीन होता है। उसे छुपाने की कोशिश करें तो भी मुस्कुराती आँखें और हँसता चेहरा उस कोशिश को नाकामयाब कर देते हैं। सच कहें तो वहीं हँसी छुपाई जाने लायक होती है जो किसी की फजीहत पर फूट पड़ें। अन्यथा हँसना, हँसाना और आनंद बाँटना ही जीवन का उचित मार्ग है। हँसनेसे केवल चेहरा आनंदित नहीं दिखता। तो शरीर रोम रोम में आनंद और उत्साह के झरने बहने लगते हैं। इसके पीछे विज्ञान है। हँसने से शरीर में स्ट्रेस हार्मोन का स्तर घटता है। रक्तचाप नियंत्रित होता है। साथ ही मस्तिष्क में एन्डोर्फिन रसायन की मात्रा बढ़ने से पूरे शरीर में रोगप्रतिबंधक शक्ति बढ़ जाती है। जंतू संक्रमण तथा कैंसर जैसी व्याधियों को भी नियंत्रित रखा जा सकता है। संक्षेप में कहे तो हास्य रस से शरीर में उत्साह उमंग के फव्वारें छूटने लगते हैं। मन की नकारात्मकता चली जाती है और जीने की चाह बढ़ने लगती है।

ज्येष्ठ व्यक्तियों के लिए तो इस प्रकार आनंद और उत्साह प्राप्त करने की आवश्यकता अधिक होती है। सेवानिवृत्ती होने से, आमदनी घटने से, प्रेम पाश ढ़ीले होने से, परिवार से बिछड़ने से मन को खिन्नता आना आम बात है। किंतु इससे स्वयं को बाहर खींच लाना ही मनुष्य का सच्चा धर्म है। इसलिए हास्य क्लब जैसे साधन उपयुक्त साबित होते हैं।

सौभाग्यवश पिछले दशक में भारत में ऐसे कई सारे हास्य क्लबों की स्थापना की गई है। इनमें ज्येष्ठ नागरिकों की संख्या अधिक होती है। ज्येष्ठ लोगों ने अगर रोज़ सुबह व्यायाम के लिए घूमने जाना, अपनी उम्र के लोगों से बातचीत करना, योगासन प्राणायाम करना और हास्य प्रकार करने से दिन का आरंभ किया तो उनका पूरा दिन उत्साह से भरा रह सकता है। जिससे शरीर सकारात्मकता से साथ निभाता है और बीमारियों से लड़ने का बल प्राप्त होता है। इसलिए तो कहते हैं की, मन करो रे प्रसन्न– *Laughter is the best medicine.*

हँसने से स्ट्रेस हार्मोन घटते हैं। रोग प्रतिबंधक शक्ति बढ़ती है। वेदनाएँ कम होती हैं। मांस पेशियाँ लचीली रहती हैं। रक्तचाप नियंत्रित रहने से हृदय विकार और मस्तिष्क के विकार नियंत्रित हो जाते हैं। अपनी उम्र के लोगों, दोस्तों से वार्तालाप करने, हँसी मज़ाक करने से संघभावना बढ़ती है। विवाद कम हो जाते हैं। और शरीर के साथ मन भी स्वस्थ रहता है।

कहते हैं की संक्रमित बीमारियों की तुलना में हास्य रस हमेशा अधिक गति से संक्रमित होता है। आनंद, जितना बाँटों उतना बढ़ता जाता है और दुख को साझा करने से वह घटता जाता है। आनंदित रहें, आनंद का प्रसार करें इसमें नुकसानी

कुछ भी नहीं है। तो दोस्तों, जीवन को आनंद से सराबोर करनेवाले हस्य क्लब में शामिल हो जाएँ। व्यंग भरे विनोदी कार्यक्रम देखें। विनोदी पुस्तकें पढ़ें। हँसे, हँसते रहें, लोट पोट हो कर हँसे। किंतु ज्येष्ठता के पद पर चढ़े दोस्तों, अपने वज़न को न बढ़ने दें।

डॉक्टर मदन कटारिया नामक एक भारतीय ने सन १९९० में मुंबई के एक उद्यान में इस संकल्पना को जन्म दिया। सन १९९५ में हास्य क्लब संकल्पना को मूर्त रूप प्राप्त हुआ। फिर दुनियाभर में हास्य क्लबों का निर्माण होने लगा। सन २०११ में किए गए निरिक्षण अनुसार सौ देशों में करीबन ८००० हास्य क्लब कार्यरत थे। प्रत्येक क्लब का एक प्रमुख होता है। ऐसे क्लबों में ज्येष्ठ नागरिकों की संख्या अधिक होती है। पहले थोड़ा व्यायाम, योगासन और प्राणायाम कर के शरीर को तैयार किया जाता है। फिर एक बड़ा सा घेरा बनाया जाता है। जिससे मन में बचपना जग जाता है। फिर ऊंची आवाज़ में हँसने के सारे बंधन तोड़ दिए जाते हैं। इससे चिंताएँ, तनाव भूलाने में सहायता मिलती है। इससे हँसी धीरे धीरे खिलती जाती है। हँसी के फव्वारों को ठहाकों में बदला जाता है। ऊंची आवाज़ में हँसने के कई सारे प्रकार किए जाते हैं। साधारणत: बीस मिनटों तक इस प्रकार हास्ययोग किया जाता है। इससे शरीर में हल्कापन आता है और मन खुला, प्रसन्न हो जाता है। इसके बाद ध्यान धारणा या शवासन करने से शरीर और मन में नई चेतना जागृत हो जाती है।

इस विषय पर कुछ अनुसंधान किया गया। पहले व्यायाम, योगासन और प्राणायाम करने से शरीर को बड़ी मात्रा में प्राणवायू की आपूर्ति होती है। पूरे शरीर का रक्ताभिसरण गतिमानता से और अधिक होने लगता है। मस्तिष्क को अधिक मात्रा में प्राणवायू उपलब्ध होता है और एन्डॉर्फिन्स रसायन की मात्रा भी बढ़ती है। जिससे आनंद की भावना वृद्धिंगत होती है। स्ट्रेस हार्मोन्स घटते हैं। परिणामत: चिंता, निराशा नियंत्रित हो जाती हैं। शारीरिक वेदनाओं से ध्यान हट जाता है और वह कम महसूस होने लगती हैं। ऑक्सफर्ड के एक संशोधक के अनुसार एन्डॉर्फिन्स के कारण अफीम (वेदनाशामक) जैसा असर दिखाई देता है। इस संशोधन में हास्य क्लब तथा अन्य दलों की तुलना कर के ही यह निरीक्षण दर्ज किया गया है।

कुछ संशोधकों का कहना है की अगर दुनियाभर में बड़े पैमाने पर हास्ययोग का प्रसार किया गया तो आनंद, बंधुता, निरपेक्ष प्रेम, क्षमाशीलता, औदार्य तथा सहिष्णूता की भावना वृद्धिंगत होने लगेगी और दुनिया में सभी ओर शांती का वातावरण होगा।

पुराने ज़माने में कहा जाता था कि,
'जो बिना वजह हँसता है वह पागल होता है।'
अब नए ज़माने का मंत्र होना चाहिए,
'हँसते रहें, आनंद बटोरते रहे और स्वस्थ रहें।'
मन हँसता रहा तो शरीर खिलता रहेगा।

सच है दोस्तों, बिनधास्त हँसना भी एक व्यायाम ही है।

ज्येष्ठ व्यक्तियों का अर्थकारण

मनुष्य का आयुर्मान बढ़ने से दुनियाभर में ज्येष्ठ व्यक्तियों की संख्या बढ़ रही है। चिकित्सा क्षेत्र में लगातार होनेवाले विकास के कारण यह संख्या और भी बढ़ेगी। जिससे विकसित तथा विकसनशील सभी देशों में आर्थिक समस्याएँ बढ़ने लगी है।

सौ साल पहले सभी ओर एकत्रित परिवार हुआ करते थे। तब ज्येष्ठ व्यक्तियों की संख्या कम होती थी। और ज्येष्ठ व्यक्ति निवृत्ती के बाद भी पूरी तरह अपने परिवार पर निर्भर रहा करते थे। उन्हें अपनी खान पान की या बीमारी में सेवा देखभाल की चिंता नहीं होती थी। जैसे ही मनुष्य भौतिक सुविधाओं में विकास करने लगा, लौकिक सुख के पीछे भागने लगा वैसे विकसित तथा अविकसित दोनों ही देशों में एकत्रित परिवार पद्धति तेजी से नष्ट होने लगी। इससे किसी को कम और किसी को ज्यादा किंतु नई और पुरानी दोनों ही पीढ़ीयों का नुकसान हुआ। ज्येष्ठ व्यक्तियों को पारिवारिक प्रेम, सुख, सुरक्षितता गँवानी पड़ी। किंतु आर्थिक समस्याएँ उससे अधिक ड़रावनी हैं। उनकी आर्थिक अड़चनें और उससे आनेवाली समस्याएँ तेजी से बढ़ रही हैं। उन्हें कई प्रकार की अड़चनें सता रही है।

कहते हैं कि बच्चे की बचपन की हरकतों से माँ बाप को उसका भविष्य समझ में आता है। पता नहीं की यह सच है या नहीं। किंतु आज की युवा पीढ़ी को भविष्य के पालने में अपनी वृद्धत्व की समस्याएँ झूलते हुए अवश्य दिखाई दे रही हैं। इसका एक अच्छा परिणाम हुआ है। पुराने ज़माने में लोग अपने भविष्य के बारे में निश्चिंत थे। उन्हें अपनी जीवनसंध्या के लिए आर्थिक नियोजन करने की चिंता नहीं होती थी। युवावस्था में तो बिलकुल ही नहीं। निवृत्ती वेतन और ग्रैच्युईटी अपने लिए पर्याप्त होगी यह सोचकर नौकरी करनेवाले लोग अपनी सारी जमा पूँजी, घर बार, खेती

बाडी अपने बच्चों को सौंप देते थे। धीरे धीरे यह सोच बदलने लगी। मराठी नाटक 'नटसम्राट' का एक वाक्य मुझे हमेशा याद रहेगा। जिसका अर्थ है, 'चाहे तो अपनी भरी हुई थाली दान कर दो। किंतु जिस स्थान पर बैठें हैं उसका दान न करें।' इस नाटक ने उस ज़माने के ज्येष्ठों को सतर्क किया था। फिर भी वह बात सब के पल्ले नहीं पड़ी थी। लेकिन आज की युवा पीढ़ी बात को सही समझ गई है। इसलिए आज की नई पीढ़ी पहले से ही सेवा निवृत्ती के विभिन्न मार्गों के बारे में सोच रही है, नियोजन कर रही है।

पुराने ज़माने में आर्थिक स्थिति अच्छी हो तो सोना, खेती बाडी, घर बार में निवेश किया करती थी। फिर बैंकों में पैसा जमा कर के ब्याज लिया जाने लगा। आज की पीढ़ी अधिक सजगता से आर्थिक नियोजन कर रही है। 'निवृत्ति योजना' एक महत्वपूर्ण संकल्पना हो गई है। इसमें सोने में या बैंकों में निवेश का प्रमाण कम हो रहा है। क्योंकि इनसे मिलनेवाला लाभ और बढ़ती महँगाई का मेल नहीं हो पा रहा है। सोने में निवेश करने पर गहनों में घटाव आना, मज़दूरी का खर्चा होना, गहने खो जाना, चोरी का खतरा होना इससे यह निवेश उतना लाभदायी नहीं होता। पिछले ४०–५० सालों में दुनियाभर की तरह भारत की कई कंपनियों ने भी 'शेयर्स' या 'म्युच्युअल फंड' जैसे विकल्प उपलबद्ध कराए हैं। आयुर्विमा का विकल्प तो है ही। किसी की अचानक मृत्यू हो जाने पर उसने घर या व्यवसाय के लिए कोई कर्ज़ा लिया हो तो उसे चुकाने में जीवनबीमा की बड़ी सहायता होती है। किंतु केवल निवेश के लिए सोचा जाए तो जीवनबीमा से पर्याप्त लाभ नहीं होता।

दुनियाभर के स्टॉक मार्केट के दीर्घ इतिहास की पूरी जानकारी हो तो तज्ज्ञों की सलाह से दीर्घावधि के लिए चुनिंदा शेअर्स में निवेश करने से अधिक लाभ मिलता है। इस प्रकार आज की पीढ़ी के लिए निवेश के कई सारे मार्ग उपलब्ध हैं। उसमें बच्चों की पढ़ाई, उपनयन संस्कार, उच्च शिक्षा, विवाह के लिए समय समय पर कुछ निश्चित रकम मिलने की सुविधा भी उपलब्ध होती है। कहते हैं की सभी अंडें एक ही टोकरी में नहीं रखने चाहिए। इसलिए जानकार लोग सोना, बैंक, शेअर्स, म्युच्युअल फंड, घर, जीवनबीमा जैसे विभिन्न प्रकारों में निवेश की सलाह देते हैं। जब आमदनी अच्छी हो तो यह सलाह मानी जा सकती है। किंतु जब रोज़ ही रोज़ी-रोटी की चिंता हो ऐसे आर्थिक दुर्बल समाज तो निवेश करने की बात सोच भी नहीं सकता। भारत की करीबन ८५% जनता निवेश नहीं कर सकती। इस पृष्ठभूमि को ध्यान में रखते हुए अब हम ज्येष्ठ व्यक्तियों के अर्थकारण का विचार करेंगे।

आर्थिक भिन्नता के आधार पर ज्येष्ठ व्यक्तियों को वर्गीकृत किया जा सकता है। सन २०१४ के सर्वेक्षण से साबित होता है कि भारत की कुल जनसंख्या में से ६८% लोग गाँवों में रहते हैं। इनमें से अधिकतम लोग खेती या मज़दूरी से अपना गुज़ारा करते हैं। आज कल गाँवों में स्कूल जानेवाले बच्चों का प्रमाण ९६% हैं। फिर भी आज जिन लोगों ने उम्र के ६५ साल पार किए हैं वह शिक्षित नहीं हैं। वह किसी तरह से पेट भरते थे और मुश्किल से जीवन काटते थे। उनकी कमाई इतनी नहीं थी के वह अपने भविष्य का, वृद्धावस्था का नियोजन कर सकें। इसलिए उन्हें अब वृद्धावस्था में अपने बच्चों पर निर्भर रहने के अलावा कोई चारा नहीं है। बच्चें अगर गाँव में ही हो तो उनके साथ रहना, वह शहर गए हो तो उनके पास रहना या शहर से जो कुछ पैसे भेजते हो उसमें गुज़ारा करना यही उनके लिए संभव है।

संगीसाथी (ज्येष्ठ नागरिक संघ)

अंग्रेज़ी में एक कहावत है, *Birds of same feather flock together* तो संस्कृत में सुभाषित है, 'समानशीले व्यसनेषु सख्यम।' अर्थात जिनके गुण, व्यसन, जाती, प्रजाती, धर्म, कर्म, सुख दुख में समानता होती है ऐसे पक्षी, प्राणी और मनुष्य सम्मिलित हो जाते हैं। दल बना कर काम करते हैं। ज्येष्ठ नागरिक संघ बनने का कारण यही है। सेवानिवृत्त ज्येष्ठ व्यक्तियों के सुख दुख समान होते हैं और उनके पास समय की कोई कमी नहीं होती। यह भी उनके संगठन का एक कारण होता है।

शासकीय, अर्धशासकीय सेवाओं से निश्चित उम्र के बाद निवृत्त होनेवाले लोग पहले तो अपने निवृत्ती वेतन संबंधी समस्याओं के लिए एकत्रित हुए। धीरे धीरे हर गाँव में ऐसा होने लगा। उनमें ऐसे ज्येष्ठ व्यक्ति भी शामिल होने लगे जिन्होंने नौकरी भले ही न की हो किंतु जो वयोवृद्ध हैं तथा व्यवसाय से, घर की जिम्मेदारियों से निवृत्त हो गए हैं। यह दल जैसे ही विस्तारित होने लगे वैसे प्रांतीय, केंद्रीय तथा विविध विभागों के नौकरदारों ने अपने अलग दल स्थापित किए। किंतु इन सभी दलों का उद्देश्य एक ही था। वह था एकत्रित होना, सुख दुख बाँटना और एकदूसरे को सांत्वना देना। किसी भी क्षेत्र से जब पुरुष निवृत्त होता है तब वह पूरी तरह से निवृत्त होता है। महिला अगर नौकरी में से निवृत्त हो जाए तो भी उसे एक पत्नी, माँ या गृहिणी की भूमिका निभानी ही पड़ती है। मराठी नाटक 'आई रिटायर होते,' में इसी विषय को प्रस्तुत किया गया है। भारत में गाँवो, देहातों में रहनेवाले महिला या पुरुषों के लिए न सेवा निवृत्ती का सुख है न ऐसे किसी दल में शामिल होने का आनंद है। हाल ही में भारत सरकार ने ऐसे ज्येष्ठ व्यक्तियों को सुख-सुविधा देने की योजना बनाई है। किंतु सभी योजनाओं के लाभ ज़रूरतमंदों तक नहीं पहुँच पाते।

सेवानिवृत्ती (*Pension*) योजना- शासकीय अथवा अर्धशासकीय सेवाओं से निवृत्त होनेवालों कर्मचारियों को उनकी निवृत्ती के बाद जो वेतन दिया जाता है उसे निवृत्ती वेतन कहा जाता है। इसके लिए कम से कम लगातार १० साल नौकरी करनी पड़ती है। निवृत्त होते समय जो आखरी वेतन होता है उसके ३५% रकम उन्हें निवृत्ती वेतन के रूप में दी जाती है। उनकी मृत्यु के बाद यह रकम उनके जीवनसाथी को या सरकार से निश्चित किए गए वारिस को दी जाती है। यह रकम उस व्यक्ति के पोस्ट या बैंक में स्थित खाते में हर महीने की आखिर में जमा की जाती है। निश्चित अवधि के बाद उस व्यक्ति ने अपने जीवित होने का प्रमाण देना आवश्यक होता है। जिस प्रकार नौकरी करनेवालों को महँगाई भत्ता दिया जाता है, उस प्रकार वह सेवानिवृत्त लोगों को भी दिया जाता है। इस योजना के कारण निवृत्ती वेतनधारकों को भी वृद्धत्व में एक अच्छा आर्थिक आधार प्राप्त होता है।

बदलते समय की बात ही कुछ और है। सरकारी नौकरी कायम होने के बाद सरकारी नौकर अपनी क्षमता के अनुसार घूस ले कर धन संचय करने लगते हैं। उनके लिए वेतन से अधिक यही कमाई होती है। उस कमाई की तुलना में उनका वेतन कुछ भी नहीं होता। इस काले धन के कारण उनके बच्चें ग़लत राह पर जाने की संभावना होती है। भ्रष्टाचार की सीमा पार करनेवाले राजकीय नेता इस बात को रोकने की खास कोशिश नहीं करते। उन्हें न तो वह नैतिक अधिकार होता है और न ही ऐसा कुछ करने की उनकी इच्छा होती है। कई बार वह स्वयं ही सरकारी अधिकारियों के द्वारा ऐसी काली माया इकट्ठा करते रहते हैं। 'तेरी भी चुप और मेरी भी चुप' इस तत्व से अब भ्रष्टाचार को शिष्टाचार माना जा रहा है। इसी में से अब अपना काला धन परदेशस्थ बैंकों में जमा कर बाद में उसे किसी अन्य मार्ग से भारत में लाने के प्रकार चल रहे हैं। इस काले धन का निवेश खेती या घर बार में नामी बेनामी रूप में किया जा रहा है।

सन २००४ में भारत सरकार ने ६५ उम्र के नागरिकों के लिए 'बालक श्रावण सेवा राज्य निवृत्ती योजना' घोषित की है। इस योजना के अनुसार ऐसे लोगों को निवृत्ती वेतन दिए जाने की सुविधा है। किंतु इसकी जानकारी होना, इसके लिए कोशिशें करना तथा भ्रष्ट व्यवस्था में से इसे प्राप्त करवा लेना कोई आसान काम नहीं है।

नगद सहायता के साथ निवृत्त कर्मचारियों तथा ग़रीब (?) राजकीय नेताओं के लिए स्वास्थ सुविधाएँ भी बड़े पैमाने पर उपलब्ध कराई गई हैं। वास्तव में अब यह लोग सेवा निवृत्त लोगों की जो सहायता कर रहे हैं उसके पीछे उनका अपने निवृत्त जीवन का नियोजन है।

हाल ही में सरकार ने विस्तृत योजनाएँ बनाई हैं। उसमें सन २००४ से 'बालक श्रावण सेवा राज्य निवृत्ती योजना', 'इंदिरा गांधी राष्ट्रीय वृद्धापकाल निवृत्ती वेतन योजना', 'राजीव गांधी जीवनदायी आरोग्य योजना, हृदयरोग, कैंसर तथा मूत्र पिंड अशक्त होनेवाले रुग्णों के लिए सरकारी अर्थ सहाय्य आदी योजनाओं का समावेश है। ज्येष्ठ व्यक्तियों को अगर इन सभी योजनाओं की जानकारी हो, इन्हें पाने के लिए वह भाग दौड़ कर सके तो कुछ हद तक उन्हें इन योजनाओं का लाभ मिल सकता है। इतना काफी नहीं होता। सरकारी अधिकारियों के हाथ ग़रम करने की सूझ भी होनी चाहिए। वरना योजनाओं का लाभ केवल कागज़ पर ही बना रहता है।

आज भारत की जनसंख्या १२५ करोड़ हैं। उनमें से १०% जनता ज्येष्ठ नागरिक है। इनमें से केवल २०% ज्येष्ठ व्यक्तियों को निवृत्ती वेतन का लाभ मिल रहा है। अर्थात ८०% ज्येष्ठ व्यक्ति विनावेतन जी रहे हैं। यह संख्या आज ९–१० करोड़ की है। इनमें सधन लोग अत्यल्प हैं। अधिकतम लोग कनिष्ठ मध्यम अथवा आर्थिक दुर्बल वर्ग में आते हैं। दुर्बल वर्ग में गाँव के और शहरों के ज्येष्ठ नागरिकों की अवस्था दयनीय है। उनमें से जो भाग्यवान हैं उन्हें परिवार का आधार मिलता है। अन्य व्यक्तियों को भगवान के भरोसे रहना पड़ता है। कितने ही ज्येष्ठ व्यक्ति जीवन से ऊब कर आत्महत्या कर लेते हैं।

जो शासकीय अथवा अर्धशासकीय सेवा में नहीं हैं, जो कनिष्ठ मध्यम वर्ग में हैं और जो उनसे भी कम आमदनीवाले दल में हैं, उन्हें निवृत्ती वेतन न मिलने से बड़ी असुविधा होती है। किंतु जो लोग भारी आमदनी वर्ग में से हैं और जिन्होंने अपनी बची कमाई का निवेश अच्छा लाभ देनेवाले निवेश योजनाओं में किया है उन्हें पैसों की कमी नहीं सताती। होता यह है कि 'जहाँ गुड़ वहीं चिंटियाँ' इस न्याय से परिवारवाले, रिश्तेदार उनकी अच्छी देखभाल करते हैं या यह धनी लोग अपने लिए नौकर चाकरों का इंतज़ाम कर देते हैं। ऐसा भी देखा गया है कि धन की लालच में आ कर रिश्तेदार या नौकर धनी ज्येष्ठ व्यक्ति का खून कर देते हैं।

वसीयत (*Will*) बनाना आज समय की माँग बनी है। ऐसा नहीं कि आखरी घड़ी आने पर ही वसीयत बनाई जाती है। एक तो वह आखरी घड़ी कब सामने आ जाएगी यह कोई नहीं कह सकता। कोई बड़ी दुर्घटना या हृदयविकार कुछ सोचने का अवसर नहीं देता। इसलिए हर एक व्यक्ति ने, खास कर विवाहित, बालबच्चोंवाले मनुष्य ने जितना जल्दी हो सके, वसीयत बनानी चाहिए। आवश्यकता के अनुसार उसमें कभी भी बदलाव करने का अधिकार तो होता ही है। ज्येष्ठता की उम्र में वसीयत करने पर उसे रजिस्टर करना अच्छा होता है। उस व्यक्ति के बाद उस व्यक्ति के कुछ

रिश्तेदार उसकी वसीयत के विरोध में जा सकते हैं। विवाद होते हैं। मामलें कोर्ट में जाते हैं। इसपर उपाय के लिए अब व्यक्ति के रहते ही ट्रस्ट बना कर अपनी सम्पत्ति का व्यवस्थापन करने का विकल्प उपलब्ध हो गया है। कानूनी तथा आर्थिक सलाहकारों की सलाह से इस विकल्प पर भी अवश्य सोचना चाहिए। वसीयत न की हो तो व्यक्ति रुग्णशैय्या पर होते हैं उस समय जल्दबाज़ी में ज्यादा सोचे बिना वसीयत बनाई जाती है। अथवा कोरे कागज़ पर आखरी सांसें लेते हुए व्यक्ति के हस्ताक्षर ले कर या अँगूठा ले कर धोखाधडी की जा सकती है। इसे टालने के लिए समय रहते ही उपाय करना चाहिए।

मन को खोलना, सुख दुख बाँटना, समय बिताना... देखें तो मनोरंजन ही है। किंतु जो लोग आर्थिक दृष्टि से सक्षम हैं, जिनका स्वास्थ्य अच्छा है ऐसे लोग पार्ट टाईम काम कर के अर्थार्जन कर सकते हैं या किसी सेवाभावी संस्था में विनावेतन काम कर के सामाजिक बंधुता का पालन कर सकते हैं। उसका आनंद कुछ अलग ही होता है। शहरों में पेन्शनर्स असोसिएशन्स में एकदूसरे की समस्याएँ सुलझाई जाती हैं। किसी को किसी विषय में ज्ञान हो तो उसका भाषण आयोजित किया जा सकता है। संगीत सभाओं या अन्य उपयुक्त कार्यक्रमों का आयोजन किया जाता है। ज्येष्ठ व्यक्ति भी समाजसेवा कर सकते हैं। कुछ चैरीटेबल ट्रस्ट (सर्वोदय ज्येष्ठ नागरिक सार्वजनिक न्यास) ऐसा काम कर रहे हैं।

नृपो – (*NRI Parents' Organization*) आज कल रोज़ी-रोटी के चक्कर में मेहनत करनेवाले अशिक्षित मज़दूर से ले कर उच्च शिक्षित बुद्धिमान सभी स्तरों के युवा अपना भविष्य सँवारने के लिए मध्य पूर्वी देशों से ले कर दुनिया के कोने कोने में बसे अविकसित, विकसनशील और अतिप्रगत जैसे किसी भी देश में जहाँ अवसर मिले वहाँ अस्थायी या स्थायी रूप से निवास करती है। अपने खर्चों में कटौती कर के, मेहनत कर के वह अच्छी कमाई करते हैं। बचत भी करते हैं। कई लोग अपने परिवार के लिए नियमितता से पैसे भेजते हैं। यह तो खुशी की बात है। भारत सरकार को मिलनेवाले परदेशी चलन का बड़ा हिस्सा इन्हीं के ज़रिए आता है। इससे भारत के ज्येष्ठ व्यक्तियों को आर्थिक आधार प्राप्त होता है और भारत में निवेश के लिए प्रोत्साहन भी मिलता है।

ऐसी परदेशस्थ संततियों के अभिभावकों ने इकट्ठा हो कर नृपो संस्था की स्थापना की है। इसमें यह ज्येष्ठ अभिभावक एकत्रित आते हैं, सुख दुख बाँटते हैं, एकदूसरे की समस्याएँ सुलझाने में सहायता देते हैं। भारत में कई स्थानों पर नृपों की शाखाएँ है।

सेवा निवृत्ती नियोजन – सेवा निवृत्ती के बाद अपनी आमदनी कम होगी या पूरी तरह रुकेगी इस बात को ध्यान में ले कर उचित समय पर बची हुई आमदनी को विमा, बैंको में निवेश, कंपनीयों के शेअर्स, म्युच्युअल फंड जैसे विभिन्न निवेश साधनों में निवेशित करें। और निवृत्ती के बाद महँगाई का विचार कर के हर महीने पर्याप्त रकम प्राप्त हो सके इसके लिए उचित नियोजन करें। जिनकी कमाई अच्छी खासी होती है वह परिवार के सदस्यों की शिक्षा, विवाह जैसी जिम्मेदारियाँ निभा कर कर्ज़ा ले कर या कर्ज़ा लिए बिना अपना घर बनाते हैं। घर के लिए कर्ज़ा लिया गया हो तो उसे आयुर्विमा का संरक्षण होना चाहिए। और सेवा निवृत्ती से पहले कर्ज़ा चुकाया जाना चाहिए। इस प्रकार आर्थिक नियोजन सुयोग्य पद्धति से किया गया हो और स्वास्थ्य विमा भी ले कर उसके सारे हफ्तें सही समय पर भरे गए हो तो आजीविका और बीमारी के लिए अपने आप ही नियोजन किया जाएगा। उसके लिए नई पीढ़ी पर निर्भर रहने की आवश्यकता नहीं होती।

फिर भी महँगाई के कारण आर्थिक नियोजन के बाद भी कोई समस्या हो और घर अपनी मलकियत का हो तो आज कल रिव्हर्स मॉर्टगेज का एक अच्छा विकल्प प्रस्तुत किया गया है।

गृहकर्ज (बन्धक) – घर खरीदने के लिए आवश्यक रकम पास में न हो तो हर महीना किराये के लिए कुछ रकम देनी पड़ती है। उसके बजाय अगर दीर्घ अवधि का कर्ज़ा लिया तो हर महीना हफ्ते के लिए भाडे की रकम से थोड़ी अधिक रकम भरनी पड़ती है। किंतु अपना खुद का घर बनता है और पैसों की भी बचत होती है। इस प्रकार दोहरा लाभ मिलता है। हर एक नागरिक का अपना घर हो इस उदात्त सरकारी नीति के कारण गृहकर्ज संस्थाएँ तथा बैंक कम ब्याज से ऐसे दीर्घ अवधि के गृह कर्ज़ देती हैं। किंतु हमने लिया कर्ज़ा ब्याज सहित चुकाने तक वह घर बैंक के पास गिरवी रहता है। कर्ज़दार की अकाल मृत्यू होने पर बैंक का नुकसान न हो जाए इसलिए बैंक कर्ज़दार के लिए कर्ज़े की रकम का आयुर्विमा करना अनिवार्य कर देती है। इससे कर्ज़दार के पीछे उसके परिवार को बेघर होने से बचाया जाता है। अर्थात कुछ भी हो जाए तो भी घर अपना ही हो जाता है। परिवार के उपर पक्का छत बन जाता है।

रिव्हर्स मॉर्टगेज (विपरीत बन्धक)

ज्येष्ठ नागरिकों की सुविधा के लिए ने सन २००७ में भारत सरकार इस प्रकार के बन्धक की योजना का आरंभ किया। आम कर्ज़ योजनाओं में पहले कर्ज़ और बाद में घर होता है। रिव्हर्स मॉर्टगेज में पहले अपना खुद का घर होता है जिस पर बैंक कर्ज़

देती है। इस योजना के अंतर्गत सरकार से मान्यताप्राप्त व्यक्ति या संस्था (व्हैल्यूअर) के द्वारा अपने घर का मूल्य निर्धारित किया जात है। और बैंक हमे इस मूल्य के ६०% रकम कर्ज़ के रूप में देती है। कर्ज़दार इस कर्ज़ को एक साथ या किश्तों में ले सकता है। कर्ज़दार और उसका जीवनसाथी अर्थात पति या पत्नी इस घर में रह सकते हैं। निश्चित कालावधि के बाद उस घर का पुनर्मूल्यांकन किया जाता है। किंतु यह सुविधा केवल ६० से अधिक उम्रवाले ज्येष्ठ नागरिकों के लिए ही उपलब्ध है।

जो कर्ज़दार एकमुश्त कर्ज़ लेते हैं वह उस रकम का निवेश कहीं और करते हैं या घर खर्चे के लिए करते हैं या अपनी इच्छा के अनुसार किसी और कारण से कर सकते हैं। किंतु उन्हें हर महिना किश्त (कर्ज़+ब्याज) भरनी पड़ती है। बैंक से एकमुश्त कर्ज़ लेने के बजाय अगर हर महीना किश्तों में लिया जाए तो रोज़ाना के खर्चे निभाने के लिए उसे निवृत्ती वेतन या वेतन जैसे उपयोग में लाया जा सकता है। किंतु इस योजना की अवधि लगभग १५ साल की होती है। कुछ विशेष स्थितियों में वह २० साल भी हो सकती है।

किसी ज्येष्ठ व्यक्ति को अगर निवृत्ती वेतन न मिलता हो, उसकी बचत पर्याप्त न हो, बच्चें देखभाल न करते हो या देखभाल के लिए बच्चें या कोई रिश्तेदार न हो किंतु घर अपना खुद का हो तो ऐसी स्थिति में घर का उपयोग कर के रोज़ाना खर्चे के लिए पैसा उपलब्ध होता है और उनका उर्वरित जीवन सुख से व्यतीत हो सकता है। पती-पत्नी दोनों में से एक की मृत्यु हो गई तो भी दूसरे को बचे हुए किश्तों का लाभ मिल सकता है। दोनों की मृत्यु हो जाए तो उनकी इच्छापत्र के अनुसार निश्चित किया गया वारिस कर्ज़ और किश्तों को एकसाथ चुका कर घर पर अधिकार कर सकता है। इस सुविधा का लाभ लेनेवाले ज्येष्ठ व्यक्ति के बच्चें हो या न हो, वह अपने इच्छापत्र में बच्चें, कोई रिश्तेदार या किसी सेवाभावी संस्था को कर्ज़ घटा कर बची रकम अदा करने इच्छा दर्ज करें तो बैंक उसके अनुसार कार्यवाही करती है। इच्छापत्र न किया गया हो तो कर्ज़ लेते समय किए गई करार में ज्येष्ठ व्यक्ति ने जिस व्यक्ति या संस्था को उर्वरित रकम देने की इच्छा व्यक्त की हो उसी को वह दी जाती है। एग्रीमेंट करने के बाद विचार बदल जाए तो उसमें लाभधारकों के नाम बदले जा सकते हैं। उसी प्रकार जीवन समाप्ती से पहले कभी भी इच्छापत्र को बदला जा सकता है। बदले हुए इच्छापत्र का पंजीकरण करना उचित होता है। संक्षेप में कहे तो वयोवर्धन से शरीर और मन दुर्बल हो गए हो तो भी सकारात्मक दृष्टिकोन रखने से उर्वरीत जीवन सुख से जिया जा सकता है। रिव्हर्स मॉर्टगेज योजना से अपना घर केवल आसरा नहीं होता तो जीवनसंध्या में आमदनी का साधन भी बन सकता है। जिन ज्येष्ठ व्यक्तियों के लिए

आमदनी का कोई मार्ग नहीं होता उनके लिए उनका अपना घर मानो कामधेनु का रूप धारण करता है।

मनुष्य के जीवन में 'नियोजन' इन चार अक्षरों का बड़ा महत्व होता है। फिर वह नियोजन स्वास्थ्य संबंधी हो, किसी साधारण घटना से संबंधी हो या आर्थिक स्थिति संबंधी हो, उसे करना अनिवार्य है। और उसके लिए पहले से ही सोचा जाना चाहिए।

ज्येष्ठ व्यक्तियों की बीमारियाँ

बीमारी कोई भी हो वह पक्षपात नहीं करता। वह व्यक्ति का लिंग, उसकी जाति, देश, धर्म किसी के बारे में नहीं सोचता। लिंग के अनुसार विशिष्ट अंग होते हैं। उनसे सम्बंधीत बीमारियाँ भी उसी लिंग के व्यक्ति पर आक्रमण करती हैं। कुछ बीमारियाँ विशिष्ट उम्र में होती हैं। किंतु वैसे तो वह किसी भी उम्र में रुग्ण से नाता जोड़ सकती हैं। फिर भी अनेकों बीमारियों का प्रतिशत व्यक्ति के लिंग तथा उसकी उम्र के अनुसार भिन्न हो सकती हैं। कुछ बीमारियाँ ऐसी होती हैं जो विशिष्ट भौगोलिक स्थिति, वहाँ का वातावरण, कीट वाहक (व्हेक्टर) के कारण किसी विशिष्ट प्रदेश में दिखाई देती हैं। उसी प्रकार स्वच्छता का प्रमाण, रोग प्रतिबंधक टीकों के उपयोग अथवा अभाव के कारण बीमारियों का प्रतिशत भिन्न हो सकता है।

कोई भी मनुष्य बीमारी से दूर ही रहना चाहता है। किंतु वह हमेशा संभव नहीं होता। अपने जीवन में आनेवाली साधारण समस्या भी पर्वत समान लगती है तो दूसरों का दुख जितना भी हो, साधारण लगता है।

अब हम ज्येष्ठ स्त्री-पुरुषों की बीमारियों के विषय में जानकारी लेंगे।

आँखें – आँखों का महत्व सभी जानते हैं। एक-दो दिन आँखें बंद कर के व्यवहार करेंगे तो पता चलेगा कि अंधापन या दृष्टिहीनता कितनी भयानक होती है। दृष्टि होते हुए भी आँखों पर पट्टी बाँध कर अंध पती के दुख में सहभागी होनेवाली गांधारी सच में महान थी। किंतु जिनमें जन्मत: अंधत्व होता है, उनका मस्तिष्क, ज्ञानेंद्रिय और अन्य अंग अपनी क्षमता तीव्रता से बढ़ाते हैं। इसलिए वह अपनी विकलांगता को मात देते हुए एक साधारण जीवन जी सकते हैं।

बढ़ती उम्र के साथ आँखों की आवश्यकता के अनुसार केन्द्रीय बिंदु (Accommodation) बदलने की क्षमता कम हो जाती है। इसलिए नज़दीकी चीजें

देखने के लिए ऐनक की आवश्यकता होती है। साठ साल होने के आसपास आँखों में मोतियाबिंदु या काँचबिंदु होने लगता है। दोनों के कारण अंधत्व आ सकता है। किंतु उचित समय पर चिकित्सा करने से उसे टाला जा सकता है।

मोतियाबिंदु यानी की आँखों में होनेवाले दृष्टिपटल की पारदर्शिता कम हो जाना। स्वच्छ, पारदर्शी दृष्टिपटल का रूप बदल कर वह दूधी शीशे जैसा हो जाता है। इससे दृष्टि क्षीण होती जाती है और चिकित्सा न करने पर पूरी तरह अंधत्व आ सकता है। मधुमेही व्यक्तियों को या जिनकी आँखों को कोई चोट आई हो उन्हें कम उम्र में भी मोतियाबिंदु हो सकता है। जो रुग्ण किसी बीमारी के लिए अधिक समय तक स्टिरॉईडस लेते रहते हैं, उन्हें भी कम उम्र में मोतियाबिंदु या काँचबिंदु हो सकता है। शल्य क्रिया से अपारदर्शी पटल को बदल कर वहाँ पर मानवनिर्मित पारदर्शी पटल लगाया जाता है और दृष्टिदोष को पूरी तरह हटाया जाता है। अब यह शल्यक्रिया सुलभ और प्रभावी हो गई है।

काँचबिंदु (*Glaucoma*) – यह बीमारी भी अधिकतम ज्येष्ठ व्यक्तियों में दिखाई देती है। आँखों में होनेवाले *Aqueous humor* नामक पारदर्शी स्राव में बाध आने से आँखों में तनाव आता है और काँचबिंदू हो जाता है। विशेषज्ज्ञों की सलाह से उचित उपचार और आवश्यकता के अनुसार शल्यक्रिया भी जल्दी की जाए तो इससे आनेवाला अंधत्व टाला जा सकता है।

उच्च रक्तचाप तथा मधुमेह को नियंत्रित न रखा जाए तो नेत्रपटल की अंदरूनी रक्तवाहिनियों में से आँखों के अंदर सूक्ष्म रक्तस्राव होने से भी अंधत्व आ सकता है। इसे टालने के लिए उच्च रक्तचाप तथा मधुमेह को नियंत्रित रखना चाहिए। उपचारों में देर हो जाए तो लेसर उपचार का अंशत: लाभ मिल सकता है।

कान – कानों से ठीक से सुनाई देना यह अमूल्य देन है। इसके कारण ही हम दूसरों के साथ बातचीत कर सकते हैं, दुर्घटना से बच सकते हैं। साथ ही संगीत का आनंद ले सकते हैं। बढ़ती उम्र के साथ कानों में होनेवाली क्षीणता के कारण सुनने की क्षमता कम होने लगती है। कुछ लोग तो पूरे बहरे हो जाते हैं। अधिकतम ज्येष्ठ व्यक्तियों को अंशत: बहरापन आ जाता है। बहरापन जब अंशत: होता है तब बात को ठीक न सुन पाने के कारण आसपास के लोगों में, खास कर पती पत्नी में ग़लतफहमियाँ होने लगती हैं।

'आज कल तुम मेरी बातों की तरफ ध्यान ही नहीं देते। तुम्हें अब मुझमें कोई इंटरेस्ट नहीं रहा....'

जिन्हें ठीक तरह सुनाई नहीं देता उनके घरों में से ऐसी तूतू मैंमैं सुनाई देने लगती है। उचित समय पर कान के डॉक्टर की सलाह लेने या श्रवण यंत्र का उपयोग करने से ऐसी ग़लतफहमियाँ टाली जा सकती है।

उच्च रक्तचाप/ हृदय विकार – जैसे जैसे मनुष्य की उम्र बढ़ती है वैसे उसकी धमनियों का (*Arteries*) लचीलापन कम हो कर वह सख्त (*Atherosclerosis*) होने लगती हैं। इससे रक्तचाप बढ़ने लगता है। यह प्रक्रिया बचपन में धीमी गति से और युवावस्था के बाद तेजी से होने लगती है। इसी कारण अधिकतम ज्येष्ठ व्यक्तियों में उच्च रक्तचाप दिखाई देता है। जो व्यक्ति अधिक मात्रा में नमक, मिठाई, तेल, घी का सेवन करते हैं उन्हें यह बीमारी जल्दी और जोर से जकड़ लेती है। स्थूलता तथा वांशिकता का भी इस प्रक्रिया में विशेष सहभाग होता है। जो लोग किसी न किसी प्रकार से तमाकू सेवन करते हैं और जिनकी जीवन शैली तनाव भरी है उनके शरीर पर यह आभूषण जल्दी ही चढ़ जाता है।

मधुमेह – जिनमें वांशिकता, स्थूलता और निष्क्रियता होती है उनके रक्त में ग्लूकोज की मात्रा अत्याधिक हो जाती है। ऐसे ही आलसी और निष्क्रिय लोग मधुमेह को पसंद आते हैं।

उच्च रक्तचाप तथा मधुमेह दोनों से ही शरीर की धमनियाँ सिकुडने लगती हैं। उससे हृदय, मस्तिष्क और मूत्रपिंड जैसे अंगों का नुकसान होता है और हार्ट ऐटेक, पैरालिसीस, मूत्र पिंड की निष्क्रियता आदि गंभीर बीमारियाँ होती हैं।

नियमितता से व्यायाम न करनेवाले लोगों की हड्डियों से कैल्शिअम कम हो जाता है। इससे हड्डियाँ कमज़ोर हो जाती हैं। ऐसे लोगों में मांस पेशियों, तथा जोड़ो के दर्द और फ्रैक्चर आसानी से हो जाते हैं। ज़रा सा गिरने से भी पुट्ठे की हड्डी टूट सकती है। ऐसे में ज्येष्ठ व्यक्ति का स्वास्थ्य ठीक न हो तो भी शल्यक्रिया करनी पड़ती है।

स्थूल व्यक्ति मानो ज़मीन का अतिरिक्त भार बने रहते हैं। किंतु उनका भार ज़मीन से पहले उनके अपने घुटनों को भुगतना पड़ता है। जिससे घुटनों का बड़ा नुकसान होता है। घुटनों की पीड़ा असहनीय होती है। युवावस्था में होनेवाली हंस की चाल, घुटनों की पीड़ा से बत्तख जैसी (डग डग) हो जाती है। ऐसे में घुटनों के जोड़ बदलना अनिवार्य हो जाता है। इसे टालने के लिए नियमित रूप से व्यायाम करना चाहिए। तेल, घी, मक्खन, मिठाई से दूर रहे। हड्डियों में से कैल्शिअम कम हो रहा हो और डी–३ तथा बी–१२ की कमी हो तो डॉक्टर की सलाह से डी–३ तथा बी–१२ की गोलियाँ लेनी चाहिए।

मस्तिष्क की बीमारियाँ – मस्तिष्क की क्षीणता इन बदलावों के कारण ज्येष्ठ व्यक्तियों में विस्मरण होना, पार्किन्सन तथा अल्झायमर्स जैसी बीमारियाँ होती हैं। उन्हें पूरी तरह तो नहीं टाला जा सकता किंतु उन्हें कम किया जा सकता है या उनमें विलंब किया जा सकता है। इसके लिए नियमित रूप से शारीरिक तथा मानसिक व्यायाम लेना, परिपूर्ण आहार लेना, पर्याप्त नींद लेना, उच्च रक्तचाप तथा मधुमेह के लिए उचित चिकित्सा लेना, तनाव से दूर और आनंदित रहना चाहिए।

आप कहेंगे कि ऐसी बातें कहना बहुत आसान होता है, करना उतना ही कठीन। जी हाँ, बिलकुल सही! किंतु इसके लिए कोशिशें तो की जा सकती है ना?

कर्करोग – यह ऐसा रोग है जिसका नाम सुनते ही मनुष्य भयभीत हो जाता है। बढ़ती उम्र के साथ कर्करोग की संभावना बढ़ती जाती है। इसका अपवाद यानी की जन्म के साथ या जन्म के तुरंत बाद होनेवाला 'ब्लास्टोमा' या युवावस्था में होनेवाला 'सार्कोमा' नामक कर्करोग। कर्करोग के अधिकतम प्रकार बढ़ती उम्र में होते हैं। महिलाओं में स्तन का, गर्भाशय का या बीजांड कोश का कर्करोग और पुरुषों में प्रोस्टेट ग्रंथियों का, टेस्टिकल का कर्करोग दिखाई देता है। पुरुषों में भी स्तन का कर्करोग हो सकता है। किंतु उसका प्रमाण कम है। मुँह का, अन्न नलिका का, जठर, बड़ी आंत का, फेफडों, मूत्र पिंड, स्वादपिंड, यकृत, थायरॉईड ग्रंथी तथा अन्य किसी भी अंग के कर्करोग महिला और पुरुषों में हो सकते हैं। तमाकू सेवन करने से या धूम्रपान करने से अथवा शरीर की रोग प्रतिबंधक शक्ति कम करनेवाले किसी भी कारण से कर्करोग हो सकता है।

नियमित व्यायाम, संतुलित आहार, योगासन, प्राणायाम तथा ध्यान धारणा से मन को तनाव रहित किया जाए, संगीत नृत्य से मन को प्रसन्न रखा जाए और व्यसनाधीनता से दूर रहा जाए तो शरीर की प्रतिबंधक शक्ति बढ़ जाती है। इससे कर्करोग को टाला जा सकता है या सफलता के साथ उसका सामना करने की शक्ति प्राप्त होती है। युवा तथा वृद्ध सभी ने इसका ध्यान रखना चाहिए।

कर्करोग की शुरूआत में वेदनाएँ नहीं होती। इस बात को ध्यान में रख कर शरीर पर कहीं भी कोई गाँठ या जख्म दिखाई दें और उसमें वेदना न हो तो डॉक्टर की सलाह अवश्य लेनी चाहिए। बीमारी कुछ भी हो, उसके लिए उचित डॉक्टर की सलाह लेनी चाहिए। उनकी सलाह माननी चाहिए और उनके बताएँ उपचार भी करवा लेने चाहिए। अपनी बीमारी की जानकारी इंटरनेट पर लेने में कोई हर्ज नहीं किंतु अपने आप को डॉक्टर समझने की भूल न करें।

नींद- मनुष्य के शरीर के लिए हवा, पानी और पर्याप्त नींद आवश्यक होती है। अन्न की प्रधानता भी नींद के बाद होती है। इससे नींद का महत्व आप समझ सकेंगे। कम लोग जानते होंगे की मनुष्य अन्न के बिना १५ दिन जी सकता है किंतु नींद के बिना बिलकुल नहीं।

प्रोस्टेट की वृद्धी

सभी पुरुषों के मूत्राशय के मुख पर प्रोस्टेट नामक ग्रंथी होती है। लगभग साठ साल की उम्र में यह ग्रंथी बढ़ने (*BHP*) लगती है। इसके कारण रात के समय बार बार पेशाब के लिए जाना पड़ता है। पेशाब का प्रवाह विलंब से होता है और ठीक तरह से नहीं होता। पेशाब पूरी तरह से नहीं हो पाती। इसलिए बार बार जाना पड़ता है। कभी कभी पेशाब पूरी न होने से पेट फूल जाता है तो कभी कभी पेशाबखाने तक जाने से पहले ही कपडें गिले हो जाते हैं। इससे संसर्ग हो कर जलन होती है या ठंड़ लगती है और बुखार आता है।

प्रोस्टेट ग्रंथी में होनेवाली वृद्धि कैंसर से या बिना कैंसर के भी हो सकती है। युरॉलॉजिस्ट की सलाह से पेशाब, सोनोग्राफी और पी.एस.ए. (*PSA*) जैसी प्रोस्टेट कैंसर संबंधी जाँच अवश्य करवा लेनी चाहिए और चिकित्सा के अनुसार उपचार भी लेने चाहिए। प्रोस्टेट कैंसर के लिए शल्यक्रिया की जा सकती है और केमो थेरपी से भी बड़ा लाभ हो सकता है।

स्तन का कर्करोग

दुनियाभर में महिलाओं में स्तन का कर्करोग का प्रमाण अधिक है। जिन्होंने अपने बच्चे को स्तनपान नहीं दिया है उनमें यह रोग अधिक दिखाई देता है। स्तन में जब कर्करोग की गाँठ आती है तब लंबी अवधि तक उसमें कोई वेदना नहीं होती या कोई अन्य पीड़ा भी नहीं होती। इसलिए ऐसी गाँठ को अनदेखा कर दिया जाता है। भारत जैसे देशों में कई महिलाएँ केवल संकोच के कारण डॉक्टर से जाँच नहीं करवाने में आनाकानी करती हैं। ऐसा नहीं होना चाहिए। जिन्हें कर्करोग की बीमारी नहीं है उन्होंने भी एक बार अपने परिचित सर्जन से जान लेना चाहिए की कर्करोग के लिए वह अपने स्तनों की जाँच खुद कैसे कर सकती हैं। और महीने में एक-दो बार बाथरूम में आईने के सामने खड़े हो कर खुद ने अपने स्तनों की जाँच करना अत्यंतिक आवश्यक होता है। इस कर्करोग की पहचान उसके आरंभ में ही हो जाए तो शल्यक्रिया या केमो या दोनों ही चिकित्साओं से उसकी गंभीरता को टाला जा सकता है। यह दोनों ही उपचार मानो आधुनिक चिकित्सा शास्त्र से मिला 'आयुष्यमान भव' आशीर्वाद है।

अल्ज़ायइमर्स – बढ़ती उम्र के साथ मनुष्य की स्मरणशक्ति कम होती जाती है। उम्र के लगभग पचास साल के आसपास कुछ रुग्णों को बहुत ही विस्मरण होने लगता है। हम इसे 'स्मृतिभ्रंश' कहते हैं। जैसे जैसे उम्र बढ़ती है वैसे मस्तिष्क के न्यूरॉन्स (कोशिकाएँ) नष्ट होने लगती हैं। उनका पुनर्निर्माण नहीं होता। जिन व्यक्तियों में उम्र के पचास साल बाद यह क्रिया तेज गति से होने लगती है उन्हें स्मृतिभ्रंश या अल्झायमर्स होता है। यह बीमारी पुरुषों की तुलना में महिलाओं में ३–४ गुना अधिक होती है। अल्झायमर होने के बाद मनुष्य ६ से १२ साल जीवित रह सकता है। यह बीमारी जितनी जल्दी पता चले उतना व्यक्ति का आयुर्मान बढ़ाने की (६ साल से १२ साल तक) कोशिशें की जा सकती हैं। नियमितता से (१–२ घंटे) शारीरिक व्यायाम करने से, शब्द वर्ग पहेलियाँ बुझाने से, पढ़ने से बुद्धि का पोषण करनेवाले खेल खेलने से मस्तिष्क को व्यायाम मिलता है। साथ ही परिपूर्ण आहार, प्रसन्न वातावरण से तथा धूम्रपान, तमाकू सेवन और अन्य नशीले पदार्थों से दूर रहने से कुछ हद तक रुग्ण का जीवनमान बढ़ता है। अल्झायमर्स को पागलपन मानना ग़लत है। और यह समझना भी ग़लत है की कभी भी ठीक न होनेवाले इस बीमारी का इलाज ही क्यों करें। हर एक व्यक्ति को उसका जीवन पूरी तरह जीने का अधिकार है। उसके लिए उसके रिश्तेदार तथा डॉक्टर सभी ने कोशिशें करना आवश्यक होता है। इस बीमारी को निश्चित करना कठिन होता है किंतु असंभव नहीं। रुग्ण की पूरी जानकारी, उसके व्यवहार के बारे में उसके नज़दीकी रिश्तेदारों से दी गई जानकारी, अन्य बीमारियों की अनुपस्थिति और सी.टी., एम.आर.आय. जैसी जाँच पद्धतियों द्वारा इस बीमारी को निश्चित किया जाता है।

मृत्यू की अटलता दिखाई देने पर भी उच्च रक्तचाप तथा मधुमेह को नियंत्रित रखना, रक्त में कोलेस्टोरोल की मात्रा बढ़ने न देना, खाने में नमक, चीनी और स्निग्ध पदार्थों का प्रमाण कम रखना आवश्यक होता है। मेदवृद्धि को रोकना चाहिए। डॉक्टर की सलाह से बी–१२ तथा डी–३ की गोलियाँ लेनी चाहिए।

अँजिओप्लास्टी – बायपास सर्जरी

ज्येष्ठ व्यक्तियों में हृदयरोग एक महत्वपूर्ण व्याधी होती है। अब अँजिओप्लास्टी तथा बायपास सर्जरी जैसे शब्द जन साधारणों को परिचित हैं। वयोवर्धन के साथ सभी धमनियाँ (*Arteries*) सिकुडने लगती हैं। हृदय की मांसपेशियों को रक्त की आपूर्ति करनेवाली करोनरी नामक धमनियाँ सिकुडकर उनमें रक्त जमने लगता है तब सीने में वेदनाएँ होने लगती हैं। वह एकदम से सिकुड गई तो हृदय को होनेवाली रक्त की आपूर्ति भी एकदम से कम हो जाती है या पूरी तरह से रुक जाती है जिससे हृदय के

स्नायु मृत हो जाते हैं। इसीको 'दिल का दौरा' पड़ना कहा जाता है। कई रुग्ण ऐसे दौरे से मर जाते हैं। इसे टालने के लिए मधुमेह, रक्तचाप को नियंत्रित रखना, रक्त में कोलेस्टोरोल की मात्रा कम रखना, मन को तनाव रहित रखना, किसी भी हालत में तमाकू सेवन न करना, स्थूलता टालना, नियमित रूप से शारीरिक व्यायाम लेना और मन की प्रसन्नता बनाए रखना आवश्यक होता है। फिर भी करोनरी में बाधा आने से सीने में वेदना हो, सांस फूल रही हो तो हृदयरोग तज्ज्ञ की सलाह लेनी चाहिए। सिकुडी हुई रक्त वाहिनी में जो अटकाव होता है उसे दूर करने के लिए पहले रक्त वाहिनी को फुलाया जाता है। फिर उसमें स्प्रिंग (स्टेन्ट) लगा कर उस रक्त वाहिनी से रक्त की आपूर्ति को बढ़ाया जाता है। किंतु ऐसे अटकाव अगर दोनों करोनरीज में और उनकी प्रमुख शाखाओं में अनेक स्थानों पर हो तो शरीर की धमनियों या नीलाओं का रोपण कर के एक वैकल्पिक मार्ग बनाया जाता है। इसे बाय पास सर्जरी कहते है। इसमें छाती खोल कर या दूरबीन की सहायता से भी किया जा सकता है। आधुनिक जाँच पद्धतियाँ, भूलतंत्र तथा शल्यक्रिया के कारण ऐसे उपचारों में अब खतरा कम हो गया है।

इससे रुग्ण का हृदय फिरसे १०–१५ साल से युवा हो जाता है और अथक काम करने के लिए तैयार हो जाता है। आवश्यकता होने पर इसी शल्यक्रिया को दोहराया जा सकता है। आज कल मनुष्य का आयुर्मान बढ़ने के कारण इसकी आवश्यकता हो सकती है।

जोडों का प्रतिस्थापन

मनुष्य का आयुर्मान बढ़ने से जैसे कुछ लाभ हैं वैसे कुछ नुकसान भी हैं। बढ़ती उम्र के साथ खास कर महिलाओं में हड्डियों का कैल्शिअम कम होने से हड्डियाँ कमज़ोर होती हैं। जिससे हल्के आघात से या ज़रासा गिरने से भी हड्डियाँ सहजता से टूट सकती हैं। उम्र के ७०–८०–९० सालों में शरीर की सारी क्षमताएँ कम हो जाती हैं। उनका शरीर अनेकों बीमारियों का भंडार बन जाता है। दीर्घकाल तक बिस्तर पर रहने से न्यूमोनिया या शैय्या-व्रण से वेदनामय मृत्यु आ सकती है। इसलिए खतरा होते हुए भी जोड़ बदलने की शल्यक्रिया करनी पड़ती है। ऐसी शल्यक्रिया सफल हुई तो वह ज्येष्ठ व्यक्ति अगले कुछ सालों तक खुद अपना काम कर के स्वावलंबी जीवन जी सकता है। वेदना रहित हलचल कर सकता है।

आवश्यकता होने पर अतिवृद्ध व्यक्तियों के पुठ्ठे के जोड़ बदलना अनिवार्य हो जाता है। उसकी तुलना में कम उम्र के ज्येष्ठ व्यक्तियों में घुटने की हड्डी बदलने की शल्यक्रिया का प्रमाण अधिक है। घुटनो की हड्डियाँ घिसने से बहुत वेदनाएँ होती हैं। इसलिए

आज कल दोनों ही घुटने एक साथ बदले जाते हैं। ज्येष्ठ की उम्र ६०–७० के आसपास हो तो घुटने के जोड़ बदलने से उन्हें भावी जीवन में बिना वेदना के चलना आसान हो जाता है। किंतु वह ज़मीन पर पलथी लगा कर नहीं बैठ सकते या उन्हें अन्य असुविधाओं का सामना करना पड़ता है। मनुष्य का जीवनमान बढ़ रहा है। इसलिए कुछ सालों बाद फिर से घुटनों की हड्डियाँ बदलने की आवश्यकता हो सकती है।

कब्ज़

वयोवर्धन के साथ धीरे धीरे सारे अंग ढ़ीले होने लगते हैं। मांसपेशियाँ कमज़ोर होने लगती हैं। आंत की मांसपेशियाँ भी कमज़ोर हो जाती हैं। उनकी शक्ति भी कम हो जाती है। हलचल धीमी हो जाती है। परिणामत: अन्न का पाचन ठीक तरीके से नहीं हो पाता। मल भी आंत में धीमी गति से सरकता रहता है। वह पर्याप्त मात्रा में और सहजता से बाहर नहीं आ सकता। इसीको 'मलावरोध' कहते हैं। मलावरोध या कब्ज़ यह कोई बीमारी नहीं है। इसका अर्थ है वयोवर्धन के कारण उचित तरीके से मलविसर्जन न होना। इससे गैसेस की पीड़ा होती है। कभी कभी दीर्घकालीन मलावरोध के कारण मल जम कर उसके गट्टे बन जाते हैं। (*Faecal Impaction*) कमज़ोर हुई बड़ी आंत और गुदाशय उसे बाहर नहीं निकाल सकते। द्रव रूप मल बारंबार उन गट्टों के उपर से थोड़ा थोड़ा कर के विसर्जित होता रहता है। इससे व्यक्ति को जुलाब की या शौच क्रिया अनियंत्रित होने की भावना होती है।

ऐसे में व्यक्ति को निश्चेतन कर के या निश्चेतन किए बिना दस्ताने पहन कर हाथ से ही मल के गट्टों के टुकड़ें कर के उन्हें बाहर निकालना पड़ता है। फिर रोज़ सुबह-शाम एनिमा दे कर बड़ी आंत को पूरी तरह से साफ़ करना पड़ता है। यह क्रिया वेदनामय होती है, किंतु इसका कोई और इलाज नहीं है। बाद में रुग्ण ने अपने भोजन में अधिकतम तंतुमय सब्ज़ियाँ, गाजर, मूली तथा फलों का समाविष्ट करना चाहिए।

कब्ज़ से पीड़ित कुछ ज्येष्ठ रुग्ण खुद ही नियमितता से अपना मल उँगलियों से बाहर निकालते हैं। ऐसा करते रहने से उनके वह आदत हो जाती है। इससे गुदाशय में जख्म हो कर रक्तस्राव हो सकता है। ऐसी आदत लगने से पहले ही डॉक्टर से सलाह ले कर उचित चिकित्सा करनी चाहिए।

फ्रोजन शोल्डर

उम्र के पचास साल बाद एक या दोनों कंधों को हिलाने, हाथ को माथे से उपर उठाने, हाथ पीठ पीछे लेने जैसी क्रियाएँ वेदनामय हो सकती हैं। ऐसी क्रियाओं की मर्यादा

(रेंज) कम होती है। वैसे तो कंधे में सूजन या कोई बदलाव नहीं दिखाई देता। एक्स-रे में भी कुछ बदलाव नहीं दिखाई देता। फिर भी वेदनाएँ बहुत होती हैं।

कभी कभी कुछ दिनों बाद यह पीड़ा अपने आप कम हो जाती है। किंतु इस समय अगर फिजिओथेरपी ली जाए तो दो हफ्तों में बहुत आराम आता है और धीरे धीरे पूरी तरह ठीक हो जाता है।

कमर–गर्दन में दर्द

वयोवर्धन से होनेवाले बदलावों के कारण रीढ़ की सभी हड्डियों में घिसाव होने लगता है। दो हड्डियों में से बाहर आनेवाले मज्जातंतुओं पर (नर्व्हस) दबाव आने से उसके कार्यक्षेत्र में वेदना होने लगती है। ऐसी वेदनाएँ गर्दन और कमर में अधिक होती हैं। वेदना, अचेतना, झुनझुनी और मांसपेशियों में कमज़ोरी इस क्रम से यह पीड़ा बढ़ती जाती है। पीठ और गर्दन की मांसपेशियों के लिए विशिष्ट व्यायाम नियमितता से करने पर लाभ हो सकता है। किंतु घिसाव अधिक हो तो तज्ज्ञ डॉक्टर की सलाह लेना और आवश्यकता होने पर शल्यक्रिया करना उचित होत है। आजकल रीढ़ की हड्डियों की कुछ शल्यक्रियाएँ दूरबीन से भी की जाती हैं। इससे वेदनाएँ, खर्चा और अस्पताल में रहने की अवधि कम होती है।

वात/जकडन (*Cramp*)

दिन में या रात में पिंडली के स्नायु अकड़ने से वेदनाएँ होती हैं। इसे 'वात' कहा जाता है। इसका निश्चित कारण नहीं बताया जा सकता। किंतु रक्त में कैल्शिअम की कमी, व्हिटैमिन इ की कमी के कारण ऐसा हो सकता है। वात कम करने के लिए कैल्शिअम और व्हिटैमिन इ की गोलियाँ लेने से लाभ हो सकता है। पिंडली के अलावा किसी अन्य अंग में भी ऐसी पीड़ा हो सकती है।

विटामिन और खनिज - खूब खाओ धूप

हमारे शरीर का योग्य पोषण होने के लिए हमारे आहार में प्रथिन, कर्बोदक तथा स्निग्ध पदार्थों के साथ जीवनसत्व और खनिजों का होना भी आवश्यक है। इनमें से किसी भी घटक की कमी हो तो विभिन्न बीमारियों के लक्षण दिखाई देते हैं।

ज्येष्ठ व्यक्ति में लोह की कमी हो तो उसे ऐनिमिया हो सकता है। आज कल देखा गया है कि बी–१२ और डी–३ की कमी से कई बीमारियाँ हो सकती हैं। उसमें प्रमुखता से कमज़ोरी आना, मांसपेशियाँ कमज़ोर होना, जोड़ों में कमर में दर्द होना, उदासी आना यह लक्षण दिखाई देते हैं। रक्त की जाँच कर के इनमें से किसी जीवनसत्व की

या कैल्शिअम की कमी दिखाई दे तो उन्हें इंजेक्शन से या गोलियों से दिया जाए तो काफ़ी सुधार दिखाई देता है। सुबह की कोमल किरणों में समाचार पत्र पढ़ने से अपनी त्वचा कोलेस्टोरोल से डी–३ का निर्माण करती है। इससे दोहरा लाभ होता है, डी–३ का स्तर बढ़ता है और कोलेस्टोरोल भी कम होता है। बढ़ती उम्र में ऐसी बीमारियों की संभावना ध्यान में लेते हुए बीमारी के लक्षण दिखाई देते ही डॉक्टर की सलाह लेनी चाहिए।

बीमारी आने पर चिकित्सा करने से अच्छा है की ऐसी जीवनशैली को अपनाए की बीमारी आए ही ना।

वयोवर्धन

'वयोवर्धन' अर्थात मनुष्य शरीर की प्रतिदिन होनेवाली वृद्धि। यह तो जीवन का एक हिस्सा है। बचपन के बाद प्राकृतिक रूप से शरीर क्षमता कम होने लगती है। किंतु शिक्षा, अनुभव, समस्याओं का सामना करने की क्षमता बढ़ती जाती है। उम्र के साठ साल होने पर या सेवा से निवृत्ती पाने पर यह सारी क्षमताएँ एकदम से नष्ट नहीं हो जाती। साठ साल की उम्र में भी कई लोग शारीरिक तथा मानसिक रूप से सक्षम होते हैं। युवाओं तथा समाज को उनका बड़ा लाभ हो सकता है। देश के अर्थकारण तथा समाजकारण को भी लाभ हो सकता है। इतिहास में ऐसे कई उदाहरण हैं, जिनमें ज्येष्ठ व्यक्तियों ने अपनी ७०–८० की उम्र में उनके जीवन के सर्वोत्तम संगीत, कलाकृति या साहित्यकृति का आविष्कार किया है या किसी वैज्ञानिक अनुसंधान से समाज को उन्नत किया है।

साठ साल के बाद ज्येष्ठ व्यक्ति की शारीरिक, मानसिक क्षमताएँ धीरे धीरे कम होती हैं और वह बीमारियों के शिकार हो जाते हैं। ऐसे ज्येष्ठ व्यक्तियों को भी समाज में स्वाभिमान और सम्मान से जीने का अधिकार होता है। उन्होंने उनकी युवावस्था में देश या समाज को जो भी सेवा दी हो उसे ध्यान में रखते हुए उनकी जीवनसंध्या में उनकी देखभाल करना यह हर देश तथा समाज का कर्तव्य है। उन्हें अनदेखा नहीं करना चाहिए। किसी भी प्रकार से उन्हें धोखा देनेवाले, उन्हे सतानेवाले, उनका शोषण करनेवाले को सरकार से ड़र होना चाहिए।

वयोवर्धन के कौशल/कला

हम सब जानते हैं की नृत्य हो, संगीत हो या चित्रकला, वह मनुष्य के जीवन को समृद्ध कर देती है। मनुष्य का आयुर्मान बढ़ाने में भी कला की बड़ी सहायता होती है। बस इन कलाकारों ने तमाकू या अन्य नशीले पदार्थों के आदी नहीं होना चाहिए। कला और

वयोवर्धन का क्या संबंध है? कला कोई भी हो, वह मनुष्य को आनंद देती है। कला की उपासना करनेवाले के मस्तिष्क में एन्डॉर्फिन नामक रसायन अधिकता से निर्माण होता है। उसके कारण मन में आनंद की भावना बनी रहती है। कलाकार खुद को भी भूल जाता है। उसके शरीर पर सकारात्मक परिणाम होता है। रोगप्रतिबंधक शक्ति बढ़ती है। खुद को भूलने के कारण स्ट्रेस हार्मोन्स का स्तर कम होता है। इससे उच्च रक्तचाप, मधुमेह नियंत्रित रहता है। यह दो मनुष्य के प्रमुख शत्रू हैं। उन्हें काबू में रखने से तथा रोगप्रतिबंधक शक्ति से इन्फेक्शन और कैंसर जैसी जानलेवा बीमारियों को दूर रखने से आयुर्मान बढ़ता है। वयोवर्धन होता है। अर्थात दीर्घायू का लाभ होता है। कोई व्यक्ति अगर कलाकार न भी हो तो वह नियमित व्यायाम, हास्ययोग, अध्यात्म, ध्यान, मनन, चिंतन से स्ट्रेस हार्मोन्स का स्तर नियंत्रित कर सकता है और आनंदित रह कर एन्डॉर्फिन का स्तर बढ़ा कर दीर्घायु प्राप्त कर सकता है। तो दोस्तों, मन को प्रसन्न रखना ही दीर्घायु का महामंत्र है।

युवावस्था में किसी भी स्वस्थ व्यक्ति के मन में मृत्यू का विचार नहीं आता। किंतु जब बालों में सफ़ेदी आ जाती है, माथे का चमन उजड़ने लगता है, त्वचा पर झुर्रियाँ आ जाती हैं, दांत मुँह से गायब होने लगते हैं, जोड़ आवाज़ करने लगते हैं, काम-जीवन समाप्त हो जाता है, पीठ झुकने लगती है तब वृद्धत्व की आहट परेशान कर देती है। मृत्यु की छाया दिखाई देने लगती है और मनुष्य हड़बड़ा जाता है। बालों को रंग लगा कर, चेहरे पर क्रीम थोप कर, उपरी उपचार कर के अपनी उम्र को छुपाने की कोशिश करने लगता है। किंतु इससे मृत्यु का भय नहीं जाता। मन से वह दुखी हो जाता है। वृद्धत्व की गति को रोक कर मृत्यू को तो टाला नहीं जा सकता। फिर भी वयोवर्धन को कुछ हद तक आनंदित अवश्य किया जा सकता है। कला, अध्यात्म, व्यायाम की रुची हो, प्रकृति के सन्निध में यात्रा हो या तीर्थ क्षेत्र की भेंट हो, इन सारे उपायों से अपने मन को प्रसन्न करने से आनंदमयी दीर्घायु का लाभ हो सकता है। जाने अंजाने में सही किंतु यह उपाय बचपन से किए जाए तो नि:संदेह ही वयोवर्धन आनंददायी होता है। जीवन में सकारात्मक भावना तथा कला का बड़ा महत्व है। जो इनकी ओर अनदेखा करते हैं उनमें अकाल वृद्धत्व दिखाई देता है। उन्होंने भी सकारात्मकता को अपनाया, लतों से, बुरी आदतों से दूर रहे तो उनका वयोवर्धन भी स्वास्थ्यपूर्ण हो सकता है। कहते हैं न, 'देर आए, दुरुस्त आए।' समझ देर से आए तो भी उसका कुछ न कुछ लाभ अवश्य होता है। वृद्धत्व आया हो तो क्या, यह बात भी बहुत बड़ी है की अभी हम जीवित हैं, हमे जीते जी सकारात्मकता का महत्व समझा है और अभी भी हम निरामय जीवन का आनंद ले सकते हैं। निवृत्ती हो गयी हो, अर्थार्जन के स्रोत कम हुए हो तो भी किसी कला का अभ्यास करें, कोई रुची रखें। खाली समय बहुत होता है। उसका अच्छा

उपयोग करें। इस उम्र में नींद कम हो जाती है। नींद का बचा समय घूमने फिरने में लगाएँ। नियमितता से व्यायाम करें, योगासन, प्राणायाम, तैरने का व्यायाम करें। अगर भगवान का विश्वास करते हो तो भगवान के दर्शन, भजन में समय बिताएँ। एकत्रित परिवार में रहते हो तो छोटे छोटे घरेलू और बाहरी कामों में हाथ बँटाएँ। पोतेपोतियों से खेले, बातें करें, उन्हें पढ़ाई में सहायता दें, उन्हें स्कूल ले जाने और ले आने का काम करें। इससे मन व्यस्त रहेगा और प्रसन्न भी रहेगा। हम भी किसी के काम आ सकते हैं यह भावना मन में सकारात्मकता लाएगी। स्वास्थ्य बना रहने में इन सारी बातों का बड़ा महत्व होता है।

जो लोग परिवार के साथ नहीं रहते, केवल पति-पत्नी या साथी के रूप में किसी महिला या पुरुष दोस्त के साथ रहते हो, या वृद्धाश्रम में रहते हो उन्होंने भी नियमित रूप से व्यायाम, अध्यात्म, रिश्तेदारों से फोन पर बातचीत, पुस्तकों तथा संगीत के साथ समय बिताना चाहिए। वृद्धों की किसी संस्था में अल्प वेतन पर या विना वेतन सेवा दें। फिर चाहे वह सेवा जीवनभर आप जिस में व्यस्त रहे उस कार्यक्षेत्र की हो या न हो। देने में जो आनंद होता है वह सकारात्मकता लाता है। आपकी जो रुची हो, उसका आनंद ले। पक्षी-प्राणी भी प्रेम का आदान प्रदान करते हैं। मनुष्य का अकेलापन दूर करते हैं। इस उम्र में संगीत, चित्रकारी या फोटोग्राफी जैसी कलाओं में कौशल नहीं पाया जा सकेगा किंतु इन कलाओं से अपने आप को आनंद अवश्य दे सकते हैं। हाथ पाँव चलते फिरते हों तो प्रकृति से भरपूर स्थानों या तीर्थस्थानों का पर्यटन भी मन को प्रसन्नता देने का अच्छा उपाय है।

जीवन की पाठशाला में हम जो भी सीखते हैं और उस सीख को आचरण में लाते हैं उसी को 'अनुभव' कहते हैं। अपनी इस अनुभव सम्पन्नता का उपयोग अपने साथ औरों के लिए भी करें। ज्येष्ठ व्यक्ति का मस्तिष्क मानों एक विस्तृत संग्रहालय होता है। आफ्रिका जैसे अप्रगत देशों में सामाजिक न्याय के लिए ज्येष्ठ व्यक्तियों के अनुभव सम्पन्नता की सहायता ली जाती है। इस तरह से ज्येष्ठों के अनुभवों के संदर्भ ग्रंथ उपयोग में आ सकते हैं।

किसी भी सकारात्मक विचार को कृति में लाने से समय का अच्छा उपयोग होता है। जीवन के लिए उद्देश्य प्राप्त होता है। जिनके जीवन का कोई उद्देश्य नहीं है वह लोक अपने जीवन को ज़ाया करते हैं। जैसे तैसे कर के दिन काटते रहते हैं। हर एक ने अपनी क्षमताओं को पहचानना चाहिए। जीने के लिए पैसा आवश्यक होता है। इसलिए पैसे का उपयोग समझदारी से करें। अगर पैसा कम हो तो उसका दुख न करें। ऐसा नहीं की जिनके पास बहुत पैसा होता है वही आनंदित रह सकते हैं। आनंद, सुख या संतोष तो बस मानने की बात है।

सभी सधन लोग अगर सुखी संतुष्ट दिखाई दें तो वह आश्चर्य की बात होगी। वैज्ञानिकों का कहना है कि मनुष्य का मस्तिष्क स्वीकारात्मक होता है। अपना मस्तिष्क जब कोई बात करने या पाने की ठान लेता है तब वह उसे पाने के लिए लगातार कड़ी मेहनत कर सकता है। हर युवा की इच्छा होती है कि अपने बैंक खाते में कम से कम एक करोड़ रुपए पड़े हो, अपना बड़ा सा फ्लैट हो और एक अच्छी सी गाडी हो। जिस समय उसे यह सब प्राप्त होता है उस समय वह खुश हो जाता है। किंतु यह खुशी बस कुछ अल्पकालीन होती है। वह अपने आसपास के सम्पन्न लोगों की ओर देखता है, उनसे अपनी तुलना करता है और जो कमी महसूस होती है उसे पूरी करने में जुट जाता है। वह कमी पूरी होने पर वह टाटा, बिर्ला, अंबानी से होड़ लगाता है और जीवनभर बस भागता ही रहता है। यह कभी न खत्म होनेवाला सिलसिला है। वास्तव में सुखी रहना हो तो हमने अपनी क्षमताओं को समझ कर संतुष्ट रहने की कला सीखनी चाहिए। जीवन का वही उद्देश्य होना चाहिए। भगवान के दिए में संतोष मानना चाहिए। किंतु इसका यह अर्थ नहीं की सारा जीवन आलस में गँवाएँ। सकारात्मक विचार, हास्य और व्यायाम यह निरामय तथा दीर्घायु का मंत्र है। यही सानंद वयोवर्धन का संकेत है।

दीर्घायु की कामना अवश्य रखें किंतु शरीर को अपना गुलाम न बनाए। आत्मक्लेश से भगवान को प्रसन्न नहीं किया जा सकता। शरीर को हवा, पानी तथा अन्न की आत्यंतिक आवश्यकता होती है। आनंदी, संतोषी वृत्ती तथा सकारात्मक विचारों के खाद की आवश्यकता होती है। स्मार्ट फोन, संगणक, इंटरनेट जैसे आधुनिक उपकरणों का उपयोग अवश्य करें। अपने रिश्तेदार तथा दोस्तों से संपर्क प्रस्थापित करने के यह प्रभावी साधन हैं। उनमें ज्ञानार्जन की तृष्णा को शांत करने की क्षमता है। उनका उचित उपयोग करें। विचारों को युवा रखेंगे तो आप भी युवा रह सकेंगे। एक ही बात को दोहराते रहने से मनुष्य उकता जाता है। ध्यान में रहें की विविधता ही जीवन का आत्मा है।

समृद्ध निरामय जीवन मानो सम्पत्ती है। हमारी उम्र निश्चित करने में जनुकों का योगदान महत्वपूर्ण होता है। उन्हें बदला नहीं जा सकता। किंतु उचित आहार, शुद्ध हवा, पानी, प्रसन्न विचार, नियमित व्यायाम, खुद की शारीरीक तथा मानसिक क्षमताओं के प्रती सजगता और उनका स्वीकार यही सफल वयोवर्धन तथा दीर्घायु का रहस्य है।

मसाज उपचार (शरीर मर्दन)

आज कल सधन समाज में स्पा तथा मसाज पार्लर में जा कर पूरे शरीर का मसाज करवाने की प्रथा बढ़ रही है। आम तौर पर शरीर पर कहीं चोट आई हो तो उसे ठीक

करने के लिए या थकान भगाने के लिए, मांसपेशियों और जोड़ों को आराम दिलाने के लिए, मन का तनाव दूर करने के लिए पूरे शरीर को और माथे पर तेल लगा कर मसाज किया जाता है। इसके लिए मसाज करनेवाला व्यक्ति प्रशिक्षित होना चाहिए और चिकित्सकीय सलाह भी लेनी चाहिए। देखा जाए तो प्राचीन काल से आयुर्वेद में बाह्य चिकित्सा के लिए मसाज उपचार ही किए जाते थे।

स्त्री के जीवन में उसकी जचगी अर्थात प्रसूती का क्षण यानी दो जीवों का संघर्ष होता है। प्रसूत होनेवाली स्त्री को तीव्र वेदनाओं का सामना करना पड़ता है। इसमें ज़ोर लगा लगा कर उसका शरीर थक जाता है। जिसका तनाव मन पर भी आता है। उसी प्रकार माँ के उदर में आरामदायी गर्म संरक्षित वातावरण से बाह्य विश्व में आते हुए बच्चे को भी बड़ा शारीरिक और मानसिक तनाव सहना पड़ता है। इसलिए भारतीय संस्कृति में जचगी के बाद महिने-दो महिनों तक जच्चा और बच्चा दोनों के पूरे शरीर तथा माथे पर तेल लगा कर, मसाज दे कर गर्म पानी से नहलाने की बड़ी अच्छी प्रथा है।

उचित तरीके से मसाज देने पर दुखनेवाली मांसपेशियों तथा जोड़ों को जल्दी आराम आता है। उपरी मृत त्वचा निकल जाती है और वह नई नवेली ताज़ा दिखने लगती है। उसपर लाली आ कर वह चमकने लगती है। इससे व्यक्ति की उम्र कम महसूस होती है। मांसपेशियों तथा जोड़ों के आसपास रक्त प्रवाह सहज हो जाने से उनकी थकान दूर हो जाती है। शरीर और मन शांत हो जाता है। थकान दूर होने से अच्छी नींद आती है। इससे उच्च रक्तचाप नियंत्रित होता है और मांसपेशियाँ सशक्त हो जाती है।

मसाज के विषय में संशोधन करने पर देखा गया है कि मसाज करने से शरीर में एंडोर्फिन संप्रेरक की मात्रा बढ़ती है। जिससे वेदनाएँ कम हो जाती है। रक्त प्रवाह सहज होने से मांसपेशियों तथा त्वचा की कोशिकाओं के पुनरुज्जीवन का कार्य गतिमानता से होता है। थकान और तनाव दूर होने से रोग प्रतिबंधक शक्ति बढ़ती है।

मसाज के अनेकों लाभ हैं, फिर भी इसे 'लाख दुखों की एक दवा' समझने की भूल न करें। किसी भी बीमारी में या कोई भी चोट लगने पर पहले डॉक्टर की सलाह लेना आवश्यक होता है। मसाज का उपचार एक अतिरिक्त उपचार होता है।

ज्येष्ठ व्यक्तियों का बढ़ता प्रतिशत

प्राचीन काल से देखा गया है की सब से अधिक सैंकड़ों सालों तक जीनेवाले जीव हैं बड़े वृक्ष और कछुएँ। सौ-डेढ़ सौ साल पहले मनुष्य का जीवनमान अत्यल्प हुआ करता था। तकनीकी विकास के कारण और खास कर चिकित्सा क्षेत्र में हुई उन्नति के कारण अब मनुष्य का आयुर्मान तेजी से बढ़ रहा है। प्रगत देशों का मनुष्य जीवन पहले आर्थिकता से सक्षम तथा चिकित्सा के कारण बढ़ने लगा। अब विकसनशील और अविकसित देशों का मनुष्य जीवन भी बढ़ने लगा है। आज के युग में लगी कड़ी होड़, लौकिक तथा भौतिक सुख की लालसा और संतती नियमन के सरल साधनों का प्रसार और जानकारी के कारण घटता हुआ प्रजोत्पादन, इन सब के कारण सभी देशों में मनुष्य का औसत आयुर्मान बढ़ा हुआ दिखाई देता है। दूसरे शब्दों में कहे तो बाल तथा युवाओं की तुलना में वृद्धों की संख्या बढ़ रही है।

हर एक देश की कार्यशक्ति में (वर्किंग फोर्स) सबसे बड़ा हिस्सा होता है, वहाँ के युवाओं का। इसके विपरीत उम्र के साठ साल पूर होने पर सेवा से निवृत्त तथा शारीरिक तथा मानसिक रूप से दुर्बल होनेवाले ज्येष्ठ नागरिकों को विभिन्न बीमारियों का सामना करना पड़ता है। इसलिए वह राष्ट्र निर्माण में पर्याप्त योगदान नहीं दे सकते। संक्षेप में कहे तो जिस राष्ट्र में कार्यक्षम युवाओं की संख्या अधिक होती है वह राष्ट्र उद्योग जगत में प्रगत होता है और आर्थिक दृष्टि से उन्नत होता है। इसके विपरीत जिस राष्ट्र में ज्येष्ठ व्यक्तियों की संख्या अधिक होती है वह राष्ट्र पिछड़ने लगता हैं। प्रगत राष्ट्रों में जैसे जैसे ज्येष्ठ व्यक्तियों का प्रतिशत बढ़ने लगा वैसे राष्ट्र के अर्थकारण पर विपरीत परिणाम होने लगा। ऐसे राष्ट्र को प्रगत होने पर भी पहले ज्येष्ठों की समस्याओं के समाधान ढूँढ़ने पड़े। इन दिनों विकसनशील अथवा अविकसित राष्ट्रों को वयोवर्धन से आनेवाली समस्याओं का सामना करना पड़ रहा है। इस तरह सभी

देशों को ज्येष्ठ व्यक्तियों की समस्याएँ पर्बत समान खड़ी हुई हैं। जैसे ही वयोवर्धन का प्रतिशत बढ़ता है वैसे यह समस्याएँ अपनी तीव्रता बढ़ाती हैं। इन समस्याओं के विषय में अब आंतरराष्ट्रीय स्तर पर सजगता आने से बीसवी सदी में यूनो जैसी संस्था के लिए भी इस विषय पर जन जागृति करना तथा विचार मंथन करवा कर उपाय ढूँढ़ना आवश्यक हुआ है। इसी का परिणाम है, *Help The Aged, Helpage International* जैसी संस्थाओं का निर्माण।

मनुष्य उम्र के ६० साल होने पर निवृत्त होता है। ६० से ६५ की उम्र के लोगों को अलग अलग देशों में ज्येष्ठ नागरिक कहा जाता है। जागतिक स्तर पर सोचा जाए तो सन २०१० में उम्र के ६५ साल पूरे करनेवाले ५२४ मिलियन लोग जीवित थे। अर्थात यह संख्या कुल जनसंख्या के ८% थी। तज्ज्ञों का कहना है कि सन २०५० में यह संख्या १.५ बिलियन अर्थात १६% होगी।

भारत के बारे में सोचा जाए तो जनसंख्या के स्तर पर भारत आज दुनिया में दूसरे क्रमांक पर है। हमारी जनसंख्या १२५ करोड़ (१.२५ बिलियन) है। इस में ज्येष्ठ व्यक्तियों की संख्या १ करोड़ है। तज्ज्ञों का कहना है कि सन २०५० में भारत के ज्येष्ठ नागरिकों की संख्या १.६ बिलियन हो कर भारत चीन से आगे निकलकर अव्वल क्रमांक पर जाएगा। वर्तमान में भारत में ज्येष्ठ नागरिकों की संख्या ८% है। युवाओं की संख्या अधिक है। २५ उम्र से अधिक लोगों की संख्या ५% और ३५ से कम उम्रवाले लोगों की संख्या ६५% है।

ज़ाहीर है की दुनियाभर में उत्पादक स्तर पर भारत आज अव्वल स्थान पर है। परिणामत: भारत से आर्थिक महासत्ता बनने की उम्मीद है। हमारे प्रधान मंत्री इसी बात को आंतरराष्ट्रीय स्तर पर दोहरा रहे हैं और परदेशी निवेश तथा 'मेक इन इंडिया' का नारा बुलंद कर रहे हैं। नमो नम:।

मनुष्य के वयोवर्धन के विषय में जागतिक स्तर पर सोचते हुए यह दिखाई देता है की आनेवाले समय में ज्येष्ठ व्यक्तियों की संख्या तेजी से बढ़ने के कारण उन्हें आर्थिक, सामाजिक, स्वास्थ्य सम्बंधी समस्याएँ तथा अकेलापन जैसी विभिन्न समस्याओं का सामना करना पड़ेगा। पिछले कुछ दशकों को ध्यान में लेते हुए वयोवर्धन से व्यक्तिगत, सामाजिक, देशीय तथा जागतिक स्तर पर आनेवाली समस्याओं का संपूर्ण विचार के साथ नियोजन और तत्काल रूप में सुलझाने की कोशिशें होनी चाहिए।

मानव समाज का वयोवर्धन – जन संख्या का वयोवर्धन (*Population Aging*) अर्थात देश विदेशों की जनसंख्या में ज्येष्ठों का बढ़ता प्रतिशत। इसके दो प्रमुख कारण

हैं। एक है चिकित्सा शास्त्र में तेजी से होनेवाले विकास के कारण मनुष्य का बढ़ता हुआ आयुर्मान और दूसरा अनेकों कारणों से जन्म का घटा हुआ प्रमाण। समाज और देश जैसे ही आर्थिक स्तर पर प्रगत होता जाता है वैसे यह दोनों ही कारण प्रमुख होते जाते हैं और उस देश में ज्येष्ठों की संख्या बढ़ती है। जन्म का घटता हुआ प्रमाण इसका महत्वपूर्ण कारण है। पहले संतती को भगवान का प्रसाद समझ कर संतती को बढ़ाया जाता था। बाद में प्रजनन तथा संतती प्रतिबंधात्मक उपायों का ज्ञान प्राप्त होने पर समझ में आया कि यह भगवान की देन नहीं तो मनुष्य का ही कर्म है और यह पूरी तरह मनुष्य की इच्छा पर निर्भर होता है। बढ़ती जनसंख्या से होनेवाला नुकसान भी दिखाई देने लगा। जिससे पहले 'हम दो, हमारे दो' बाद में 'हम दो, हमारा एक' के नारे दिए जाने लगे। और अब तो मनुष्य का मानना है की 'संतती ना हो तो भी चले'। परिणामत: दुनियाभर में ज्येष्ठों की संख्या तेजी से बढ़ने लगी। इसी को मानव जाति का वयोवर्धन (*Population Aging*) कहा जाता है। पहले ज़माने में कुछ देशों ने अपनी वांशिक शुद्धता बनाए रखने के लिए विदेशी लोगों को अपना नागरिकत्व देने में कड़े प्रतिबंध लगाए गए थे। उन्होंने अब उदार विचार प्रणाली को अपनाया है। उन्हें अपने देश में स्थापित होने की चाह रखनेवालों विदेशी नागरिकों को प्रोत्साहन देना तथा अपने नागरिकों को अधिक प्रजनन के लिए प्रोत्साहित करने जैसी नीतियाँ अपनानी पड़ी हैं। इसी नीति के आधार पर जिन्हें ज्यादा बच्चें हैं उन्हें करों में छूट, बच्चों की शिक्षा तथा स्वास्थ्य के लिए सुविधाएँ, महिला तथा पुरुष दोनों को ही प्रसुती और बच्चों के लालन पालन के लिए लंबी छुट्टी देने जैसी सुविधाओं की खैरात बाँटना आरंभ हुआ है।

वयोवर्धन और देशकी अर्थव्यवस्था

वयोवर्धन से देश के अर्थकारण पर कुछ परिणाम सकारात्मक भी होते हैं। प्रगत देशों के ज्येष्ठों के पास जमा की गई सम्पत्ती बड़ी मात्रा में होती है। यह वर्ग खर्चा भी कम करता है। रोज़ाना की चीजें (कन्झ्यूमर गुडस) कम बेची जाती हैं। जिससे महँगाई कम होती है और ब्याज के भाव नियंत्रित रहते हैं। कुछ अर्थतज्ज्ञों का कहना है कि इससे स्व-चलित तथा तांत्रिक सुधारों को अधिक चालना मिलती है।क्योंकि काम करने में सक्षम वर्ग की संख्या घटती जाती है। देश का जी.डी.पी. कम होता है किंतु तौलनिक रूप में वयोवर्धन से व्यक्तिगत स्तर पर स्थिरता तथा सम्पन्नता का प्रमाण बढ़ता है। इससे सरकार को करों से होनेवाली आमदनी कम हो जाती है। इस पर उपाय के रूप में कन्झ्यूमर गुड्स- *VAT* का कर बढ़ाना आवश्यक हो जाता है। साथ ही स्वास्थ्य सेवाओं तथा निवृत्ती वेतन में कटौती करनी पड़ती है। अन्यथा सरकार को आर्थिक

नुकसान भुगतना पड़ता है। इस स्थिति को रोकने के लिए जो ज्येष्ठ व्यक्ति शारीरिक तथा मानसिक रूप से सक्षम हैं उन्हें अधिक अवधि तक नौकरी-व्यवसाय करने के लिए प्रोत्साहित किया जाना चाहिए। किंतु यह भी सोचना चाहिए कि इसके परिणाम से युवाओं को बिना रोज़गार, बेकार न रहना पड़े।

शहरों में पती पत्नी दोनों ही अर्थार्जन में व्यस्त रहते हैं। ऐसे में उन्हें सब्ज़ी लाने, अनाज लाने, बच्चों को सँभालने, उन्हें स्कूल में या व्यायाम के लिए ले जाने-ले आने, बिजली, टैलिफोन के बिल भरने, बैंक के काम करने के लिए सहायता आवश्यक होती है। जो ज्येष्ठ व्यक्ति शारीरिक तथा मानसिक रूप से सक्षम हैं वह ऐसी सेवाएँ अपने परिवार के लिए या पड़ोसियों के लिए दे सकते हैं। इससे उनका समय अच्छी तरह से बीतेगा और दूसरों के काम आने का आनंद भी मिलेगा।

हेल्पेज इंडिया ने बड़े पैमाने पर इस पुण्य कर्म का आरंभ किया है और उसे ज़ारी भी रखा है। ऐसी कई संस्थाएँ दुनियाभर में काम कर रही हैं। यह संस्थाएँ ज्येष्ठ व्यक्तियों को उनकी अपनी नज़र में और समाज की नज़र में सम्मानित करने तथा उनके स्वाभिमान को बनाए रखने का कार्य करती हैं।

वयोवर्धन के कारण दुनियाभर में अनेकों समस्याएँ हैं। उनका समाधान करते हुए ऐसा संतुलन रखना पड़ता है कि उससे नई समस्याओं का निर्माण कम से कम हो। सच कहें तो यह किसी सर्कस से कम नहीं है।

ज्येष्ठ व्यक्ति और
उनसे सम्बंधीत कानून

दुनियाभर में सभी क्षेत्रों में होनेवाले विकास से खास कर चिकित्सा क्षेत्र में होनेवाले तेज विकास से मनुष्य का आयुर्मान भी तेजी से बढ़ रहा है। इसका आरंभ प्रगत देशों में हुआ और यही स्थिति अब विकसनशील देशों में भी है। आम तौर पर ६० से अधिक उम्र के लोगों को ज्येष्ठ या वृद्ध माना जाता है। प्राचीन काल में काल गणना की निश्चित पद्धति नहीं हुआ करती थी। जिससे व्यक्ति के जन्म साल, दिन को सही तरीके से दर्ज नहीं किया जाता था। चिकित्सा क्षेत्र का विकास तो पिछले ३००–४०० सालों में हुआ है। उससे पहले ज्येष्ठत्व या वृद्धत्व की परिभाषा निश्चित नहीं की गई थी। प्राचीन काल में मनुष्य जब बीमारियों से जर्जर, विकलांग, असहाय होता था तब उसके रिश्तेदार उसे कुछ खानेपीने का सामान दे कर उसे कहीं दूर वनों में छोड़ आते थे। फिर उस व्यक्ति को मृत्यु की प्रतिक्षा में जीना पड़ता था। समय के साथ स्थिति बदल गई और ज्येष्ठ व्यक्तियों को उनके परिवार में सम्मान दिया जाने लगा और उन्हें प्रेम तथा आर्थिक, मानसिक आधार भी मिलने लगा।

दिन-ब-दिन ज्येष्ठ व्यक्तियों की संख्या बढ़ रही है। सन १९५१ में भारत में दो करोड़ ज्येष्ठ नागरिक थे। सन २००१ में वह संख्या ७.२ करोड़ हो गई। यह कुल जनसंख्या का ८% था। अंदाज़ा है कि सन २०२५ तक यह प्रमाण १८% हो जाएगा।

सन १९४८ में अर्जेंटिना ने यूनो में ज्येष्ठ नागरिकों की समस्या को प्रस्तुत किया। उसके बाद सन १९६९ में माल्टा नामक एक छोटे देश ने इस समस्या की तीव्रता को सामने लाया। परिणामत: सन १९७१ में यूनो की जनरल असेंब्लीने इस समस्या के विषय में विस्तृत वृत्तांत प्रस्तुत किया। इसके कारण सन १९७८ में राष्ट्रीय तथा अंतर्राष्ट्रीय स्तर पर ज्येष्ठ व्यक्तियों की समस्या के विषय में नीति नियम सुझाए गए। इसके परिणाम स्वरूप सन १९८२ में २६ जुलाई से ६ अगस्त तक व्हिएन्ना में

वयोवर्धन और ज्येष्ठ व्यक्तियों की समस्याओं के विषय में जागतिक स्तर पर विचार गोष्ठी का आयोजन किया गया। इसमें वयोवृद्ध व्यक्तियों तथा उनकी समस्याओं के विषय में जागतिक परिभाषा और कानून निश्चित करने का प्रारंभ हुआ। उनके भविष्य के लिए (आर्थिक, सामाजिक, मानसिक, और स्वास्थ्य संबंधी) समाधान ढूँढ़ने की कोशिशें की जाने लगी।

१६ दिसंबर, सन १९९१ में यूनो द्वारा ज्येष्ठ व्यक्तियों के अधिकारों की पंचसूत्र प्रस्तुत किया गया। इसमें स्वतंत्रता, समाज में सम्मान का स्थान, उनकी देखभाल, स्वावलंबन तथा स्वाभिमान और वृद्ध व्यक्तियों के आदर का महत्व इन तत्वों की प्रधानता मान्य की गई। इसके कारण ज्येष्ठ व्यक्तियों को काम करने का अवसर, काम करना कब रोका जाए इसे निश्चित करने का अधिकार, समाज में मिलजुल के रहने, अपने भविष्य की योजना में सहभागी होने तथा स्वास्थ्य सुविधाओं को निश्चित करने में सहभागी किया गया। यह माना गया की उनसे जो हो सके उसका ज्ञान उन्हें देना, सांस्कृतिक कार्यक्रमों में, धार्मिक तथा मनोरंजन कार्यक्रमों में सहभागी करवाना, समाज में उन्हें मान-सम्मान प्राप्त करवा देना, साथ ही किसी से उन्हें शारीरिक या मानसिक पीड़ा न होने देना यह सरकार का उत्तरदायित्व है।

सन १९९९ से एक अक्तूबर को 'जागतिक ज्येष्ठ नागरिक दिन' के रूप में मनाया जाने लगा। अब हम ज्येष्ठ व्यक्तियों की सभी समस्याओं के लिए भारत में प्रचलित कानून की जानकारी लेंगे।

संपत्तीविषयक कानून - कई लोग यह नहीं सोचते की अपने बाद अपनी सम्पत्ती का बँटवारा कैसे किया जाए। तो कुछ लोग ट्रस्ट के माध्यम से इच्छापत्र अर्थात वसीयत बनाते हैं। इसके विषय में होनेवाले कानून जान कर या कानूनी सलाहकार की सलाह ले कर उचित नियोजन करना चाहिए। मनुष्य को जब मृत्यु की छाया दिखाई देती है और परलोक से बुलावा सुनाई देने लगता है, जब उसका मस्तिष्क और शरीर उसका साथ नहीं दे पाता तब वह इच्छापत्र बनाने का झंझट मोल लेता है। या फिर उसके नज़दीकी रिश्तेदार उसकी विकलांग अवस्था का फायदा उठाते हुए अपनी इच्छा के अनुसार इच्छा पत्र बनाते हैं या कोरे कागज़ पर उस ज्येष्ठ व्यक्ति के हस्ताक्षर लेते हैं। यह सरासर ग़लत है। इच्छापत्र बनाने से पहले डॉक्टर से वह व्यक्ति शारीरिक तथा मानसिक रूप से सक्षम होने का प्रमाण प्राप्त करना पड़ता है।

मनुष्य का जीवन मानो पानी का बुलबुला है। वह कब फुटेगा, कोई नहीं बता सकता। इसलिए शरीर और मन स्वस्थ होते हुए युवा अवस्था में या मध्य अवस्था में इच्छापत्र

बनवाना उचित होता है। उसके बाद हम जब चाहे तब और अनेकों बार उसमें बदलाव कर सकते हैं। इच्छापत्र को सम्बंधीत कार्यालय में रजिस्टर करना अच्छा रहता है। पहले तो अपनी जायदाद का हस्तांतरण करने/होने पर इस्टेट ड्यूटी भरनी पड़ती थी। अब वह कर रद्द कर दिया गया है।

इच्छापत्र में अंगों का दान या इच्छामरण का उल्लेख करना और स्वस्थ होते हुए ही सम्बंधीत कागज़ात उचित स्थान पर पहुँचाना आवश्यक होता है।

आरोग्य बीमा

ज्येष्ठ व्यक्तियों में स्वास्थ्य संबंधी समस्याओं का प्रमाण बहुत अधिक होता है। मोतीयाबिंदु, काँचबिंदु, प्रोस्टेट, कर्करोग, जोड़ बदलने जैसी बीमारियों के लिए महँगे उपचार लेने पड़ते हैं। आज कल अस्पताल का खर्चा आसमान छूने लगा है। दवाईयाँ भी महँगी हो गई हैं। वह रुग्ण से अधिक कंपनियों के स्वास्थ्य का खयाल रखती हैं। इसलिए स्वास्थ्य बीमा पर्याप्त होना चाहिए। उसके हफ्ते नियमितता से भरे होने चाहिए। ग्राहक का अधिकार नाकारने में बीमा कंपनी का हित होता है। वह बस कारण के लिए घात लगाए रहते हैं। इसलिए समय पर भुगतान करना, बीमार होने पर तुरंत बीमा कंपनी को खबर कर देना, उचित समय पर अस्पताल में स्वास्थ्य बीमा के दस्तावेज़, कैशलेस कार्ड दे देना आवश्यक होता है। स्वास्थ्य संबंधी बीमा लेते समय बीमा कंपनी को सही जानकारी और आवश्यक रिपोर्ट्स देने चाहिए। इसमें नियमितता हो तो कानून ज्येष्ठों का साथ निभाता है। अन्यथा कानून तारक नहीं तो मारक सिद्ध होता है।

बुजुर्गोंके देखभाल के कानून

वृद्धावस्था में अगर व्यक्ति को विस्मरण, पैरालिसिस या अल्झायमर जैसी व्याधियाँ हो तो वह व्यक्ति स्वयं अपने निर्णय नहीं ले सकता या लेता भी है तो उसे कानूनी तौर पर वैध नहीं माना जाता। इसलिए अगर इस प्रकार की कोई बीमारी हो तो अपनी देखभाल कौन करेगा, उसे अपनी जायदाद में से कितना वेतन मिलेगा यह स्पष्ट करनेवाले कानूनी दस्तावेज़ बना कर उन्हें रजिस्टर करने चाहिए। नज़दीकी रिश्तेदार न हो या भरोसा करने जैसे रिश्तेदार न हो तो किसी और व्यक्ति को अभिभावक के रूप में नियुक्त किया जा सकता है और उसका वेतन भी निश्चित किया जा सकता है।

बुजुर्गोंके लिए कानून का कवच

दुनियाभर के ज्येष्ठ नागरिकों के साथ किस तरह का व्यवहार किया जाना चाहिए, उन्हें कौनसी सुविधाएँ देनी चाहिए इसके बारे में यूनो ने (सुरक्षा परिषद) मार्गदर्शक तत्व प्रस्तुत किए हैं। किंतु उन्हें अमल में लाते हुए हर एक देश ने अपनी परिस्थिति के अनुसार उन तत्वों में बदलाव कर के अपनी नीतियाँ तथा कानून तैयार किए हैं।

भारत का कानून

देश के हर एक प्रदेश को भी यह स्वतंत्रता दी गई है कि वह अपनी स्थिति तथा सुविधा के अनुसार ज्येष्ठ व्यक्तियों के लिए सुविधा उपलब्ध कराए तथा उनके लिए प्रस्तुत कानून को अपने तरीके से अमल में लाए। फिर भी प्रगत देशों की तुलना में ऐसी सुविधाएँ देने तथा कानून को अमल में ला कर ज्येष्ठ व्यक्तियों को सुरक्षा उपलब्ध कराने में गति नहीं दिखाई देती।

यहाँ पर अभी भी सारे युवाओं को ही काम नहीं मिल पाता, इसलिए ज्येष्ठ व्यक्तियों को काम दिलाने में असमर्थता व्यक्त की जा रही है। आर्थिक स्थिति ठीक न होने के कारण ज्येष्ठ व्यक्तियों के लिए घर, असंगठित क्षेत्रों के लिए निवृत्ती वेतन योजना तथा स्वास्थ्य सुविधाओं में कमियाँ दिखाई देती हैं। अगर इसके विरोध में शिकायत दर्ज करनी हो तो उसके लिए कोर्ट में जाना, वकील की फीस देना, न्याय की दीर्घ अवधि को सहना इन सारे झमेलों में पड़ने से कोई भी आम ज्येष्ठ व्यक्ति भगवान भरोसे रहना और लड़े बिना मरना अधिक पसंद करता है।

हिंदू मुस्लिम व्यक्तिगत कानून के अनुसार ज्येष्ठ व्यक्ति के बेटा, बेटी या जो उनका वारिस निश्चित किया गया है उसने अपने अभिभावक की पूरी देखभाल करना- उसके अन्न, वस्त्र, आवास तथा चिकित्सा का खर्चा उठाना, उनकी सेवा करना अनिवार्य किया गया है। किंतु अगर इस नाते में प्रेम या कर्तव्य की भावना ही न हो तो कानून भी क्या कर सकता है? सरकार ने यह भी स्पष्ट किया है कि बच्चों को उनके बचपन से ही ऐसे कर्तव्यों तथा कानून की जानकारी देनी चाहिए। मुस्लिम व्यक्तिगत कानून में तो यह जिम्मेदारी पोतेपोतियों को सौंप दी गई है।

ख्रिश्चन तथा पारसी समाज का कोई व्यक्तिगत कानून न होने के कारण आपराधिक दंडात्मक संहिता के अनुसार अपने अभिभावकों की जिम्मेदारी न उठानेवाले वारिस पर कानूनी कार्रवाई की जाती है। भारत की जनसंख्या का बड़ा सा हिस्सा गाँवों में बसा है। उनकी आमदनी अपना परिवार (पती पत्नी बच्चें) सँभालने जितना भी नहीं होता। ऐसे में अपने माँ बाप की जिम्मेदारी उठाना जटिल समस्या बन जाती है। इच्छा

होने पर भी युवा यह जिम्मेदारी नहीं निभा सकते। इसलिए ज्येष्ठ व्यक्तियों को केवल सरकारी योजनाओं पर निर्भर रहना पड़ता है।

सरकार की जिम्मेदारी

१. a) असंगठित क्षेत्रों के ज्येष्ठों के लिए निवृत्ती वेतन
   b) वृद्धाश्रमों के लिए अनुदान देना या सरकार द्वारा सामान्यत: ३–४ जिलों में एक वृद्धाश्रम का निर्माण तथा संचालन किया जाना।
   c) साठ साल से अधिक उम्र के ज्येष्ठों के लिए रोजगार कार्यालय स्थापित करना।
   d) बस, रेल्वे, हवाई जहाज की यात्रा में ज्येष्ठ व्यक्तियों को करीबन ३०–५०% छूट देना।
   e) हर एक शासकीय, अर्धशासकीय अस्पताल में ज्येष्ठ व्यक्तियों को निःशुल्क स्वास्थ्य सेवा उपलब्ध कराना।

२. एजवेल फाऊंडेशन ने ज्येष्ठ व्यक्तियों के कल्याण हेतु अमल में लानेवाली योजनाओं में ज्येष्ठों की सलाह लेना।

३. स्कूली बच्चों को ज्येष्ठ व्यक्तियों के पालन की जिम्मेदारी बता कर उन्हें कर्तव्य के लिए सजग करना।

४. ज्येष्ठ व्यक्तियों के निवृत्ती वेतन, प्रॉव्हिडंट फंड तथा ग्रैच्युईटी का काम तुरंत कर देना।

५. ज्येष्ठ व्यक्तियों की स्वास्थ्य समस्याओं को प्रधानता देना।

६. कमानेवाले ज्येष्ठ व्यक्तियों को आयकर में छूट देना।

७. जीवन बीमा निगम (एल.आय.सी.)द्वारा जीवनधारा, जीवन अक्षय योजना, ज्येष्ठ नागरिक युनिट योजनाओं तथा स्वास्थ्य बीमा योजनाओं जैसी योजनाएँ प्रस्तुत करना।

८. भूतपूर्व प्रधानमंत्री वाजपेयीजी की अन्नपूर्णा योजना अंतर्गत ज्येष्ठ व्यक्तियों को प्रती माह १० किलो अनाज देना।

९. सरकारी योजनाओं के अंतर्गत शहरों तथा गाँवों में निर्माण होनेवाले घरों में से १०% घर ज्येष्ठ व्यक्तियों के लिए आरक्षित करना। उसके लिए आसान गृह कर्ज योजनाएँ प्रस्तुत करना। ऐसे घरोंके नक्षे में चढ़ने-उतरने के लिए रेलिंग होना चाहिए या ज्येष्ठ व्यक्तियों के घर तलमंज़ील पर होने चाहिए।

सरकारी योजनाएँ अच्छी हैं या नहीं इसका विचार करने से अधिक आवश्यक यह है कि यह सुविधाएँ ज्येष्ठ व्यक्तियों तक पहुँचाने के लिए सख्त कानून बनाए जाए तथा उन्हें अमल में लाया जाए। वहीं पर राजकीय इच्छाशक्ति का अभाव दिखाई देता है।

सन २००७ में अभिभावकों की प्रतिदिन न्यूनतम ज़रूरतों के विषय में कानून बनाया गया है। उसे प्रांति राज्य सरकार ने अमल में लाना है। इसके अनुसार अभिभावक चाहे वह प्राकृतिक हो या दत्तक माँ बाप हो, सगे हो या सौतेले हो उन्हें अगर उनकी संतती ने नाकारा हो तो वह अपनी ओर से किसी अन्य व्यक्ति अथवा संस्था को अपना अधिकारपत्र दे कर उसके द्वारा उनके लिए कानून से दी गई सुख सुविधाओं को प्राप्त कर सकते हैं। बहुत से ज्येष्ठ व्यक्ति अपने अधिकारों के लिए कार्यालयों के चक्कर लगाने, कोर्ट में उपस्थित रहने के लिए शारीरिक तथा मानसिक रूप से सक्षम नहीं होते। उनके लिए ऐसे अधिकारपत्र उपयुक्त होते हैं। इसके लिए ज्येष्ठ व्यक्ति से अगर भरण भत्ता का दावा लगाया गया हो तो उन्हें उनके बच्चों से अंतरिम आर्थिक सहायता दिलवाने का काम कोर्ट द्वारा किया जाता है। ज्येष्ठ व्यक्ति की अगर अपनी कोई संतती न हो तो वह अपनी जायदाद के वारिस से कानूनी तौर पर ऐसी सहायता माँग सकते हैं। समस्याग्रस्त ज्येष्ठ व्यक्ति ने अगर पहले कभी अपनी कोई चल-अचल जायदाद किसी को उपहार में दी हो तो से वापस लेने की सुविधा कानून ने उन्हें दी है।

ज्येष्ठ व्यक्तियों को अपनी अन्न, वस्त्र, आवास तथा स्वास्थ्य सेवाओं जैसी मूलभूत ज़रूरतें प्राप्त करने का अधिकार दिलाने का विचार ज़ारी है।

एकत्रित परिवार का टूटना, प्रेम के पाश ढीले होना, भौतिक सुख की लालसा, लोभी वृत्ती और आत्मकेंद्री विचार प्रणाली के कारण आज ज्येष्ठ पीढ़ी को सम्मानित जीवन नहीं मिल रहा है। सरकार कानून बना रही है, किंतु यहाँ तो 'अंधेर नगरी चौपट राजा' है।

समाज जीवन की सुविधा के लिए सरकार कानून बनाती है। ज्येष्ठ व्यक्तियों ने भी अपने शारीरिक, सामाजिक, आर्थिक तथा मानसिक जीवन को सहज और सुखी बनाने के लिए किए सरकार द्वारा किए गए कानून की जानकारी रखनी चाहिए। ज्येष्ठ व्यक्तियों के लिए किया गया कानून उनके लिए आधार देनेवाली लाठी का काम करता है।

ज्येष्ठ व्यक्तियों पर होनेवाले अत्याचार
(शोषण, अपमान, दुख देना)

मनुष्य के बढ़ते जीवनमान के कुछ लाभ हैं वैसे कुछ नुकसान भी सामने आए हैं। समाज में ज्ञानी, अनुभव समृद्ध व्यक्तियों की मानो बैंक बन गई। जिसका उपयोग परिवारों को, समाज को, देश को तथा पूरी दुनिया को हो रहा है। साहित्य, काव्य, संगीत, समाजकारण, विज्ञान, राजनीती जैसे सभी क्षेत्रों में ६० साल से अधिक उम्र के व्यक्तियों की भरमार दिखाई देती है। विभिन्न क्षेत्रों में असाधारण कार्य करनेवालों को हर साल नोबेल पुरस्कार से सम्मानित किया जाता है। ये व्यक्ति करीबन ६० से ६४ की आयु के होते हैं।

समाज तथा विश्व को नई दिशा की ओर ले जाने का कार्य आज की नई पीढ़ी भी कर रही है। उद्योग जगत में इस नई पीढ़ी ने तेजी से विकास किया है। किंतु साहित्य, कला-क्षेत्र में तथा राष्ट्रीय आंतरराष्ट्रीय नीति निश्चित करनेवाली राजनीतिज्ञों में ज्येष्ठ व्यक्तियों की संख्या अधिक है। दुनियाभर में बढ़ती हुई ज्येष्ठ व्यक्तियों की संख्या को ध्यान में रखते हुए उच्च स्तर पर कार्यरत ज्येष्ठ व्यक्तियों की संख्या अत्यल्प है। अन्य ज्येष्ठ व्यक्ति गरीबी और दुर्भाग्यपूर्ण जीवन जी रहे हैं। एक ओर ज्येष्ठ व्यक्तियों के अनुभव से दुनिया लाभान्वित हो रही है तो दूसरी ओर ज्येष्ठ व्यक्तियों की पारिवारिक, सामाजिक, आर्थिक, मानसिक तथा स्वास्थ्य संबंधी समस्याएँ उनके जीवन को संजीदा बना रही हैं। आम तौर पर वयोवर्धन से ज्येष्ठ व्यक्तियों की शारीरिक क्षमता कम हो जाती है। अपर्याप्त आमदनी तथा शारीरिक पीड़ा के कारण उनकी मानसिक अवस्था भी निराशा से भरी होती है। कभी कभी विकलांगता के कारण परावलंबन आ जाता है। इसके कारण उन्हें अपने आप पर विश्वास नहीं रहता। स्व-सम्मान, स्वमूल्यांकन की क्षमता कम हो जाती है। स्वाभिमान को ठेस लगती है और निराशा आ जाती है।

आज के युग में लगी कड़ी होड़ में टिकने के लिए आज की पीढ़ी को लगातार संघर्ष करना पड़ता है। पति-पत्नी दोनों को ही अर्थार्जन करना पड़ता है। धार्मिक, नैतिक मूल्य भूले जा रहे हैं और भौतिकवाद को बढ़ावा मिल रहा है। इसलिए अब पुरानी पीढ़ी ने नई पीढ़ी पर निर्भर रह कर आराम से जीवन बिताने का समय नहीं रहा। ज्येष्ठ व्यक्तियों में परिवार तथा समाज से नाकारा जाने की भावना आई है। इससे गंभीर बात यह है कि कई ज्येष्ठ व्यक्तियों को कई प्रकार के शारीरिक तथा मानसिक स्तर पर सताया जाता है। ज्येष्ठ व्यक्तियों को दिए गये ऐसे अत्याचार को आंतरराष्ट्रीय स्तर पर 'एल्डर एब्युज' (ज्येष्ठों के प्रति दुर्व्यवहार)का नाम दिया गया है, जो यूनोने ज्येष्ठ व्यक्तियों को दी जानेवाली अत्याचार की परिभाषा की है। फिर भी कभी कभी यह अत्याचार इतना निर्दयी होता है कि उसकी परिभाषा करने में शब्द हार जाते हैं।

'जिस रिश्ते में, संबंधों में, ज्येष्ठ व्यक्तियों का विश्वास होता है, जिससे आधार की उम्मीद होती है उनसे एक बार या बार बार कृती से या अनदेखा करने से उस विश्वास को तोड़ा गया और उसके कारण ज्येष्ठ व्यक्ति को कोई चोट आई या उनकी मानसिक हानी हुई तो उसे अत्याचार माना जाता है।'

यह अत्याचार शारीरिक, मानसिक, आर्थिक या भावनिक सभी प्रकार का हो सकता है। परावलंबी या विकलांग व्यक्ति को स्वच्छ न रखना भी एक अत्याचार ही है।

सन २००६ में इंटरनैशनल ज्येष्ठ केंद्र के द्वारा भारत के पुणे शहर में एशिया-पॅसिफिक गोलमेज परिषद का आयोजन किया गया था। उसका विषय था, ज्येष्ठ व्यक्तियों का अत्याचार अर्थात एल्डर एब्यूज। हर एक व्यक्ति को भयरहित, पीड़ारहित जीवन जीने का अधिकार है। किसी का भी जीवन शोषित, अनदेखा या पीडित नहीं होना चाहिए। उसे वैसा बनाने का अधिकार किसी को भी नहीं है। इस बात को मानना ही मानवता है। प्राणी और मनुष्य में इतना फर्क तो होना ही चाहिए। ज्येष्ठ व्यक्तियों को दिया जानेवाला अत्याचार तथा उनके संबंध में होनेवाले अपराधों की विभिन्नता भे ध्यान में लेनी चाहिए। अपराधों की जिम्मेदारी पुलिस तथा न्यायालय के क्षेत्र में आती है। तो ज्येष्ठ व्यक्तियों को दिए जानेवाले अत्याचार की जिम्मेदारी उनके परिवार, रिश्तेदार, समाज तथा सरकार सभी की होती है। ज्येष्ठ व्यक्तियों पर किया गया अत्याचार एक संवेदनाक्षम मामला है। क्योंकि आम तौर पर वह उनके परिवारजनों से ही किया जाता है और ज्येष्ठ व्यक्ति उनके विरोध में आवाज़ नहीं उठा सकते। अपने ही परिवार जनों को हीन व्यवहार के बारे में बताने का संकोच होता है। और यह ड़र भी होता है कि अगर इसके विरोध में आवाज़ उठाई जाए तो बदले की भावना से अत्याचार और भी

बढ़ेगी। ऐसी अत्याचार मन को अस्वस्थ कर देती है और क्लेशदायी होती है। ऐसे ज्येष्ठ व्यक्तियों को उनपर बुद्धिभ्रंश का इल्ज़ाम लगा कर घर से बाहर किए जाने का ड़र होता है।

कुछ ज्येष्ठ व्यक्तियों को लगता है कि यह अत्याचार यानी की भूतकाल में उन्होंने अपनी पत्नी तथा बच्चों पर किए अन्याय का जवाब है। मन में अपराध की भावना होने से या अपने भाग्य को दोष देते हुए कई ज्येष्ठ व्यक्ति चुपचाप पीड़ा सहते रहते हैं। अगर इसके विरोध में शिकायत दर्ज करनी हो तो वह कहाँ करें यह भी उन्हें पता नहीं होता। इसलिए ऐसे मामलों की न शिकायत होती है न न्याय होता है।

ज्येष्ठ व्यक्तियों की समस्याओं के लिए आंतरराष्ट्रीय स्तर पर प्रशंसनीय कार्य करनेवाले डॉक्टर शरश्चंद्र गोखले की राय से ज्येष्ठ व्यक्तियों की अत्याचार के लिए जिम्मेदार है समाज में ज्येष्ठ व्यक्तियों के अधिकारों के प्रति अज्ञान, उनमें स्वतंत्रता की सजगता का अभाव, हमारी संस्कृति के अनुसार पारिवारिक जिम्मेदारी और समाज की अपनी जिम्मेदारी के प्रति उदासीनता। किंतु जागतिक स्तर पर ज्येष्ठ व्यक्तियों पर होनेवाले अत्याचार, पारिवारिक हिंसाचार, स्वास्थ्य समस्या तथा अपराध जैसे सभी मामलों को विचार में लिया जा रहा है। प्रगतीशील देशों में बढ़ते हुए शहर, औद्योगिकीकरण से भी ज्येष्ठ व्यक्तियों पर होनेवाले अत्याचार बढ़ रहे हैं। ज्येष्ठ व्यक्तियों पर होनेवाले अत्याचार पारिवारिक, सामाजिक तथा संस्थाओं के स्तर पर भी बढ़ रहे हैं। खास कर गाँव में रहनेवाले ज्येष्ठ व्यक्तियों को घर बार और पैसों की कमी होती है। दारिद्रय रेखा से नीचे होनेवाले पिछडी जनजाति के ज्येष्ठ व्यक्तियों की स्थिति अत्यंत दयनीय होती है। महिलाओं की हालत तो और भी बदतर होती है।

सन २००६ की एशिया-पॅसिफिक गोलमेज परिषद ने ज्येष्ठ व्यक्तियों पर होनेवाले अत्याचार रोकने के लिए जागतिक स्तर पर नीति तथा कानून बनाने का सुझाव दिया है। साथ ही ऐसे अत्याचारों की जानकारी दर्ज करने के लिए भी कहा गया है। इस परिषद ने ज्येष्ठ व्यक्तियों पर होनेवाले अत्याचारों को उजागर करने के लिए सभी प्रसार माध्यमों का आवाहन किया है। हर एक व्यक्ति को अत्याचार मुक्त, भयमुक्त तथा शोषणमुक्त जीवन जीने का अधिकार है और इसकी जानकारी देना हमारा कर्तव्य है,यह समझ कर प्रसार माध्यमों ने यह कार्य करना चाहिए। सामाजिक कार्य करनेवाली संस्थाओं ने भी इसमें अग्रणी होना चाहिए। इस परिषद में ऐसा भी सुझाया गया है की ज्येष्ठ व्यक्तियों पर होनेवाले अत्याचार रोकने के लिए, उन्हें भावनिक आधार देने के लिए, कानूनी सलाह देने तथा उनका समुपदेशन करने के लिए और उनकी देखभाल करने के लिए कोई व्यवस्था होनी चाहिए।

ज्येष्ठ व्यक्तियों पर होनेवाले अत्याचारों के विषय में आयोजित गोलमेज परिषद का उद्घाटन करते हुए रिलायन्स समूह की श्रीमती टीना अंबानी ने ज्येष्ठ व्यक्तियों को 'रूपहली उम्र' (सिल्व्हर एज) के नाम से संबोधित करते हुए इच्छा व्यक्त की कि, पूरे भारत भर में ज्येष्ठ व्यक्तियों का सम्मान हो तथा उनका सबलीकरण हो। ज्येष्ठ व्यक्तियों को आर्थिक, स्वास्थ्य विषयक, पोषक आहार संबंधी तथा भावनिक समस्याओं का सामना करना पड़ता है। युवाओं को तो कल्पना भी नहीं होती कि ज्येष्ठ व्यक्तियों को ऐसी भी कई समस्याओं को झेलना पड़ता है जो दिखाई नहीं देती और जिनके बारे में बोला भी नहीं जाता। जिसका जलता है वही जानता है। किंतु तबतक काफ़ी देर हो चुकी होती है। तब तक तो ज्येष्ठ व्यक्तियों को सम्मान और स्वाभिमान नहीं मिल सकता।

२००६ की इस गोलमेज परिषद का फल

ज्येष्ठ व्यक्तियों पर होनेवाले अत्याचार की परिभाषा बनाई गई। उसमें शारीरिक, भावनिक, मानसिक, लैंगिक तथा आर्थिक अत्याचारों को ध्यान में लिया गया। साथ ही जानबूझकर, अनजाने में, अनदेखा करके ज्येष्ठ व्यक्तियों को बेसहारा छोड़ना इन सभी प्रकारों से किए जानेवाले अत्याचारों को इस परिभाषा में सम्मिलित किया गया है।

इस गोलमेज परिषद में सर्व सम्मति से निम्नलिखित प्रस्ताव मान्य किया गया।

१. ज्येष्ठ व्यक्तियों पर होनेवाले अत्याचारों को न सहा जाए।

२. हर एक व्यक्ति को भयमुक्त, शोषणमुक्त, निर्भय तथा सम्मानित जीवन जीने का अधिकार है। सभी का जीवन सुरक्षित होना चाहिए।

३. हर एक व्यक्ति को अपने जीवन के निर्णय स्वयं लेने की स्वतंत्रता है।

४. जिन व्यक्तियों में किसी बीमारी से या किसी दुर्घटना के कारण स्वयं निर्णय की क्षमता न रही हो उनके लिए निर्णय लेते समय उस व्यक्ति के हित में, तथा उसके विचारों को (पहले कभी कहा गया/दर्ज किया गया हो तो) ध्यान में लेते हुए और वह जिस समाज में रहता है उस समाज के सांस्कृतिक रिवाज़ों का विचार करते हुए अन्य व्यक्ति या संस्था उस ज्येष्ठ व्यक्ति के मुख्तार के रूप में निर्णय ले सकती है। किंतु इसके लिए उस व्यक्ति या संस्था को संविधानिक अथवा सनदी अधिकार होना आवश्यक है।

इस परिषद पत्रिका में कुछ निष्कर्ष दर्ज किए गए।

१. हमारे परिवारों, समाज तथा संस्थाओं में ज्येष्ठ व्यक्तियों पर अत्याचार होते हैं इस बात को मान्यता दी गई।

२. ज्येष्ठ व्यक्तियों पर होनेवाले अत्याचारों के कारण उनका अवमूल्यन होता है।

३. उचित नीति तथा कानून बना कर ज्येष्ठ व्यक्तियों को अत्याचार से संरक्षण देना चाहिए।

४. समाज, प्रसार माध्यम, सेवाभावी संस्थाएँ तथा सरकार में ज्येष्ठ व्यक्तियों पर होनेवाले अत्याचारों के विषय में सजगता लानी चाहिए।

५. ज्येष्ठ व्यक्तियों को उन पर होनेवाले अत्याचारों के विषय में आवाज़ उठाने के लिए प्रोत्साहित करना। उसके लिए ज्येष्ठ व्यक्तियों का सबलीकरण करना।

६. ज्येष्ठ व्यक्तियों पर होनेवाले अत्याचारों का डाटाबेस तैयार करना।

७. जो ज्येष्ठ महिलाएँ अपने बच्चों पर निर्भर हैं या अपने निर्णय स्वयं नहीं ले सकती उनके लिए कानूनी नियमावली तैयार करना।

८. ज्येष्ठ व्यक्तियों पर होनेवाले अत्याचारों की जानकारी रखना तथा उन्हें प्रसिद्ध करने के लिए प्रसार माध्यमों के साथ संपर्क स्थापित करना।

९. ज्येष्ठ व्यक्तियों की सहायता के लिए स्थापित सभी संस्थाओं को निश्चित दर्जा रखने की शर्तों का पालन अनिवार्य करना।

१०. ज्येष्ठ व्यक्तियों के लिए शिकायत निवारण केंद्र और समुपदेशन केंद्र का सशक्तिकरण/सबलीकरण करना।

११. दो पीढ़ीयों के बीच संबंध दृढ करने हेतु नीति बनाना तथा कार्यक्रमों का आयोजन करना।

१२. राष्ट्रसंघ तथा उसमें सहभागी देशों की सरकारों ने उपर लिखित सभी नीतियों को अमल में लाना।

ज्येष्ठ व्यक्तियों के लिए हेल्प लाईन उपलब्ध कराना।

ज्येष्ठ व्यक्तियों की देखभाल करनेवाली संस्थाओं का निर्माण करना।

ज्येष्ठ व्यक्तियों के लिए समुपदेशन केंद्र तथा सुविधा केंद्र स्थापित करना।

निवृत्ती वेतन प्राप्त करने की प्रक्रिया सरल आसान बनाना।

ज्येष्ठ व्यक्तियों का अकेलापन दूर करने के लिए विविध संस्थाओं में संपर्क प्रस्थापित करना।

सामाजिक संस्थाओं के साथ स्वास्थ्य तथा नर्सिंग संस्थाओं का मेल कराना। इन संस्थाओं ने अत्याचार पीड़ित तथा अत्याचार करनेवालों में संपर्क प्रस्थापित कराना और दोनों को अपने अधिकारों तथा जिम्मेदारियों के प्रति सजग कराना। ज्येष्ठ व्यक्तियों के लिए बने कानून में समय समय पर आवश्यक परिवर्तन करना।

ज्येष्ठ व्यक्तियों की समस्याएँ तथा उनपर होनेवाले अत्याचारों के विषय में संशोधन करते रहना।

वर्तमान में अधिकतम डॉ. शिव राजू के सुझावों पर अमल किया गया है।

ज्येष्ठ व्यक्तियों पर होनेवाले अत्याचारों का विचार परिपूर्णता से करने के लिए उसकी परिभाषा करना, उसका मूल्यमापन करना, उसके लिए प्रतिबंधात्मक उपाय खोजना, ज्येष्ठ व्यक्तियों की देखभाल करनेवाले सेवकों का (केअर गिव्हर्स) मार्गदर्शन करना, उन्हें आधार देना साथ ही परिवार, समाज, शासकीय, अशासकीय, सेवाभावी संस्थाओं की जिम्मेदारी निश्चित करना, उन्हें मार्गदर्शक तत्वों की जानकारी देना आत्यंतिक आवश्यक है।

जागतिक स्वास्थ्य संगठन '*WHO*' के द्वारा ज्येष्ठ व्यक्तियों पर होनेवाले अत्याचारों के विषय पर सन २००२ में लिखे गए सर्वश्रुत प्रबंध, 'ग़ुमशुदा आवाज़ें' (मिसिंग व्हॉईसेस) में कहा गया है कि, 'मनुष्य के लिए मान सम्मान तथा उसका आत्मसम्मान, अन्न और पानी जितना ही जीवनावश्यक होता है।'

ज्येष्ठ व्यक्तियों पर होनेवाले अत्याचारों के विषय पर चर्चा करते हुए वयोवर्धन तज्ज्ञ (जेरेन्टोलोजिस्ट) उसका मूल कारण सामाजिक कसौटियों पर तोलते हैं, कानूनी कसौटियों पर नहीं। समाजशास्त्रज्ञ सामाजिक बदलावों को दोष देते हैं। अपराध शास्त्रज्ञ (क्रिमीनोलोजिस्ट) इसे युवा पीढ़ी का अपराध मानते हैं। सामाजिक कार्यकर्ता ज्येष्ठ व्यक्तियों का सबलीकरण, उनकी सेवा तथा चिकित्सा को महत्व देते हैं। चिकित्सा तज्ञ चिकित्सा तथा रुग्ण सेवा का महत्व स्पष्ट करते हैं। तो मानसोपचार तज्ज्ञ ज्येष्ठ व्यक्तियों की समस्याएँ और उनके निवारण के लिए समुपदेशन का महत्व मानते हैं।

इस विषय पर समाज को प्रबोधित करने की आत्यंतिक आवश्यकता है। बच्चों को उनकी संस्कारक्षम उम्र से ही शिक्षा के माध्यम से ज्येष्ठ व्यक्तियों की समस्याएँ तथा उनके समाधान की जानकारी दी जानी चाहिए। इस प्रकार की शिक्षा में सभी प्रसार माध्यम महत्वपूर्ण योगदान दे सकते हैं। और वह प्रभावी भी हो सकता है। समाज की मानसिकता अनुकूल करने के लिए भी प्रसार माध्यम अच्छा कार्य कर सकते हैं।

इससे सम्बंधीत सभी योजनाओं के जानकारी केंद्र भी इसमें सहभागी हो सकते हैं। सेवाभावी संस्थाओं का सहभाग भी महत्वपूर्ण हो सकता है।

भारत सरकार की नीति

ज्येष्ठ व्यक्तियों पर होनेवाले अत्याचारों के लिए नीति निश्चित करते समय ध्यान में आता है कि ज्येष्ठ व्यक्तियों की देखभाल करने की जिम्मेदारी उनके परिवार की होने पर भी आज के ज़माने में वह अपने परिवार पर निर्भर नहीं रह सकते। भारत में निवृत्त ज्येष्ठ व्यक्तियों का आयुर्मान बढ़ने से और महँगाई के लगातार बढ़ने से ऐसी स्थिति बनी हुई है।

ज्येष्ठ व्यक्तियों को उनकी जीवनसंध्या में स्वास्थ्य सेवा, अन्न, वस्त्र तथा आवास की आपूर्ति करना या उसके लिए पर्याप्त आर्थिक सहायता देना यह भारत सरकार की नीति है। उसमें महिलाओं की सहायता के लिए विशेष योजना है। ज्येष्ठ व्यक्तियों के लिए टेलिफोन हेल्पलाईन उपयुक्त है। इस हेल्पलाईन के माध्यम से वह अपने रिश्तेदार तथा दोस्तों से संपर्क प्रस्थापित कर सकते हैं। यह सेवा अधिकतम सेवाभावी संस्थाओं के माध्यम से उपलबद्ध कराई जाती है।

ज्येष्ठ व्यक्ति आसानी से गुनहगारों के शिकार हो सकते हैं। उन्हें आसानी से धोखा दिया जा सकता है। उनपर शारीरिक या मानसिक अत्याचार किए जा सकते हैं। उनके परिवार जन भी उन्हें धोखा दे कर, धमका कर उनकी सारी जायदाद हडप सकते हैं। इस बात को ध्यान में ले कर उनके लिए संरक्षण तथा गुनहगार के लिए सजा का विस्तृत विचार ज्येष्ठ नागरिक नीति में किया गया है। वास्तव में ऐसी सेवाएँ सेवाभावी संस्थाओं द्वारा दी जाती हैं। पुलिस विभाग को भी ज्येष्ठ व्यक्तियों पर मित्रता भाव से नज़र रखने का सुझाव दिया गया है।

भारतीय संविधान ने भारत के हर एक नागरिक के लिए उसके जीवन तथा व्यक्तिगत स्वतंत्रता के लिए संरक्षण प्रदान किया है। आवश्यकता होने पर ज्येष्ठ व्यक्तियों के लिए अतिरिक्त संरक्षण देने का सुझाव भी इसमें दिया गया है। ज्येष्ठ व्यक्तियों के लिए उनके पुत्र तथा पुत्री ने भरण भत्ता देने के लिए कानूनी व्यवस्था भी की गई है।

सन २००९ में डॉ. शिव राजू ने ज्येष्ठ व्यक्तियों के लिए भारत सरकार को कुछ सुझाव दिए हैं।

सामाजिक स्तर पर ज्येष्ठ व्यक्तियों पर होनेवाले अत्याचारों की जाँच कर के जिस ज्येष्ठ व्यक्ति पर अत्याचार हुआ है वह व्यक्ति और अत्याचार करनेवाला अपराधी, दोनों का समुपदेशन करना चाहिए।

ज्येष्ठ व्यक्ति पर हुए अत्याचार का मूल्यमापन करना चाहिए तथा उसका कारण ढूँढ़ना चाहिए।

ज्येष्ठ व्यक्तियों पर होनेवाले अत्याचार आज के युग की जटिल समस्या बनी है। वह दुनियाभर में फैली है। वह देशों, जातियों, धर्मों, आर्थिक स्थितियों में फर्क नहीं करती। पारिवारिक बातों को गोपनीय रखने के कारण उसके बारे में चर्चा नहीं की जाती।इसलिए इस समस्या की गंभीरता समझ में नहीं आती। आर्थिक स्तर पर दुर्बल ज्येष्ठ व्यक्तियों को रोज़ाना की ज़रूरतें पूरी करने में भी कठिनाई होती है। तो सधन ज्येष्ठ व्यक्तियों के लिए भावनिक आधार की कमी होती है। उनमें भी ज्येष्ठ महिलाओं हालत और भी दयनीय होती है। टीना अंबानी की राय से इस के लिए परिवार, आस पड़ोस, समाज के सभी स्तरों से कोशिशें होनी चाहिए। हम भी कभी न कभी ज्येष्ठता की उम्र में जानेवाले हैं इस बात को ध्यान में रख कर युवाओं ने ज्येष्ठ व्यक्तियों पर अत्याचार नहीं करने चाहिए। उनके बच्चें उनकी करतुतें देखते हैं और व्यवहार की यही सीख लेते हैं। इस समस्या के लिए सरकारी स्तर पर भी निश्चित उपाय करने चाहिए। और उसमें सभी स्तरों के, सभी उम्र के लोगों ने सक्रिय हिस्सा लेना चाहिए।

संध्याछाया

जीवन का सफ़र बड़ा ही मज़ेदार होता है। इसाप की कथाओं में गीदड की एक कथा है, जो बहुत ही उद्बोधक है। एक सुबह गीदड शिकार के लिए बाहर निकलता है। तब वह अपनी लंबी छाया देख कर बहुत खुश होता है। उसे लगता है की उसका कद बहुत बड़ा है। इसलिए वह सोचता है कि क्यों न अब हाथी की ही शिकार की जाए। हाथी की खोज में वह राह में आनेवाली छोटी शिकार को अनदेखा करके आगे निकल जाता है। जैसे जैसे समय बीतता जाता है वैसे उसकी छाया सिकुडने लगती है। भरी दोपहर में तो वह इतनी छोटी हो जाती है की उसके पैरों तले ही छुप जाती है। तब वह समझ जाता है कि वह तो बहुत छोटा है। उसके लिए छोटी शिकार भी काफ़ी होगी। भूख से तिलमिलाता गीदड़ सोचता है कि एक चूहा ही मिल जाए तो भी काफ़ी है।

बचपन में मनुष्य की समझ कम होती है। विश्व भी बहुत छोटा होता है, लेकिन युवावस्था में उसका आत्मविश्वास आसमान छूने लगता है। उसकी आशाओं, आकांक्षाओं का घोड़ा बेतहाशा दौड़ने लगता है। वह बस अपनी इच्छाओं के बारे में ही सोचता रहता है। वह सारे विश्व को मानो अपनी मुट्ठी में समा लेना चाहता है। वह सपनों में जीता रहता है। उन्हें साकार करने के लिए दिन रात काम में जुट जाता है। कड़ी मेहनत करता है। अपने बच्चों को दुनिया की सर्वोत्तम चीजें देना चाहता है। सूरज जब माथे पर चढ़ आता है तब उसकी धूप का ताप महसूस होने लगता है। परिस्थिति की समझ आ जाती है। शरीर में थकान आती है किंतु मन समझदार हो जाता है। यथार्थ और स्वप्न का फर्क समझ में आता है। आकाश में उड़ान भरनेवाले पंख थक जाते हैं। ज़मीन पर पैर जमा कर चलने की ज़रूरत महसूस होती है। संध्या समय होता है तब तक शरीर और मन दोनों ही थक जाते हैं। आराम की ज़रूरत होती है। इस प्रकार हर एक व्यक्ति अपने जीवन में भोर, सुबह, दोपहर और संध्या समय का अनुभव करता है।

जीवनसंध्या के लिए हम 'ज्येष्ठता', 'प्रौढत्व' जैसे मीठे नाम देते हैं। किंतु युवा पीढ़ी इस उम्र के लोगों को 'बूढ़ा', 'खूसट' जैसे नाम देती है। जीवन के इस दौर में मनुष्य अनुभवों से समृद्ध हो जाता है। अनुभव केवल पैसों से, चालाकी से या शिक्षा से नहीं मिलता। जीवन के सफ़र में आनेवाली खाई और पर्बतों को पार करते हुए अनुभव का खज़ाना प्राप्त होता है। कहते हैं कि आगे चलनेवाले को ठेस लगे तो पीछे चलनेवाले ने सँभलना चाहिए। लेकिन अनुभव का अनुभव स्वयं ने ही लेना पड़ता है। वह जीवनभर की पोटली होती है। बुद्धिमत्ता तो प्राकृतिक है। वह आनुवंशिकता की देन होती है। किंतु अनुभव की, कमाई करनी पड़ती है। वह नई पीढ़ी को 'समझदारी की कुछ बातें' बताने के काम आता है।

बुजुर्गों को 'सठिया गया' समझ कर किसी तहखाने में धकेल दिया जाए या अपनी भलाई के लिए उनके अनुभवों का लाभ लिया जाए इसका निर्णय तो युवाओं ने ही करना चाहिए। ज्येष्ठ व्यक्तियों ने भी समझना चाहिए कि समय के साथ बहुत कुछ बदलता रहता है और उस बदलाव के साथ अपने विचार भी बदलने चाहिए। अगर वह अपनी बात पर अडे रहे तो इससे उनका अपना और नई पीढ़ी का भी नुकसान हो सकता है। इस उम्र में उच्च रक्तचाप, मधुमेह और धमनियों में सख़्ती (*Atherosclerosis*) के कारण मस्तिष्क की ओर जानेवाला रक्त प्रवाह कम हो जाता है। इसलिए वह एक ही बात बार-बार दोहराते रहते हैं। उनकी इस अवस्था को युवा पीढ़ी ने समझ लेना चाहिए। और उनपर क्रोध करने के बजाय इस बात को अनदेखा कर देना चाहिए। इसका भी ध्यान रखना चाहिए कि ज्येष्ठ व्यक्तियों की स्मरणशक्ति कम हो जाती है। इस प्रकार ज्येष्ठ व्यक्तियों की कम होती शारीरिक तथा मानसिक क्षमता को दोनों ही पीढ़ीयों ने ध्यान में रखकर अपना व्यवहार संयमित रखना चाहिए। ऐसा हुआ तो ही नई-पुरानी, अनुभवी-अननुभवी, युवा-ज्येष्ठ पीढ़ीयों में एकता दिखाई देगी और वह खुशी खुशी एकसाथ रह सकेगी। साथ साथ रहना दोनों के लिए ही फायदेमंद होता है।

युवा पीढ़ी को ज्येष्ठ व्यक्तियों का साथ अच्छा लगे इसके लिए ज्येष्ठ व्यक्तियों ने उनकी कठिनाईयाँ जान लेनी चाहिए। युवाओं का खान-पान, आचार विचार, सोने जागने का समय ऐसी बातों की आलोचना करने के बजाय उन्हें समझ लेना चाहिए। बस इतना ध्यान रखना चाहिए कि नई पीढ़ी शारीरिक, मानसिक, सामाजिक तथा आर्थिक अध:पतन करवानेवाली किसी नशे की आदी तो नहीं हो रही है। आर्थिक निवेश के विषय में अपना अनुभव तथा अपनी राय देने में कोई ग़लती नहीं। किंतु अंतिम निर्णय नई पीढ़ी का ही होना चाहिए। इससे फायदे या नुकसान की जिम्मेदारी

नई पीढ़ी की ही होती है। पोते-पोतियों का लाड़ प्यार करने में कोई हर्ज नहीं। किंतु उनके माँ बाप अगर पढ़ाई या व्यायाम की अच्छी आदतों के लिए उन्हें डाँट रहे हो तो ज्येष्ठ व्यक्तियों ने उनके मध्य नहीं उलझना चाहिए। इसी प्रकार ज्येष्ठ व्यक्तियों ने एक और बात ध्यान में रखनी चाहि- वह है बार बार अपने दुखड़े न रोना। खास कर बहू-बेटे जब थक कर घर आते हों तब तुरंत अपनी समस्याएँ या दुख-दर्द उन्हें न सुनाया करें। किंतु बीमारी हद से आगे जाने से पहले उचित समय पर उन्हें अवश्य बताएँ।ज्येष्ठ व्यक्तियों ने अगर अपने वृद्धत्व के लिए कोई पूँजी जमा की हो तो बच्चों पर अपना आर्थिक बोझ न ड़ालें।

बहू अगर नौकरी व्यवसाय कर रही हो तो सास ने पोते-पोतियों को सँभालना, उनकी पढ़ाई करवाना, उनके साथ खेलना और घरेलू कामों में जितना हो सके हाथ बंटाना चाहिए। बच्चे कैरियर के लिए मेहनत कर रहे हो तो पिता ने बिजली या फोन के बिलों का भुगतान करने या पोते-पोतियों को स्कूल, ट्यूशन या खेल के लिए ले जाने-ले आने जैसे बाहरी काम करने चाहिए। आज कल बिजली, फोन के बिलों का भुगतान इंटरनेट द्वारा किया जाता है। इस प्रकार दोनों पीढ़ीयों ने एक दूसरे को समझ बूझ कर काम लिया तो वृद्धत्व आनंददायी हो सकता है और दोनों ही खुशी से साथ-साथ रह सकते हैं। जीवन यात्रा के हर पड़ाव पर हर एक ने समझदारी से काम लिया तो जीवनसंध्या में समाप्ती की उदासी नहीं होगी। तो संध्या के मनोहारी रंग 'शुभास्ते पंथान: संतु' कह कर इस पड़ाव को भी आनंदित कर देंगे।

सभी ज्येष्ठ व्यक्तियों को इस प्रकार अपने परिवार के साथ रहने का सौभाग्य प्राप्त नहीं होता। पचास साल पहले तक संयुक्त परिवार पद्धति को धर्म समझ कर अपनाया जाता था। अब नई और पुरानी पीढ़ी में प्रेम हो, फिर भी ऐसी परिस्थिति नहीं है कि उन्हें एकत्रित रहना संभव होगा। छोटा घर, आर्थिक समस्या, दूर-दराज़ में नौकरी या व्यवसाय अथवा नई पीढ़ी का विदेश में स्थित होने जैसे विविध कारणों से ज्येष्ठ व्यक्तियों को अपना घरौंदा अलग बनाना पड़ता है। इसके लिए विभिन्न विकल्प उपलब्ध हैं।

जीवन का अधिकतम काल जिस गाँव में बिताया हो उसे छोड़ कर अन्य स्थान जाने से ज्येष्ठ व्यक्तियों को वहाँ समय बिताने, पहलेवाले परिचित गाँव, परीसर की याद आती रहने जैसी समस्याएँ हो सकती हैं। नौकरी के लिए दूसरे शहर में जाने पर छोटा घर, अपर्याप्त आमदनी के कारण नई पीढ़ी चाहते हुए भी ज्येष्ठ व्यक्तियों को अपने साथ नहीं रख सकती। जो युवा अच्छी आमदनी के लिए विदेश में जा बसते हैं उन्हें आर्थिक समस्याएँ इतनी अधिक नहीं होती। किंतु ज्येष्ठ व्यक्तियों के लिए वहाँ का

वातावरण या जीवन पद्धति से समस्या हो सकती है। ऐसे में दोनों पीढ़ीयों में अच्छे संबंध होते हुए भी ज्येष्ठ व्यक्तियों को परिवार के साथ रहने का लाभ नहीं मिल पाता। तब दोनों पीढ़ीयाँ विकल्प के रूप में अलग रहती हैं। यहाँ पर ज्येष्ठ व्यक्तियों का अपना घर हो सकता है। पती-पत्नी में से जो पीछे रहे उसे उर्वरित जीवन अकेले जीना पड़ता है। दोनों ही जीवित हों तो सुख दुख बाँट सकते हैं, आवश्यकता होने पर एक दूसरे की सेवा कर सकते हैं। व्यक्ति अकेला हो तो उसे सोबत का यह सुख नहीं मिल पाता। इसलिए अकेले ज्येष्ठ व्यक्ति के लिए वृद्धाश्रम ही एकमात्र उत्तम विकल्प है।

वृद्धाश्रम कैसे होना चाहिए यह जानना हो तो खानापूर (पुणे) में स्थित लोकसेवा फाऊंडेशन संचलित वृद्धाश्रम देखें। यह एक आदर्श वृद्धाश्रम है। इस वृद्धाश्रम के कर्ता-धर्ता डॉक्टर विनोदजी शहा की मनोभूमिका हम जान लेंगे। साथ ही हेल्पेज इंडिया तथा परांजपे स्कीम के 'अथश्री' संकुल के विषय में विस्तृत जानकारी भी आगे मिलेगी। पाठक उसका अवश्य लाभ लें।

हेल्पेज इंडिया

भारत में तथा अन्य विकसनशील या अविकसित देशों में हाल ही तक एकत्रित परिवार पद्धति हुआ करती थी और आयुर्मान कम होता था। इसलिए ज्येष्ठ व्यक्तियों की समस्याएँ भी कम थी। विकसित देशों में विकास के साथ-साथ आर्थिक समृद्धि, शिक्षा तथा स्वास्थ्य सुविधाओं का प्रसार होने के कारण इन देशों के लोगों का आयुर्मान बढ़ गया। परिणामत: ज्येष्ठ व्यक्तियों की समस्याएँ जल्दी ही समक्ष आ गई। उन समस्याओं का निवारण करना, उसके लिए योजनाएँ बनाना और उसके उपाय खोज कर उन्हें अमल में लाने की समस्या निर्माण हो गई। इंग्लैंड और जापान ने ऐसे नियोजन करने का आरंभ किया।

बुजुर्गों का सहारा

सन १९७४ में ज्येष्ठ व्यक्तियों को सहायता देनेवाले जागतिक संगठन 'हेल्पेज इंटरनैशनल' के संस्थापक जैकसन कोल भारत में आए थे। ऐसे कार्य के लिए निधि इकट्ठा करने का प्रशिक्षण देने के लिए उन्होंने भारत में बसे सैमसन डैनियल नामक व्यक्ति को तीन महीनों के लिए इंग्लैंड में आमंत्रित किया। इस प्रशिक्षण के बाद सैमसन डैनियल ने अपनी पत्नी के साथ ज्येष्ठ व्यक्तियों की सेवा करने का व्रत ले लिया। उस समय ज्येष्ठ व्यक्तियों के जागतिक संगठन ने यह कार्य करने के लिए मुंबई, मद्रास, कोलकाता में कर्मचारियों को नियुक्त किया। इस कार्य में भारत के साथ ९७ देशों को ज्येष्ठ व्यक्तियों की समस्याओं का निवारण करने हेतु शामिल किया गया। इन ९७ देशों के प्रतिनिधी यूनो आंतरराष्ट्रीय संगठन के कार्य में शामिल हो गए। (हेल्पेज इंडिया) भारतीय ज्येष्ठ सेवा संस्था भी ज्येष्ठ व्यक्तियों की सेवा में समर्पित जागतिक संगठन की सदस्य बन गई। आज भी भारतीय ज्येष्ठ सेवा संस्था, इंग्लैंड की ज्येष्ठ सेवा संस्था से संलग्न है। और अच्छे कार्य के लिए उसे यूनो की प्रशंसा भी प्राप्त हो गई है। सन

१९७८ में भारतीय ज्येष्ठ सेवा संगठन को दिल्ली में पंजीकृत संस्था के रूप में मान्यता प्राप्त हुई है। तीन महिनों में ही संस्था आर्थिक स्तर से स्वावलंबी हो गई। संस्था के लिए दान देनेवालों को आयकर में १२-ए तथा ८०-जी के अंतर्गत कर में छूट मिलने लगी।

हेल्पेज इंडिया यह 'ना लाभ ना हानी' तत्व से चलाई जानेवाली निधर्मी स्वतंत्र अशासकीय संस्था है। सन १८६० के सोसायटी पंजीकरण कानून के अंतर्गत पंजिकृत की गई यह राष्ट्रीय स्तर का संस्थान है।

हेल्पेज इंडिया यह भारतीय सेवा संस्था वर्तमान में भारत के सवा करोड़ ज्येष्ठ नागरिकों की संपूर्ण सहायता के लिए कार्यरत है। वर्तमान में जो ज्येष्ठ व्यक्ति हैं उन्होंने अपने पारिवारिक कार्य निभाते हुए अपने वृद्धत्व में आनेवाली समस्याओं के विषय में नहीं सोचा था। यह दुख की बात है कि उन्हें अब उनके परिवार तथा समाज से प्रेम और आस्था नहीं मिल रही है। समाज से अनदेखा कर देना उनके मन को खाए जा रहा है। अपनी युवावस्था में उन्होंने भविष्य की बदलते हुए आर्थिक, सामाजिक, पारिवारिक मूल्यों का परिणाम सोचा नहीं था। इसलिए आज की परिस्थिति का सामना करने के लिए उनकी कोई आर्थिक तथा मानसिक तैयारी नहीं की थी। किंतु अब प्राप्त स्थिति का सामना करना ही पड़ रहा है। उम्र के साथ आनेवाली कमज़ोरी, बीमारियाँ सताती हैं और जीवन साथी से (पती पत्नी) वियोग हो, तो अकेलापन खाने दौड़ता है। निराशा आने के लिए इतने कारण काफ़ी होते हैं।

अनेकों सेवाभावी संस्थाएँ ज्येष्ठ व्यक्तियों की इन सारी समस्याओं को ध्यान में ले कर उनके समाधान खोजने का कार्य कर रही हैं। उसमें हेल्पज इंडिया सुनियोजित तथा परिपूर्ण विचारों के साथ किया जानेवाला कार्य प्रशंसनीय है।सन १९७८ मेंइस संस्था की स्थापना हुई। यह संस्था ज्येष्ठ व्यक्तियों की आवाज़ प्रभावी तरीके से सरकार तक पहुँचाने का कार्य भी करती है। अर्थात भारत सरकार जब ज्येष्ठ व्यक्तियों के कल्याण हेतु कोई नीति निश्चित करती है तब ज्येष्ठ व्यक्तियों की समस्याएँ सरकार तक पहुँचाई जाती हैं। यह संस्था भारत के २३ प्रदेशों में शहरों तथा गाँवों के ज्येष्ठ व्यक्तियों के लिए आमदनी का साधन, निवास सुविधा और स्वास्थ्य सेवा के लिए महत्वपूर्ण काम करती है। इस कार्य को सम्पन्न करने के लिए हेल्पेज इंडिया अन्य व्यक्ति, संस्था और सरकार सभी की योग्य सहायता लेती है।

पीड़ित ज्येष्ठ व्यक्तियों की सेवा के लिए समर्पित कार्य करना यही संस्था का उद्देश्य है और संस्था ज्येष्ठ व्यक्तियों की सेवा को ही सर्वोच्च प्रधानता देती है।

ज्येष्ठ व्यक्तियों को सक्रिय तथा सम्मानित जीवन जीने का हक है, यही हेल्पेज इंडिया का घोषवाक्य है। इसलिए इसी उद्देश्य से कार्यक्रम बनाने और अमल में लाने को

प्रधानता दी जाती हैं। हेल्पेज इंडिया ने केवल वर्तमान समस्याओं को ही नहीं तो भविष्य की संभाव्य समस्याओं को ध्यान में लेते हुए दीर्घकालीन नीति तथा योजनाएँ बनाई हैं। इसके कारण पर्याप्त स्वास्थ्य बीमा, सभी के लिए निवृत्ती वेतन और उम्र के अनुसार सुविधाएँ उपलब्ध कराई गई हैं। किंतु संस्था जानती है कि ज्येष्ठ व्यक्तियों की समस्याओं का विस्तृत रूप और दुनियाभर में बढ़ती ज्येष्ठ व्यक्तियों की संख्या की तुलना में संस्था का काम पर्याप्त नहीं है।

हेल्पेज इंडिया ने सन २०२० के लिए अपने उद्देश्य निश्चित किए हैं।

१. १ करोड २० लाख ज्येष्ठ व्यक्तियों के लिए ज्येष्ठ व्यक्तियों की संस्थाओं द्वारा उपर उल्लेखित सभी सुविधाएँ उपलब्ध करा देना। साथ ही

२. स्वास्थ्य सेवाएँ

३. ज्येष्ठ व्यक्तियों को राजकीय आवाज प्राप्त करा देना

४. १ करोड २० लाख ज्येष्ठ व्यक्तियों के लिए शासकीय, स्वतंत्र तथा सामाजिक संस्थाओं के माध्यम से उनके उम्र के अनुसार सुविधाएँ उपलब्ध कराना।

५. ज्येष्ठ व्यक्तियों को उनका जीवन स्वाभिमान तथा सम्मान के साथ जीने के लिए तैयार करना।

ज्येष्ठ व्यक्तियों के अधिकार, ज्येष्ठ व्यक्तियों पर होनेवाले अत्याचारों का निवारण, आवश्यकता होने पर घर के रिव्हर्स मॉर्टगेज (विपरित बंधकपत्र) के लिए सहायता, मार्गदर्शन, ज्येष्ठ व्यक्तियों के मंडल स्थापित करके उनका अकेलापन दूर करना इत्यादी के लिए हेल्पेज इंडिया कार्यरत है। ज्येष्ठ व्यक्तियों को स्वास्थ्य बीमा या उनके पुत्र-पुत्री से भरण भत्ता दिलवा देना, ज्येष्ठ व्यक्तियों के लिए केंद्र सरकार के बजट में प्रबंध कराना तथा ज्येष्ठ व्यक्तियों से सम्बंधीत नीतियों में सरकार का दिशादर्शन कराने जैसे कार्य भी संस्था द्वारा किए जाते हैं। इसीके साथ हेल्पेज इंडिया और भी महत्वपूर्ण कार्य करती है– जैसे ज्येष्ठ व्यक्तियों के लिए स्वास्थ्य सेवाएँ उपलब्ध कराना, उन्हें संरक्षण देना, निवास उपलब्ध कराना, प्राकृतिक आपत्ती के समय आधार देना।

हेल्पेज इंडिया को दानी व्यक्ति, संस्थाएँ, उद्योगपती, कंपनियाँ, ट्रस्ट्स से सहायता मिलती है। युरोपियन युनियन, इंग्लैंड की आपत्कालीन सेवा संस्था, आंतरराष्ट्रीय विकास संस्था और जपान फाऊंडेशन जैसी अनेकों राष्ट्रीय तथा आंतरराष्ट्रीय संस्थाएँ हेल्पेज इंडिया की सहायता के लिए तत्पर हैं।

हेल्पेज इंडियाकी गतिविधि

१. भ्रमण अस्पताल (मोबाईल) – ये गाड़ियाँ विकलांग ज्येष्ठ व्यक्तियों के घर जा कर उन्हें स्वास्थ्य सेवाएँ देती हैं। यह गाडी रुग्णवाहिका जैसी होती है। जिसमें एम.बी.बी.एस. डॉक्टर्स, फार्मासिस्ट, सामाजिक कार्यकर्ता और ड्रायव्हर होते हैं। यह गाडी उत्तम गुणवत्ता की दवाईयाँ ले कर रोज़ाना सुबह ९ से शाम ५ बजे तक शहर या गाँव के किसी निश्चित स्थानों पर रूकती है। और वहाँ के वृद्धों की निःशुल्क जाँच करके उन्हें दवाईयाँ देती है। गाडी आने का दिन और समय निश्चित होने के कारण ज़रूरतमंद वृद्ध व्यक्ति पहले से ही वहाँ पर उपस्थित रहते हैं। तब एक दूसरे से बातें करना, सुख दुख बाँटने का कार्यक्रम भी हो जाता है। मन हलका होता है। आनंदित होता है। इस योजना द्वारा हर साल करीबन १७ लाख ज़रूरतमंद ज्येष्ठ व्यक्तियों को सहायता मिलती है। यह सेवा उपलबद्ध कराने के लिए ९७ मोबाईल वैद्यकीय सेवा की टुकड़ी उपलब्ध हैं। जो २० प्रदेशों में १०८५ सामाजिक स्थानों पर फैली हुई हैं। यह ज्येष्ठ व्यक्तियों के लिए आशिया खंड का सब से बड़ा मोबाईल मेडिकल उपक्रम है।

अंधत्व निवारण

ज्येष्ठ व्यक्तियों पर आवश्यकता के अनुसार मोतियाबिंदू की शल्यक्रिया करने से वे आत्मनिर्भर हो जाते हैं, अपनी रोज़ी रोटी कमा सकते हैं और स्वाभिमान के साथ जी सकते हैं। हेल्पेज इंडिया द्वारा कैंसर या अन्य गंभीर बीमारी से अंतिम सांसे लेनेवाले ज्येष्ठ व्यक्तियों को वेदनामुक्ती देनेवाले उपचार तथा नर्सिंग सेवा भी उपलब्ध कराई जाती है।

भारत में अंध व्यक्तियों की संख्या मन को व्यथित कर देती है। उनमें से ८१% लोगों में अंधता मोतियाबिंदू से आती है। मोतियाबिंदू से आनेवाली अंधता में हर साल २० लाख की बढ़ौतरी होती है। भारत में एक लाख जनसंख्या के लिए एक नेत्र तज्ज्ञ है। यह स्थिति विदारक है। ऐसे में मोतियाबिंदू की शल्यक्रिया करना पुण्य का काम हो जाता है। हेल्पेज इंडिया ने अब तक ८.५ लाख अंध व्यक्तियों पर मोतियाबिंदू की शल्यक्रिया नि:शुल्क करवाई है। अंधत्व निवारण के लिए और भी कई संस्थाओं ने नेतृत्व दिखाना चाहिए।

फिज़ियोथेरपी – वृद्धत्व के साथ जोड़ों में दर्द, कमर में दर्द, पैरालिसिस जैसे भारी भरकम आभूषणों के कारण चलना भी कठीन हो जाता है। पराधीनता आती है। ऐसे ज्येष्ठ व्यक्तियों की वेदनाओं को कम करने और फिजिओथेरपी देकर उन्हें जितना हो सके आत्मनिर्भर करने की कोशिश हेल्पेज इंडिया करती है। हर साल भारत के २२ प्रदेशों में १०३७५ ज्येष्ठ व्यक्तियों को यह सेवा दी जाती है।

दादा-दादी की दत्तक योजना – 'दादाजी के लिए सहायता' इस उपक्रम द्वारा सधन व्यक्ति बेसहारा वृद्धों को दत्तक लेते हैं और उनकी देखभाल करते हैं। इसके अंतर्गत सन २०१३-१४ में गाँव के ४५२३७ बेसहारा वृद्धों को अन्न तथा आवास उपलब्ध कराया गया। इस कार्य के लिए जो भी व्यक्ति या संस्थाएँ सहायता देती है, उन्हें शतशः प्रणाम।

स्वसहायता दल (सेल्फ हेल्प)

शहर तथा गाँव के ज्येष्ठ व्यक्तियों को अर्थ सहाय्य दे कर स्वरोजगार योजना उपलब्ध कराई गई। हेल्पेज इंडिया ने इस योजना से भारत के १७ राज्यों के ५३०० लोगों को आत्मनिर्भर किया है।

एल्डर हेल्प लाईन (ज्येष्ठों के लिए सहाय्य फोन नंबर) – **१८००-१८०-१२५३**

भारत के २० राज्यों की राजधानियों में यह सेवा उपलब्ध है। इस योजना के अंतर्गत जिन ज्येष्ठ व्यक्तियों पर अत्याचार होते हैं, जिन्हें घर से बाहर निकाला जाता है, जिन्हें पीड़ा दी जाती है वे इस निःशुल्क हेल्प लाईन से संपर्क प्रस्थापित करने पर उन्हें तुरंत आवश्यक सहायता दी जाती है। इसके लिए सरकारी अधिकारी, पुलिस तथा अन्य संस्थाओं के साथ संपर्क कर के हेल्पेज इंडिया द्वारा सहायता दी जाती है।

कैंसर

कैंसर! नाम सुनते ही ड़र से मन काँप उठता है। किंतु ज्येष्ठ व्यक्तियों का इससे नज़दीकी रिश्ता होता है। इसे जल्दी पहचाना गया तो कम समय में और कम खर्चे में चिकित्सा की जा सकती है। हेल्पेज इंडिया की ओर से वृद्धों के लिए कैंसर डिटेक्शन कैंप्स का आयोजन किया जाता है। हेल्पेज इंडिया ने अब तक २५,००० रुग्णों की जाँच की है और उनमें से १०००० वृद्ध कैंसर रुग्णों को उपचार सुविधा उपलबद्ध कराई है। कैंसर की दवाईयाँ और उपचार महँगे होते हैं। इसके लिए हेल्पेज इंडिया ने अब तक ६.५ करोड़ का निधि इकठ्ठा कर उसे खर्च किया है।

डे केयर सेंटर या वृद्धाश्रम

हर एक के लिए अन्न, वस्त्र तथा आवास यह मूलभूत आवश्यकताएँ होती हैं। युवा और सक्षम व्यक्ति उसे किसी न किसी मार्ग से प्राप्त कर लेते हैं। किंतु ज्येष्ठ व्यक्ति अपनी शारीरिक तथा मानसिक दुर्बलता के कारण इन्हें प्राप्त करने में अक्षम होते हैं। ऐसे ज्येष्ठ व्यक्तियों के लिए जो डे केअर सेंटर या वृद्धाश्रम काम करते हैं उनका मार्गदर्शन करना तथा आर्थिक सहायता देने का काम भी हेल्पेज इंडिया करता है।

यह संस्था कडलूर (पाँडिचेरी) और कोलकाता में वृद्धाश्रम चलाती है। साथ ही अन्य १९४ वृद्धाश्रमों को विविध प्रकार से सहायता भी देती है।

आपत्कालिन सहाय्य

भूचाल, ज्वालामुखी, त्सुनामी, अकाल, अतिवृष्टि या बाढ़ जैसी प्राकृतिक आपत्तियों में ज्येष्ठ व्यक्तियों की हालत दयनीय होती है। ऐसे में हेल्पेज इंडिया उनकी सहायता के लिए तत्पर होता है।

अर्थार्जन उपक्रम – ऐसे ज्येष्ठ व्यक्ति जो शारीरिक तथा मानसिक रूप से सक्षम हैं किंतु जिनके पास अर्थार्जन का कोई साधन नहीं है उन्हें छोटे पैमाने पर पूँजी उपलबद्ध करा दी जाती है। जिससे वह कोई छोटा-मोटा व्यवसाय चला सकते हैं और स्वाभिमान के साथ जी सकते हैं। हेल्पेज इंडिया इस पुण्यकर्म को भी निभाता है। इस उपक्रम के अंतर्गत भारत में ऐसे ३२०० दलों ने स्वावलंबन से ४२००० ज्येष्ठ व्यक्तियों सम्मान के साथ जीने का अवसर दिया है।

तमराईकुलम ज्येष्ठ नागरिक ग्राम

कडलूर, पुदूच्चेरी रोड पर तमराईकुलम में एन.डी.टी.व्ही. व्ह्यूअर्स की सहायता से एक आदर्श पुनर्वसन केंद्र स्थापित किया गया है। सन २००४ में आयी हुई त्सुनामी के बाद सौ ज्येष्ठ व्यक्तियों का पुनर्वसन यहाँ पर किया गया है। हेल्पेज इंडिया ने इसे एक आदर्श पुनर्वसन केंद्र के रूप में स्थापित किया है। इसमें स्वास्थ्य सेवाएँ, आमदनी के साधन, मनोरंजन के साधन और निवास यह सारी आवश्यकताएँ पूरी की जाती है।

शिक्षा गतिविधी

व्यक्तिगत स्वच्छता हो या, सार्वजनिक स्वच्छता, यातायात या अन्य अनुशासन हो इसे बचपन के संस्कारक्षम उम्र से ही सिखाया जाए तो ही उसका पालन किया जाता है। इसे ध्यान में लेते हुए हेल्पेज द्वारा स्कूल. कालेज के विद्यार्थियों को ज्येष्ठ व्यक्तियों का आदर करने, उनकी समस्याओं को समझ कर उन्हें सहायता देना और उनके अकेलेपन में उन्हें सहारा देने के विषय में समुपदेशन दिया जाता है। भविष्य में वह भी ज्येष्ठ होनेवाले हैं और उन्हें भी अपने जीवन की सांध्यबेला में इन समस्याओं का सामना करना है इस बात को सूचकता से बता कर दोनों पीढ़ीयों में वैचारिक अंतर कम करना और उन्हें प्रेम की ड़ोर सें बाँधे रखने का यह उपक्रम सच में प्रशंसनीय है।

सरकारी स्तर पर

ज्येष्ठ व्यक्तियों के लिए नियम, कानून, सेवा उपलब्ध करानेवाली संस्थाओं के लिए सरकार से नीति निश्चित कराना, उसे अमल में लाना, उसके लिए अर्थसंकल्प में प्रबंध करवाना, ज्येष्ठ व्यक्तियों को उनके नज़दीकी रिश्तेदारों से निर्वाह भत्ता दिलवाना, उसके लिए ज्येष्ठ व्यक्तियों को कानूनी तथा अन्य संरक्षण देना, इसके लिए सरकारी स्तर पर सजगता लाने का काम भी हेल्पेज इंडिया करता है। इसी के अंतर्गत ज्येष्ठ व्यक्तियों को निवृत्ती वेतन दिलाना, स्वास्थ्य सुविधाएँ दिलाना, स्कूल और कालेजों में ज्येष्ठ व्यक्तियों की सेवा तथा उनके लिए होनेवाले कानूनी प्रबंधों की जानकारी देना ऐसे अनेकों स्तर पर हेल्पेज इंडिया कार्यरत है।

ऐसे विभिन्न आयामों पर काम करते हुए हेल्पेज इंडिया ज्येष्ठ व्यक्तियों को अधिकाधिक सक्रिय रहने के लिए प्रोत्साहित करता है और उन्हें आवश्यक मार्गदर्शन तथा सहायता देता है।

बुजुर्गोंके एसोसिएशन्स

ज्येष्ठ व्यक्तियों की विभिन्न ज़रूरतों के लिए, उन्हें मार्गदर्शन देने के लिए विविध संस्थाएँ स्थापन करना और उनका मार्गदर्शन करना। "सब लोगों को सामाजिक कार्य करने के लिए प्रेरणा देना ही सबसे बड़ा सामाजिक कार्य है" इस कहावत के अनुसार हेल्पेज इंडिया द्वारा संस्थाओं को प्रोत्साहित करने का काम भी किया जाता है। ज्येष्ठ व्यक्तियों के लिए समय समय पर मनोरंजन के कार्यक्रम, आनंद मेला तथा सफ़रों का आयोजन किया जाता है।

एडव्हांटेज कार्ड योजना

मॉल संस्कृति में कई बड़े मॉल्स की ओर से क्रेडिट, डेबिट कार्ड की तरह एडव्हांटेज कार्ड्स दिए जाते हैं। उसपर कुछ सुविधाएँ मिलती हैं।

हेल्पेज इंडिया द्वारा ६० साल से अधिक उम्र के व्यक्तियों को 'ज्येष्ठ सुविधा कार्ड' दिया जाता है। इसके उपयोग से उन्हें अस्पताल, डायग्नोस्टिक सेंटर, शल्यक्रिया, दुकान में की गई खरीदारी और कुछ अन्य स्थानों पर कुल कीमत के १०–२०% छूट मिल सकती है। जिनकी आर्थिक स्थिति अच्छी नहीं है उनके लिए यह मानो एक वरदान ही है। अच्छी आमदनी पानेवाले, आयकर भरनेवाले ज्येष्ठ व्यक्तियों के लिए सरकार ने आयकर में छूट दी गई है।

जनसेवा फाऊंडेशन का नेत्रदीपक कार्य देख कर भारत सरकार ने इसे ज्येष्ठ व्यक्तियों के लिए संसाधन केंद्र का दर्जा दे कर संस्था को गौरवान्वित किया है।

कई मार्गों से ज्येष्ठ व्यक्तियों की समस्याओं के समाधान देनेवाली हेल्पेज इंडिया संस्था का कार्य प्रशंसनीय है। इस संस्था को उत्तम सेवा संस्था, भारत निर्माण पुरस्कार, समाज कार्य के लिए टाईम्स ऑफ इंडिया का पुरस्कार, आर्थिक अनुशासन तथा आदर्श स्वास्थ्य सेवा के लिए तथा अन्य कई पुरस्कार दे कर सम्मानित किया गया है। किंतु संस्था के लिए समाज के सभी स्तरों के ज्येष्ठ व्यक्तियों से मिलनेवाला आशीर्वाद इन सभी पुरस्कारों से श्रेष्ठ और मूल्यवान है।

१५ जून, २०१६ का दिन दुनियाभर में 'जागतिक वृद्ध अत्याचार विरोधी दिन' के रूप में मनाया गया। इसके उपलक्ष्य में हेल्पेज इंडिया ने एक एंड्रोईड एप्लिकेशन प्रस्तुत किया है, जिसका नाम है, *Save Our Seniors (SOS)* यह एप्लिएशन गूगल प्ले स्टोअर द्वारा किसी भी एंड्रोईड फोन पर डाऊन लोड करने से हम आसानी से अपने आसपास के ज्येष्ठ नागरिकों की मदद कर सकते हैं। ज्येष्ठ नागरिकों को भी मदद पाना आसान होगा। साथ ही ज्येष्ठ व्यक्तियों से सम्बंधीत संवेदनाक्षम विषयों की जानकारी पाई जा सकती है, जैसे की स्वास्थ्य, आर्थिक नियोजन, ज्येष्ठ व्यक्तियों पर होनेवाले अत्याचार, सक्रिय वयोवर्धन, इच्छा पत्र *(Will Legacis)*, अधिकार *(Right Entitlements)*.

इसके साथ ही इस एप्लिकेशन द्वारा हेल्पेज इंडिया के *advantage* कार्डपर मिलनेवाली सुविधाओं की जानकारी भी पाई जा सकती है। सबसे महत्वपूर्ण बात यह है की इस एप्लिकेशन में से *'SOS – Call help live'* बटन को दबाने से हम अपने राज्य में स्थित हेल्पेज इंडिया की हेल्पलाईन से त्वरित जुड़ जाते हैं।

हेल्पेज वेबसाईट – *www.helpageindia.org.*

पुणे संपर्क – व्यवस्थापक- राजीव कुलकर्णी

पुणे कार्यालय – दूरभाष – ०२०-२०२६५५१३

मोबाईल – ०९४२२०२०६९९

एजवेल फाऊंडेशन

वृद्ध व्यक्तियों के लिए कई संस्थाएँ कार्यरत हैं। उनमें से एक 'एजवेल फाऊंडेशन' के बारे में जानकारी-

'आनंदमय वृद्धत्व न्यास' यह एक जागतिक स्तर का संगठन है। बेसहारा (Destitute) ज्येष्ठ व्यक्तियों के लिए कार्य करना इस सेवाभावी संगठन की विशेषता है। इस संस्था का भारत में कार्य करनेवाला प्रमुख केंद्र सन १९९९ से दिल्ली में स्थित है। हमने इस संस्था एक अध्यक्ष श्री. हिमांशू रथजी से संपर्क प्रस्थापित किया और उनसे इस संस्था के कार्य सम्बंधी ब्यौरेवार जानकारी प्राप्त की। कुल १५० संस्थाएँ एजवेल फाऊंडेशन के तहत कार्यरत हैं। वे ६४० जिलों में फैली हुई हैं। इस संस्था के द्विस्तरीय कार्यकर्ता हैं। प्रथम स्तर पर ७५०० कार्यकर्ता हैं, जिनके मार्गदर्शन में दूसरे स्तर पर ८०,००० कार्यकर्ता काम कर रहे हैं। प्रथम स्तर पर कार्य करनेवालों में कई निवृत्त सनदी अधिकारी तथा सुशिक्षित स्वयंसेवक हैं। इन सबने मिलकर करीबन ३५००० जेष्ठ व्यक्तियों के लिए विभिन्न सुविधाएँ उपलबद्ध करा दी हैं।

ज्येष्ठ व्यक्तियों के लिए हेल्पलाईन उपलबद्ध करा दी गई है। उनके लिए योग्य, पूरे या आधे समय के लिए रोज़गार उपलबद्ध कराने के लिए एमप्लॉयमेंट एक्स्चेंज स्थापित किया गया है। यहाँ पर ज्येष्ठ व्यक्तियों को अपने स्वास्थ्य की देखभाल करने का प्रशिक्षण दिया जाता है। ज्येष्ठ व्यक्ति विकलांग हों तो उन्हें आवश्यक साधन उपलबद्ध कराए जाते हैं। पुलिस दल को ज्येष्ठ व्यक्तियों की समस्याओं के बारे में जानकारी दी जाती है। ज्येष्ठ व्यक्ति और स्कूली बच्चों को एक साथ ला कर उनमें संवाद प्रस्थापित करने के प्रयास किए जाते हैं। ज्येष्ठ व्यक्ति अनाथ हो तो उन्हें राशन अर्थात धान की थैलियाँ दी जाती है। इस प्रकार एजवेल फाऊंडेशन बहुआयामी कार्य कर रहा है। ज्येष्ठ व्यक्तियों की समस्याएँ जान लेने के लिए संस्था का निरीक्षक दल बड़े पैमाने पर निरीक्षण दर्ज करता रहता है।

संस्था के कार्य को जागतिक स्तर पर गौरवान्वित किया गया है। इस संस्था को जागतिक सलाहकार *(COSOC – Granted consultative status)* उपाधी से नवाज़ा गया है।

संपर्क- श्री हिमांशू रथ, चेअरमन, एजवेल फाऊंडेशन

एम-८ लजपत नगर, दूसरी मंजील, नई दिल्ली।

विस्तारित परिवार

संयुक्त परिवार संस्था का लय होना कोई अच्छी बात नहीं है। किंतु अंधेरी रात के बाद प्रकाशमयी सुबह नई किरण ले कर तो आती ही है। विस्तारित परिवार संकल्पना यानी ऐसी ही आशा की एक नई किरण है।

खून के रिश्तें अपेक्षाओं के साथ ही जन्म लेते हैं। उनके बोझ तले जीते हुए जैसे ही अपेक्षाओं का भंग होता है वैसे मनोभंग भी होता है। रिश्तों में दरार आ जाती है। ऐसी दरार को मिटाया नहीं जा सकता। एकसाथ रहने का कोई और रास्ता न हो तो ऐसी दरारों के साथ तनाव में जीना पड़ता है। इससे निराशा आ जाती है। बदले की भावना आती है। और इसी में से अत्याचारों का जन्म होता है। जीवन को समाप्त कर देने के विचार भी आते हैं। आवश्यकता आविष्कार की जननी है इस कहावत के अनुसार पुराने रिश्ते टूटते हैं तब नए रिश्ते जुड जाते हैं। अथश्री या अन्य वृद्धाश्रम के रूप में एक नया विस्तारित परिवार मिल सकता है। इस परिवार में कोई खून का रिश्ता नहीं होता। और एक दूसरे से कोई उम्मीदें भी नहीं होती। इसलिए ऐसे रिश्तों में न तनाव आता है और न ही निराशा आती है। यहाँ पर अनेक लोग होते हैं। एक से न बन पाए तो दूसरा होता है। किसी न किसी से तो बनती ही है।

जब चाहे तब इकठ्ठे मिल कर बातें करना, खाना-पीना, घूमना-फिरना और जब चाहे तब अकेले रहना यहा संभव होता है। बहू-बेटे, पोते-पोतियाँ जब चाहे तब यहाँ आ कर मिल सकते हैं। चाहे तो वह ४–५ दिन अभ्यागत कक्ष में रह कर प्रेम का आदान प्रदान भी कर सकते हैं। किंतु किसी भी उम्मीद के बिना।

अथश्री संकुल

परांजपे स्कीम्स के बने इस विस्तारित परिवार की जानकारी लेने के लिए पुणे के बावधन और पाषाण में स्थित संकुल देखा। सन १९९९ में पाषाण-सूस रोड पर

अथश्री की पहली शाखा का आरंभ हुआ। तब वह शहर की भीडभाड से दूर प्रकृति के समीप था। पास में रोजमर्रा की चीजों के लिए कोई दुकान भी नहीं थी। तब संकुल से दुकान भी चलाई गई। अथश्री में प्रवेश करते ही सुव्यवस्थित रास्ते, पार्किंग दिखाई देता है। चारों ओर हरियाली, हरेभरे पेड़ और रंगबिरंगे फूल मन को प्रसन्न कर देते हैं। वहाँ पर एक छोटा सा जिम और तैराकी तालाब भी है। मनोरंजन के लिए एक छोटासा खुला थिएटर और फिल्में देखने के लिए पटल भी है। धार्मिक वृत्ती के लोगों के लिए एक मंदिर भी है। जिन्हें पेड़ पौधों से लगाव हो वे बागबानी कर सकते हैं। जिनके पास वाहन हैं, वे किसी काम से वाहन ले कर शहर में जा सकते हैं। अगर वाहन न हो तो आने जाने के लिए संकुल की अपनी बस भी है। इस संकुल की रचना करते हुए ज्येष्ठ व्यक्तियों की ज़रूरतों, उनकी शारीरिक अक्षमता को जिस बारीकी से ध्यान में लिया गया है, वह आश्चर्यचकित करती है। यहाँ की सदनिकाएँ ऐसी हैं जो सभी ज्येष्ठ व्यक्तियों को आर्थिक दृष्टिकोण से सुलभ हैं और उसका ख़याल भी रख सकें। इनमें एक हॉल, एक किचन और एक बेडरूम है। टॉयलेट में कमोड है जिससे घुटनों में दर्द होने पर भी उठना-बैठना आसान हो सके। गीली फर्श से फिसल कर गिरने की संभावना होती है और शरीर में कमज़ोरी हो तो भी चलने फिरने में, उठने बैठने में दिक्कत आती है, इसलिए सभी ओर आधार के लिए पकड़ कर चल सकें ऐसे बार लगे हुए हैं। टॉयलेट के दरवाज़ें सहजता से स्लाईड होते हैं। कीचन में पाईप गैस होने के कारण सिलिंडर को उठाने की नौबत नहीं आती। बेडरूम तथा हॉल में फर्निचर और अलमारियाँ हैं। पलंग के पास आसानी से हाथ में आनेवाली कॉलबेल लगाई गई है।

इमारत में प्रवेश करते ही सामने स्वागत कक्ष है। वहाँ पर संकुल के प्रबंधक तथा कर्मचारी गण सतत कार्यरत होते हैं। मेहमानों को बैठने के लिए आरामदेह सोफे हैं। ज्येष्ठ व्यक्तियों की सुविधा के लिए सोफे की ऊँचाई हमेशा से थोड़ी ज्यादा है। पूरी इमारत में कहीं भी कोई दहलीज़ नहीं है और सीढ़ियाँ भी कम हैं। जहाँ आवश्यकता है वहाँ पर तिरछे रास्ते हैं। और उनपर से पैर न फिसलें इसलिए उन्हें खुरदरा बनाया गया है। उपरी मंजिल पर जाने के लिए पैसेंजर और स्ट्रेचर लिफ्ट्स हैं। सीढ़ियाँ चढ़ने की ज़रूरत हो तो ज्येष्ठ व्यक्तियों की सुविधा के लिए सीढी की ऊँचाई सामान्य से डेढ़ इंच कम रखी गई है। बीच में लंबा चौड़ा बरामदा रखा गया है। बाहर धूप या बारीश हो तो ज्येष्ठ व्यक्ति इसी बरामदे में घूम फिर सकते हैं। यहाँ भी आधार के लिए सभी ओर बार्स लगाए गए हैं। थकान होने पर विश्राम के लिए बीच बीच में कुर्सियाँ रखी गई हैं और उनके बीच मेज भी रखें हुए हैं। बीच बीच में छोटी बैठकें बनाई गई हैं।

उनके उपर छत भी लगाए गए हैं। जहाँ दोस्तों के साथ बैठकर नीचे का बगीचा देखा जा सकता है।

तल मंजिल पर साफ़ सुथरा रसोईघर और भोजन-कक्ष है। सभी ज्येष्ठ व्यक्तियों के लिए यहाँ पर चाय, नाश्ता और दो समय का भोजन मिलने की सुविधा है। जो अपनी सदनिका में खाना बनाना चाहते हैं वे वैसा भी कर सकते हैं। जो घर में खाना नहीं बनाना चाहते और नीचे भी नहीं आ सकते उनके लिए घर में ही खान-पान सेवा उपलब्ध कराई जाती है। खान-पान सेवा के लिए हर महीने शुल्क दिया जा सकता है या कूपन्स का उपयोग किया जा सकता है। निश्चित समय के अलावा अन्य समय पर चाय, नाश्ता चाहिए हो तो वैसे निर्देश देने पर वह सुविधा भी मिल सकती है|

बगीचे में लॉन पर, सामुदायिक दालन में जिम के पास, बैठकर खेले जानेवाले खेलों की व्यवस्था की गई है। लोग समूह से उसका उपयोग करते दिखाई दिए। मनोरंजन के लिए छोटा-सा ग्रंथालय भी है। वहाँ पर पुस्तकों का आनंद लिया जा सकता है। जिन्हें पढ़ने में रुची है उनके लिए वह मनोरंजन तथा ज्ञान संपादन का एक अच्छा स्थान है।दोस्त और गुरू के रूप में ग्रंथ हमारे मन को प्रसन्नता देते हैं। ज्येष्ठ व्यक्तियों को उनकी आत्यंतिक आवश्यकता होती है। विस्तारित परिवार- इस विषय पर चर्चा या विचार करते हुए परांजपे स्कीम के बने अथश्री संकुल का स्मरण अपरिहार्य होता है। श्रीकांतजी परांजपे से परिचित होने के कारण मैंने उनसे पूछा कि उनके मन में इस संकुल की कल्पना कैसे आई? जिस प्रकार माँ बाप अपने होनहार बच्चें के बारे में दिल खोल कर बोलते हैं उसी भावना से उन्होंने अथश्री के बारे में बात की।

“डॉक्टर, हम पार्ले, मुंबई के निवासी हैं। हमारा परिवार बहुत बड़ा है। मेरे छह चाचा हैं। बड़े चाचाजी के मन में एक कल्पना ने जन्म लिया। वह ऐसी थी कि सभी भाई एक ही संकुल में किंतु अलग-अलग रहेंगे। एक सदनिका सब के एकत्रित खान पान के लिए रखी जाएगी। और सभी एक साथ हँसते-खेलते वहीं पर इकट्ठा रात का भोजन लेंगे। इससे दो लाभ होंगे। हमेशा एकसाथ रहने पर होनेवाले विवाद टाले जाएँगे और एकसाथ रहने का आनंद भी मिलेगा। एकदूसरे के सुख-दुख बाँटे जा सकेंगे। एकदूसरे को सहायता भी दी जा सकेगी। सभी को यह कल्पना पसंद आई। उसका आरंभ भी किया गया। किंतु वह बस कुछ हफ्तों तक ही चल पाई। श्रीकांतजी के मन में इस कल्पना की असफलता चुभ रही थी। बाद में वह व्यवसाय के लिए अपने बंधू शशांक परांजपे के साथ पुणे में बस गए। ईमानदारी और योग्यता के कारण उनका व्यवसाय वृद्धिंगत होता गया। नौकरी या व्यवसाय के लिए अनेकों भारतीय विदेशों में जा बसते हैं। उनकी आर्थिक स्थिति अच्छी होती है। अपने माँ बाप से उन्हें प्रेम भी होता है।

किंतु सारा जीवन भारत में व्यतीत करनेवाले उनके माँ बाप को हमेशा के लिए विदेश में जाकर बसना कठीन होता है। ऐसे परिवारों ने परांजपे बंधूओं को अपनी समस्या का समाधान देने की बिनती की।

तभी श्रीकांतजी के मन में फिर से छुपी विस्तारित परिवार की कल्पना उभर कर आई। और 'अथश्री संकुल' की नींव डाली गई। पुणे में कई ज्येष्ठ पति-पत्नी अन्य परिवार के सदस्यों के बिना मकानों में रहते थे, तो कई ज्येष्ठ अकेले ही रहते थे। उनकी आर्थिक स्थिति अच्छी थी। किंतु अकेलेपन के कारण वे उदासी भरा जीवन जी रहे थे। इतने बड़े घर की सफ़ाई करना, नौकर-चाकरों पर नज़र रखना, वह न आए तो खुद ही सारा काम करना, बातें करने के लिए कोई न होना, चोर उचक्कों का ड़र होना, समस्या की घड़ी में किसी की सहायता न मिलना ऐसे कई कारणों से उन्हें अकेलापन मानो कड़ी सजा लगती थी। उन सबको लगता था कि घर छोटा हो किंतु वह सुरक्षित हो और वहाँ कोई साथ निभानेवाला हो। बातें करने, सुख-दुख बाँटने तथा सहायता देने के लिए कोई हमउम्र हो।

नज़दीकी रिश्तों में अपेक्षाओं का बोझ होता है। जब अपेक्षाएँ पूरी नहीं होती तब दुख होता है। फिर विवाद, ग़लतफहमियाँ होती हैं। किंतु दोस्ती का रिश्ता ऐसा नहीं होता। एक तो इस रिश्ते में हमेशा साथ नहीं रहना पड़ता। इसलिए विवाद नहीं होते। 'अतिपरिचयात अवज्ञा' नहीं होती। व्यक्ति एकदूसरे पर निर्भर नहीं होते। एकदूसरे के दोषों को अनदेखा किया जाता है। और सब से बड़ी बात यानी की एक दूसरे से भारी अपेक्षाएँ नहीं होती। इसलिए यह रिश्ता अच्छा लगता है। सब चाहते थे कि हम उम्र लोगों का एकत्रित सहवास हो, पर विवाद न हो, साथ रहने का आनंद हो पर एक दूसरे से कोई अपेक्षा न हो। इसी चाहत को साकार करते हुए 'अथश्री संकुल' का शुभारंभ हुआ।

'जिसका कोई नहीं उसका तो खुदा है यारो...' इसमें थोड़ा सा बदलाव ला कर मै कहना चाहूँगा, 'ज्येष्ठ व्यक्ति को परिवार न हो तो उसे अथश्री का सहारा है।'

परांजपेजी ने केवल अथश्री का आरंभ ही नहीं किया तो समय-समय पर ज्येष्ठ व्यक्तियों की ज़रूरतों के विषय में चर्चा और संशोधन करते हुए वह अथश्री में ज्येष्ठ व्यक्तियों के लिए सुविधाजनक बदलाव लाते रहे हैं। इसलिए फेज-२ का निर्माण करते हुए माँग के अनुसार दो बेडरूमवाली सदनिकाएँ भी बनाई गई हैं। ज्येष्ठ व्यक्तियों के रिश्तेदार अगर कुछ दिनों तक उनके साथ रहना चाहे तो इस अतिरिक्त कक्ष का या इस कारण से खास बनाए गए अतिथी कक्ष का बड़ा उपयोग होता है। इसके लिए अतिथियों ने कुछ निश्चित शुल्क देना पड़ता है। उन्हें भोजनगृह में भोजन का लाभ भी मिल सकता है। असुविधा टालने के लिए पहले से आरक्षण करना उचित होता है।

अथश्री के निवासी ज्येष्ठ व्यक्ति होने के कारण हर हफ्ते उनकी जाँच के लिए डॉक्टर आते हैं। हर व्यक्ति की स्वास्थ्य विषयक फाईल बनाई जाती है। स्वास्थ्य बिगड़ने पर किसी ज्येष्ठ को अस्पताल में भरती करना पड़े तो उसके लिए एक रुग्णवाहिका तैयार रहती है। कुछ अस्पतालों से अथश्री का संबंध है, वहाँ रुग्ण को दाखिल किया जाता है। स्वास्थ्य विषयक फाईल और संबंध के कारण कुछ औपचारिकता के बिना रुग्ण को तुरंत उपचार दिए जाते हैं। फिर रुग्ण के रिश्तेदारों को खबर भेजी जाती है। उसके आगे की जिम्मेदारी रिश्तेदारों की होती है।

अथश्री संकुल में कई त्यौहार और समारोह उत्साह के साथ मनाए जाते हैं। सब को एकसाथ मिलनेजुलने का अवसर मिले, अपने कला कौशल प्रस्तुत करने का आनंद मिले, विचारों का आदान प्रदान किया जाए इसलिए साल में एक बार स्नेहसंमेलन भी होता है। परांजपे परिवार भी इसमें खुशी से शामिल हो जाता है। इससे पता चलता है कि परांजपे परिवार भी इस विस्तारित परिवार का हिस्सा है। ज्येष्ठ व्यक्तियों को परांजपेजी के विस्तारित परिवार का सहारा है।

पुणे में अथश्री के छह केंद्र हैं। बडोदा और बेंगलोर में भी उनके केंद्र हैं।

आस्था केंद्र

अथश्री निवास केवल ज्येष्ठ व्यक्तियों के लिए ही होने के कारण सन २००७ में यहाँ पर ज्येष्ठ व्यक्तियों की सेवा के लिए आस्था केंद्र की स्थापना की गई। जो चल फिर नहीं सकते, जो बीमारी के कारण विकलांग हुए हैं, जिन्हें सतत सेवा सहायता की ज़रूरत है ऐसे ज्येष्ठ व्यक्तियों के लिए यह केंद्र कार्य करता है। यहाँ पर एक डॉक्टर नियुक्त होता है। यहाँ रहनेवाले विकलांग व्यक्ति के लिए स्वतंत्र और बड़ा कमरा दिया जाता है। उसमें पेशाबखाना, घुसलखाना और आवश्यक फर्निचर होता है। सेवा के लिए तत्पर कर्मचारी वर्ग होता है। हर हफ्ते जाँच के लिए डॉक्टर आते हैं। रुग्ण के डॉक्टर ने दी दवाईयाँ नियमितता से सही समय पर दी जाती हैं। आवश्यकता होने पर ऐम्ब्युलन्स में से उचित अस्पताल में दाखिल किया जाता है और रिश्तेदारों को खबर की जाती है।

इन सभी संकुलों में कड़ी सुरक्षा व्यवस्था होती है। मेहमान को किसी भी सदनिका में उस सदनिका के मालिक की अनुमति बिना जाने नहीं दिया जाता। मेहमान सदनिका से बाहर आने पर उसकी खबर सिक्युरिटी को देनी पड़ती है। वह मेहमान निश्चित समय में संकुल से बाहर गया है या नहीं इसकी जाँच की जाती है। सभी सदनिकाओं में एक एजन्सी के कर्मचारी साफ सफाई करने और कपड़े बर्तन का काम करने के लिए

आते हैं। उनमें से कोई कर्मचारी किसी दिन किसी कारण से नहीं आ सका तो उसके बदले में दूसरा कर्मचारी भेजने की जिम्मेदारी उस एजन्सी की होती है। इसलिए ज्येष्ठ व्यक्तियों की असुविधा नहीं होती। घर की छोटी छोटी मरम्मतों का काम अथश्री द्वारा किया जाता है।

अथश्री में अपनी मलकियत का घर होने से वृद्धाश्रम में रहने की भावना नहीं होती। रिसेप्शन कक्ष में, तल मंजिल पर और सदनिका के बाहर उसमें रहनेवाले व्यक्ति का नाम लिखा होता है। इससे घर के बारे में अपनापन होता है। घर खरीदते समय इन सेवाओं के लिए सालभर का शुल्क अदा करना पड़ता है। अवधि समाप्त होने पर मेन्टेनन्स का खर्चा चर्चा कर के प्रतिमहीना या प्रतिवर्ष निश्चित किया जाता है।

यह घर अपने निजी होने के कारण आप जब चाहें उसे भाड़े पर दे सकते हैं या बेच सकते हैं। इसके लिए परांजपे स्कीम्स के कर्मचारियों की सहायता ले सकते हैं। उनके पास बेचने या भाडे पर देनेवाले, भाडे पर लेनेवाले या खरीदनेवाले व्यक्तियों की प्रतिक्षा सूची होती है। उनकी सहायता न चाहते हो तो अपना निर्णय भी ले सकते हैं।

अथश्री संकुल में ज़रूरतों के अनुसार बदलाव लाने के विचार से अब भूगाव फॉरेस्ट हिल संकुल के पास ही एक बड़ा सा निवासी संकुल और एक स्कूल भी बनवाया गया है। बच्चों की मस्ती और शोरगुल से वृद्धों के मन में शिशुत्व जगाने की कल्पना बढ़िया है। कहते हैं कि हर एक उम्र में हमारे मन में एक बचपना छुपा होता है। उसे जीवित रखे तो जीवन आसान हो जाता है। वृद्ध तो शिशु का दूसरा रूप होते हैं। इसलिए बच्चों के दर्शन ज्येष्ठों के लिए टॉनिक का काम करेगा।

वृद्धाश्रम, सेवा केंद्र या आस्था केंद्र के बीमार, विकलांग वृद्ध निराश होते हैं। ऐसे केंद्रों में स्टीफन हॉकिंग्ज की फिल्म दिखाई गई तो उन निराश वृद्धों के मन में भी विकलांगता के बावजूद कुछ कर दिखाने की उम्मीद जग सकती है। अनेक सालों तक संपूर्ण विकलांगता का सामना करते हुए केंब्रिज विद्यालय में गणित तथा खगोलशास्त्र विभाग के संचालक पद पर विराजमान इस बुद्धिवान व्यक्ति की जानकारी से सभी वृद्धों की निराशा दूर हो कर उन्हें स्फूर्ति मिल सकती है।

वृद्धाश्रम
(जनसेवा फाऊंडेशन)

आज के ज़माने में वृद्धाश्रम अपरिहार्य हो गए हैं। इस संदर्भ में मैं यहाँ पर दो आदर्श संस्थाओं की जानकारी देना चाहता हूँ उनमें से एक है, परांजपे स्कीम्स का अथश्री संकुल और दूसरा है डॉ. विनोद शहा संचलित जनसेवा फाऊंडेशन का वृद्धाश्रम।

वृद्धसेवा वर्तमानकालकी अनिवार्यता

सामाजिक बंधुता की समझ और समाज ऋण चुकाने की भावना से तथा जनसेवा को ही ईश्वर सेवा मानते हुए १५ जनवरी, १९८८ के दिन डॉ. विनोद शहा ने जनसेवा फाऊंडेशन की स्थापना की। समाज के ग़रीब, ज़रूरतमंद, उपेक्षित तथा दुर्बल वर्ग के स्त्री-पुरुषों को निःशुल्क अथवा अत्यल्प शुल्क में चिकित्सकीय सेवा, चिकित्सा जाँच, नेत्रसेवा, स्त्रीरोग चिकित्सा, स्वास्थ्य शिविर, हेल्थ कैंप्स, ज्ञान-विज्ञान प्रदर्शन, स्वास्थ्य विषयक व्याख्यानमाला इत्यादी माध्यमों से स्वास्थ्य सेवा का प्रचार तथा प्रसार करने के प्रारंभिक उद्देश्य से सोनपूर-पानशेत विभाग में सह्याद्री विकास मंडल की सहायता से जनरल हॉस्पीटल को पुनरूज्जिवित कर के जनसेवा फाऊंडेशन ने अपने सेवा कार्य का शुभारंभ किया।

'मातृ देवो भव। पितृ देवो भव' यह वचन हमारी संस्कृति की विशेषता हुआ करता था। जिसे अब भुलाया जा रहा है। एकत्रित परिवार हमारी संस्कृति की पहचान हुआ करता था। जिसे अब मिटाया जा रहा है। बदलते समय के साथ परंपराओ में भी बदलाव आ रहे हैं। इसके परिणाम स्वरूप विभक्त परिवार पद्धति अस्तित्व में आ गई है। यह परिवार ऊँची इमारतों में रहते हैं। पर उनके मन बौने होते जा रहे हैं। आज के समाज पर नीजीकरण और जागतिकीकरण के साथ पाश्चिमी संस्कृति का प्रभाव भी दिखाई देता है। जिससे मनुष्य के जीवनमूल्य भी बदल रहे हैं। आज का मनुष्य संगणक, टी.व्ही. मोबाईल फोन से दुनिया को पास ला सकता है। किंतु वह मन से दूर

हो रहा है। चाँद पर गए मनुष्य से बात कर सकता है। (इंदिरा गांधी, राकेश शर्मा) किंतु सामने बैठे माँ बाप से बात करने की फुरसत नहीं होती। फ्लैट से सटककर फ्लैट होते हैं पर पड़ोसी की खबर नहीं होती। हर एक का फुला हुआ अभिमान होता है। दूसरों के बारे में सोचने की ज़रूरत ही नहीं दिखाई देती। हर एक व्यक्ति को अपनी स्वतंत्रता और अपने अधिकार प्रिय होते हैं। किंतु आज युवाओं के लिए कर्तव्य केवल टालने के लिए ही हैं।

ऐसी स्थिति में वृद्धों को नाकारा जाने की, परावलंबन, असुरक्षितता की तथा अकेलेपन की भावना सताने लगती है। न सत्ता होती है, न अर्थार्जन और न ही सम्मान। समय प्रचूर होता है। किंतु नियोजन के अभाव से खालीपन आता है। थका शरीर शिकायतें करने लगता है। ऐसे में उन्हें अपने बच्चों का ही सहारा होता है। लेकिन बचपन के मन के सच्चे बच्चें अब लुच्चे बन जाते हैं। पीढ़ी के अंतर के कारण माँ- बाप- बच्चों के बीच का प्यार का रिश्ता टूटने लगता है।

ज्येष्ठ व्यक्तियों की समस्याएँ व्यापक रूप धारण कर रही हैं। इसलिए आज हमारे सामने उन समस्याओं के समाधान खोजने का आव्हान खड़ा है।

माता पिता को भगवान का रूप माननेवाली भारतीय संस्कृति अब नष्ट हो रही है। पहले परिवार के विवाद परिवार का मुखिया निपटाया करता था। अब पारिवारिक विवादों के लिए परिवार न्यायालय बने हैं। हरयाना तथा महाराष्ट्र में मातापिता को कानूनी तौर पर भरण भत्ता देना पड़ता है। फिर भी देखा गया है कि बच्चें मातापिता की देखभाल नहीं करते इसलिए वृद्धाश्रम निर्माण होते हैं। यह बात शर्मनाक है पर यह आज के ज़माने की ज़रूरत भी है।

व्यक्तिगत, सामाजिक, आर्थिक, स्वास्थ्य-विषयक, मानसिक जैसी ज्येष्ठ व्यक्तियों की अनेकों समस्याएँ हैं। इन में सबसे बड़ी समस्या है परिवार की। एक कार्यक्रम के दौरान मैंने एक ज्येष्ठ व्यक्ति को शाल और श्रीफल (नारियल) दे कर उसका सम्मान किया था तब उस व्यक्ति ने कहा था कि ऐसा सम्मान मिलने के बदले घर में सम्मान मिले तो अच्छा होगा।

बढ़ती उम्र के साथ समस्याएँ बढ़ती जाती है और वृद्धत्व को तो समस्या ही माना जाता है। एक बार मैं अपने कन्सल्टिंग रूम में काम कर रहा था। तब रोटरी क्लब के सदस्य मुझे वृद्धत्व की समस्याओं पर व्याख्यान देने हेतु आमंत्रित करने के लिए आए थे। तब एक वृद्ध पेशंट मेरे सामने मेज पर माथा रखकर बैठा था। मेरे पूछने पर उसने कहा, 'आप वृद्धत्व की समस्याओं पर भाषण देने जा रहे हैं ना? असल में वृद्धत्व खुद एक समस्या है। भगवान ने मुझे पहले ही क्यों नहीं उठाया। आज मेरी उम्र ६३

साल की है। निवृत्त होने के बाद मेरे बच्चें मुझे तंग करने लगे। तीन साल पहले मेरी पत्नी का देहांत हुआ। मेरी नौकरी सरकारी नहीं थी। तो अब पेन्शन नहीं मिलती। मेरे पास जो भी था वह बेटे ने अपने नाम कर लिया। अब रोज़ दारू पी कर आता है और मुझे पीटता है। बहू भी कुछ नहीं करती। इसलिए मैं आपके पास आया हूँ। क्या आप मुझे किसी वृद्धाश्रम में मुफ्त प्रवेश दे सकते हैं? तब इस विषय की संवेदनक्षमता मेरी समझ मे आयी।

वृद्धसेवा, अनाथ-विकलांग सेवा, स्वास्थ्य सेवा और समाजसेवा यह जनसेवा फाऊंडेशन का चतु:सुत्र है। इसी उद्देश्य से १५ जनवरी, १९८८ के शुभ दिन पर आंबी रानवडी, पानशेत में आदरणीय बाबा महाराज सातारकर के शुभ हाथों फाऊंडेशन की सोनपूर शाखा के कार्य का शुभारंभ किया गया। बाबा महाराज सातारकर वृद्धाश्रम संकल्पना को नहीं मानते थे। 'वृद्धाश्रम की कल्पना भारतीय संस्कृति और एकत्रित परिवार पद्धति को नष्ट करनेवाली कल्पना है और जिस दिन सारे वृद्धाश्रम बंद हो जाएँगे वह मेरे लिए सुदिन होगा।' इन शब्दों में उन्होंने अपनी भावनाएँ व्यक्त की थी। किंतु बदलते मानव मूल्यों को ध्यान में लेते हुए आज वृद्धाश्रम समय की माँग बने हुए हैं। उस समय शुरू में उँगलियों पर गिनती करने जितने वृद्धों को लेकर वृद्धसेवा का आरंभ किया गया। पुणे से ४० कि.मी. अंतर पर आंबी रानवडी के प्रकृति सम्पन्न प्रदूषण विरहित वातावरण में फाऊंडेशन के विश्वस्त श्री. केशवराव ढापरे ने अपने बंधू स्व. गोविंदराव ढापरे के स्मृतिप्रित्यर्थ प्रदान की हुई ५ एकड ज़मीन पर तथा मुंबई के दानी उद्योगपती श्री. भरतभाई संघवी ने दिए हुई आर्थिक सहायता से कै. कुंदनगौरी, म.संघवी तथा मनहरलाल पी. संघवी संकुल का निर्माण किया गया। इसी संकुल में संस्था का वृद्धाश्रम, रुग्णालय, घूमती स्वास्थ्य सेवा, आँखों का अस्पताल, विकलांग सेवा केंद्र, नर्सिंग स्कूल, नर्सेस होस्टेल, शिक्षा संस्था तथा गोशाला भी बनाई गई है। वृद्धाश्रम ३८६० चौ.फीट में बनाया गया है।

पहले यह वृद्धाश्रम जनसेवा फाऊंडेशन ने भाड़े पर लिए सोनपूर के जनरल अस्पताल में छोटे रूप में शुरू किया गया था। निःशुल्क तथा अत्यल्प शुल्क मे ३० स्त्री पुरुष वृद्धों को आसरा दिया गया। जनसेवा फाऊंडेशन की स्थापना के बाद निराश्रित दुर्लक्षित वृद्धों की संख्या को ध्यान में लेते हुए ३० लाख रुपए खर्च कर के आंबी में प्रशस्त वास्तू में वृद्धाश्रम शुरू किया गया। वृद्धाश्रम की ज़रूरतों को ध्यान में ले कर फाऊंडेशन के आश्रयदाता उद्योगपती श्री. नितिनभाई देसाई ने वृद्धाश्रम के लिए बहुत बड़ी आर्थिक सहायता प्रदान की। इसलिए वृद्धाश्रम को कै. हरीभाई व्ही. देसाई वृद्धाश्रम' यह नाम प्रदान किया गया। आज करीबन सौ वृद्धों को यहाँ आसरा दिया जा सकता है।

वृद्धों की बढ़ती संख्या को ध्यान में ले कर एक और वृद्धाश्रम की स्थापना की गई। ४० लाख रुपयों के खर्चे से ६० वृद्धों के लिए योग्य सुविधा सम्पन्न वास्तू का निर्माण किया गया। इसका उद्धाटन १९ फरवरी, १९९९ के दिन भारत के उस समय के उपराष्ट्रपती मा. कृष्णकांत के शुभ हाथों किया गय। उद्योगपती श्री. रसिकलाल माणिकचंद धारीवाल और शोभा धारीवाल ने दी हुई आर्थिक सहायता के कारण उन्ही का नाम इस वृद्धाश्रम को दिया गया है।

खिंवसरा परिवार से प्राप्त आर्थिक निधि से इचरबाई खिंवसरा निवास कक्ष का निर्माण किया गया।

बीमारी के कारण पूरी तरह विकलांग और जिन्हें चिकित्सकीय सहायता की ज़रूरत है ऐसे ज्येष्ठ व्यक्तियों केलिए पैरेलिटीक सेंटर की स्थापना की गई है। जहाँ ५ ज्येष्ठ व्यक्ति सुविधा का लाभ ले रहे हैं।

रस्ते पर पडे बेसहारा ज्येष्ठ व्यक्तियों को कात्रज के भिलारेवाडी में स्थित फाऊंडेशन के निवार केंद्र में रखा गया है।

जिनके बच्चें विदेश में हैं ऐसे सधन ज्येष्ठ व्यक्तियों के लिए हरीभाई व्ही देसाई कक्ष-२ की स्थापना की है। जहाँ आधुनिक उपकरण, व्यायाम साधन, सर्व सुविधाओं से युक्त वृद्धाश्रम बनाया गया है। यहाँ पर पति-पत्नी के लिए १६ कमरे हैं। जिसमें मायक्रोवेव्ह ओव्हन, टीव्ही, फ्रीज, संगणक, इंटरनेट, समाचार पत्र तथा पुस्तके उपलब्ध हैं। इस वृद्धाश्रम से मिलनेवाला पैसा गरीब ज्येष्ठ व्यक्तियों की सुविधा के लिए उपयोग में लाया जाता है।

केवल गरीब वर्ग से नहीं तो समाज के मध्यम तथा धनी सभी वर्गों के १५० ज्येष्ठ व्यक्ति इस वृद्धाश्रम का लाभ ले रहे हैं। व्यक्तिगत देखभाल, २४ घंटे स्वास्थ्य सेवा तथा प्रसन्न पारिवारिक वातावरण के कारण यहा के वृद्ध आनंदित होते हैं। यहाँ पर २०–३० वृद्ध विकलांग हैं तो ५–१० ज्येष्ठ व्यक्ति ऐसे हैं जिन्हें पूरे उपचार के बाद मनोरुग्णालय से रिहा कर दिया गया है पर उनके परिवार ने उनका स्वीकार नहीं किया है। रुग्णालय और वृद्धाश्रम एक ही संकुल में उपलबद्ध करानेवाली शायद यह एकमात्र संस्था है। यहीं पर नर्सिंग स्कूल होने से प्रशिक्षित नर्सेस की सेवा भी मिल पाती है। फाऊंडेशन ने फिजिओथेरपी की सुविधा भी दी है। ज़रूरत के अनुसार यहाँ गोशाला और डेअरी भी बनाई गई है। यहां प्रतिदिन ४२ लिटर ताजा और शुद्ध दूध मिलता है। २.५ एकड में संस्था के शुभचिंतक और सलाहकार स्व. श्री. मोहनजी धारीया की प्रेरणा से 'वनराई' बनाई गई है। जिसमें करीबन १००० प्रकारों के वृक्ष लगाए गए हैं।

कुछ ज्येष्ठ व्यक्ति ऐसे होते हैं जो वृद्धाश्रम में नहीं रहते किंतु उन्हे हम उम्र लोगों से मिलने, मनोरंजन करवाने तथा कुछ कार्य करने की इच्छा होती है। ऐसे लोगों के लिए औंध रोड पर कै. बाबुराव गेनबा शेवाळे अस्पताल के विस्तृत हॉल में पुणे महानगरपालिका और लायन्स क्लब ऑफ गणेशखिंड के संयुक्त प्रयास से डे केअर सेंटर अर्थात ज्येष्ठ नागरिक मनोरंजन केंद्र की स्थापना की गई है। ८० से अधिक उम्र के ज्येष्ठ व्यक्तियों के लिए फाऊंडेशन ने पुणे शहर में छह स्थानों पर 'शतायु क्लब' स्थापित किए हैं।

आम तौर पर ज्येष्ठ व्यक्तियों को मोतियाबिंदु होता ही है। इसलिए फाऊंडेशनने लायन्स क्लब ऑफ पुणे औंध-पाषाण जनसेवा फाऊंडेशन आय हॉस्पिटल की स्थापना की है। यहां पर हर साल १००० ज्येष्ठ व्यक्तियों के लिए मोतियाबिंदु की शल्यक्रिया मुफ्त की जाती है। साथ ही कै. गोविंदराव ढापरे अस्पताल में ज्येष्ठ व्यक्तियों तथा अन्य लोगों को मुफ्त स्वास्थ्य सेवा प्रदान की जाती है। राष्ट्रीय ग्रामीण स्वास्थ्य योजना तथा घूमते अस्पताल की योजना के अंतर्गत ज्येष्ठ व्यक्तियों को उनके गाँवों में जा कर स्वास्थ्य सुविधा का लाभ दिया जाता है।

सेवाकार्य के साथ अनुसंधान क्षेत्र में मूलभूत संशोधन तथा प्रबोधन करने हेतु संशोधन केंद्र स्थापित किया गया है। इस केंद्र को वृद्धत्व तथा बेसहारपन इन विषयों पर संशोधन करने के लिए पुणे विद्यापीठ से मान्यता प्राप्त हुई है।

महाराष्ट्र फाऊंडेशन – अमरिका, शेअर एँड केअर – अमरिका, श्री. नरेन्द्र लखानी, श्री. अनिल देशपांडे तथा विदेश के अन्य दानी व्यक्तियों से प्राप्त आर्थिक सहायता से इस संशोधन योजना अंतर्गत ३८ गाँवों में से १२३८ ज्येष्ठ व्यक्तियों की जाँच कर के उन्हें चिकित्सा दी गई। इन में विभिन्न प्रकार की खून की जाँच, एक्स-रे, हड्डीयों की कमजोरी, इसीजी, मोतियाबिंद शल्यक्रिया तथा दवाईयों का समावेशन है। आवश्यकता होने पर कुछ रुग्णों को अस्पताल में दाखिल किया गया। इस योजना से उपलब्ध जानकारी के आधार पर एक पुस्तक और कुछ संशोधन व्यक्त करनेवाले दस्तावेज भी प्रस्तुत किए गए। हाल ही में अमरिका की प्रसिद्ध ड्यूक युनिव्हर्सिटी के साथ मिल कर ग्रामीण ज्येष्ठ व्यक्तियों के स्वास्थ्यविषयक संशोधन को पूर्ण किया है और ज्येष्ठ व्यक्तियों को जल शुद्धीकरण उपकरण प्रदान किए हैं। थायसनक्रुप कंपनी द्वारा सीएसआर योजना अंतर्गत फाऊंडेशन को स्यूएज ट्रीटमेंट प्लान्ट दिया गया और सोधानी फाऊंडेशन के ओर से एक बस दी गई।

इसके अलावा यहां हर साल ज्येष्ठ नागरिक दिन मनाया जाता है। इसमें अपने क्षेत्रो में उल्लेखनीय कार्य करनेवाले ज्येष्ठ व्यक्तियों का गौरव किया जाता है। हर चार महीनों

के बाद किसी प्रसिद्ध कर्तृत्ववान व्यक्ति से साक्षात्कार का आयोजन किया जाता है। इसमें अब तक जो व्यक्ति बुलाए गए थे वह हैं, पद्मविभूषण डॉ.मोहन धारीया, पद्मविभूषण डॉ. रघुनाथ माशेलकर, पद्मविभूषण डॉ. के.ए संचेती, पद्मविभूषण डॉ. एस.बी. मुजुमदार, पद्मश्री डॉ. विजय भटकर, मा. दिलीप प्रभावळकर इत्यादी।

इन सभी सेवाओं के लिए संयुक्त राष्ट्र संघटना की ओर से जनसेवा फाऊंडेशन को विशेष सलाहकार दर्जा दिया गया है। जनसेवा फाऊंडेशन ने विभिन्न कार्यों के लिए कई पुरस्कार प्राप्त किए हैं। जैसे की – *World foundation on reverence for all life* की ओर से तत्कालीन राष्ट्रपती मा. डॉ. अब्दुल कलाम के हाथों एक्सलन्स इन सोशल वर्क, पुणे महानगरपालिका की ओर से किया गया सम्मान, नगर रोड इंडस्ट्रीज, *MCCI* से प्राप्त *Award for excellenc in social service* लायन्स क्लब इंटरनैशनल की ओर से प्राप्त इस संगठन का सर्वोच्च पुरस्कार, एम्बैसेडर ओफ गुडविल, गांधी स्मारक समिती आगाखान पैलेस की ओर से विधायक कार्यकर्ता पुरस्कार, *Top management consortim* से प्राप्त एवार्ड ओफ एक्सलन्स, महाराष्ट्र शासन की ओर से महिलाओं के स्वास्थ्य सम्बंधी सेवा देनेवाली सेवाभावी संस्था के लिए डा. आनंदीबाई जोशी पुरस्कार, *CNRI* द्वारा दिया जानेवाला सर्व्हंट ऑफ पुअर पुरस्कार, सन २०१३ में पुणे नवरात्र उत्सव में दिया गया महर्षी पुरस्कार, म.,ए.पी. ट्रेडर्स से प्राप्त सामाजिक पुरस्कार, *JSPL* फाऊंडेशन का राष्ट्रीय स्वयंसिद्ध सम्मान पुरस्कार इत्यादी।

डॉ. विनोद शहा का यह कार्य देख कर महसूस होता है कि ऐसी सेवाभावी व्यक्ति का राष्ट्रीय स्तर पर गौरवान्वित किया जाना चाहिए।

जनसेवा फाऊंडेशन वृद्धाश्रम

पता – अंबी- रानवडी, ता. वेल्हा, जिला- पुणे

संपर्क – **डॉ. विनोद शहा**

फोन – २४५३७३७३ / मोबाईल – ९८२३०११७६० /

इमेल – Vinodshaha@hotmail.com

क्या आप वृद्धों की मदद करना चाहते हैं?

कई बार घर में किसी का जनमदिन हो, या स्मृतिदिन हो, समाज के लिए कुछ करने का मन होता है। हर बार हम अपने हाथों से कुछ करें, यह संभव नहीं है। इसलिए अपनी इच्छानुसार डोनेशन दे कर हम अपने मन को तसल्ली देते हैं। यह डोनेशन जनसेवा फाउंडेशन को दे कर आप उसे जरूरतमंद व्यक्ति तक पहुँचाने की निश्चिती कर सकते हैं। इसके अलावा, आपका खाली समय जनसेवा फाउंडेशन को दे कर गरीब वृद्धों की सेवा कर सकते हैं।

Janaseva Foundation Old Age Home

Head Office
Janaseva Foundation, Indulal Complex, 1st floor, Above Rupee Bank,
L.B.S. Road, Navi Peth, Pune – 411 030., Maharashtra, India.
Tel. +91 20 24538787/8,
Fax : +91 20 24537373.
Email : vinodshaha@hotmail.com

Ambi-Ranwadi, Tal. Velha, Dist. Pune
Contact - Dr. Vinod Shah
Phone - 24537373 / 9823011760, Email - vinodshaha@hotmail.com

हमारी सदिच्छाएँ सफल हुई हैं, क्यों कि भारत सरकार के सामाजिक न्याय और अधिकारिता मंत्रालय की ज्येष्ठ व्यक्तियों की राष्ट्रीय पुरस्कार योजना 2016 के तहत, ज्येष्ठ व्यक्तियों को सेवा देनेवाली और जागरूकता का निर्माण करनेवाली सर्वोत्तम संस्था की श्रेणी में जनसेवा फाउंडेशन को वयोश्रेष्ठता सम्मान पुरस्कार से सम्मानित किया गया है। विश्व स्वास्थ्य संगठन (WHO) के दक्षिण-पूर्व एशिया के क्षेत्रीय कार्यालय द्वारा आयोजित स्वास्थ्यपूर्ण वृद्धत्व (हेल्दी एजिंग) विषय पर 26 से 28 अक्तूबर 2016 में, बैंकॉक, थाईलैंड में होनेवाली क्षेत्रीय परिषद में, डॉ. विनोद शाह को स्वास्थ्यपूर्ण वृद्धत्व के विशेषतज्ञ के रूप में आमंत्रित किया गया है। उनके और जनसेवा फाउंडेशन के सफलता के लिए हम सब को अत्यंत अभिमान है और हम उन्हें शुभकामनाएँ देते हैं।

इस जीवनसंध्या के समय

बदलते समय की शरण में जा कर भारतीय संस्कृति ने एकत्रित परिवार की अपनी विशेषता को खो दिया है। परिस्थिति इतनी तेजी से बदल रही है की उसकी गति से मेल खाने के लिए अपने विचारों को बदलते हुए थकान महसूस होते है। किंतु बदलना तो होगा ही। और वह भी हँसते खेलते, आनंद के साथ।

एकत्रित परिवार का सबसे बड़ा लाभ यह होता था कि ज्येष्ठ व्यक्तियों को उनकी जीवनसंध्या में आदर, आधार और सेवा प्राप्त होती थी। तो युवा पीढ़ी को उनके बच्चों के लाड प्यार, शिक्षा, संस्कार में सहायता देनेवाले प्यारे दादा दादी मिलते थे। इसलिए पती-पत्नी तनाव रहित मन से अपनी नौकरी या व्यवसाय कर सकते थे। उन्हें बच्चों की देखभाल की चिंता नहीं होती थी। लेकिन जीवन की कड़ी होड़ में प्रेम, अपनापन, आदर के स्टेशन कब के पीछे रह गए। नई पीढ़ी बस आगे दौड़ रही है। हमने क्या खोया है इसे महसूस करने से पहले ही वह ज्येष्ठता के स्टेशन पर जा पहुँचती है।

जैसे ही एकत्रित परिवार पद्धति समाप्त होने लगी वैसे वृद्धाश्रम और शिशु सदनों का उदय होने लगा। अब इसका दुख मनाने के बजाय इसकी ओर सकारात्मकता से देखना चाहिए।

भारत में भी शहर बढ़ रहे हैं। अर्थात शहरों की आबादी बढ़ रही है। इसलिए छोटे निवास स्थान, अपर्याप्त आमदनी, सुबह से शाम तक घडी के कांटो के साथ भागना इन सब झमेलों में बहू-बेटे घर के ज्येष्ठ व्यक्तियों से कुछ क्षणों के लिए वार्तालाप भी नहीं कर पाते। ज्येष्ठ व्यक्ति को जब अपने जीवनसाथी के साथ होता है तब वह एकदूसरे से बातें करते हैं, भावनिक आधार देते हैं, पोतेपोतियों के साथ खेलते हैं, तब समय अच्छी तरह से कटता है। लेकिन जब दोनों में से कोई एक ही बचता है तब उसे भावनिक स्तर पर अकेलापन महसूस होता है। वह नई पीढ़ी को सलाह देने जाते हैं।

नई पीढ़ी को वह पसंद न आए तो झगडे होने लगते हैं, ज्येष्ठ व्यक्तियों का अपमान हो जाता है। और धीरे- धीरे दोनों पीढ़ीयों में दरार आने लगती है। एकदूसरे के लिए अनादर बढ़ने लगता है। फिर ज्येष्ठ व्यक्ति अकेलेपन में उसी दुखभरे विचारों को दोहराते रहते हैं और निराश हो जाते हैं। नई पीढ़ी को ज्येष्ठ व्यक्तियों की अडचन होने लगती है। और उनके साथ ऐसा बर्ताव करते हैं कि उन्हें वृद्धाश्रम में जाना ही पड़ता है। या बहू-बेटे खुद ही उन्हें वृद्धाश्रम में दाखिल कर देते हैं। अपना घर छोड़ने की जबरदस्ती से ज्येष्ठ व्यक्तियों के मन पर आघात होता है। अब यह स्थिति बदलनी चाहिए। ज्येष्ठ व्यक्तियों ने अब एक तो समय के साथ अपने विचार बदल कर नई पीढ़ी के साथ खुशी से रहना चाहिए। अगर ऐसा न हो सके तो खुद ही अपने लिए वैकल्पिक व्यवसथा करनी चाहिए और संबंधों को बिगाड़े बिना खुशी-खुशी अपना अलग घोसला बनाना चाहिए। ऐसे में उन्हें वृद्धाश्रम के रूप में एक विस्तारित परिवार मिल सकता है।

वृद्धाश्रम को आधार केंद्र या निवारा या तत्सम संबोधन देने से ज्येष्ठ व्यक्तियों के मन में सकारात्मकता जाग सकती है। कई वृद्धाश्रमों के प्रबंधक ऐसे सकारात्मक विचार रखते हैं। ऐसे आधार केंद्र शहरों से दूर होने के कई फायदें हैं। विस्तृत जगह होने से वहाँ पर पेड पौधे लगाए जा सकते हैं। हवा, पानी शुद्ध होता है। सुबह पंछियों के चहकने से नींद खुल जाती है और दिन भर सेवा के लिए तत्पर कर्मचारी आसपास रहते हैं। शहर की भागदौड़, अन्य व्यवहार न होने के कारण वृद्धाश्रम के ज्येष्ठ व्यक्ति एक दूसरे के साथ शांति से समय बिता सकते हैं। सुख दुख का आदान प्रदान करते हुए उनका एक बड़ा सा परिवार बन जाता है। डोर्मिटरी या रूप पार्टनर के होने से अकेलापन महसूस नहीं होता। एक से न बनी तो कोई दूसरा साथी मिल जाता है।

समूह प्रार्थना, भजन, बैठकर खेले जानेवाले खेल, संगीत श्रवण, टीव्ही देखना, रेडिओ सुनना या स्वतंत्रता से समाचार पत्र नियतकालिक, पुस्तकें पढ़ना, बातें करते हुए नाश्ता या भोजन लेना इस तरह यहां का सहजीवन आनंदमयी हो सकता है। अकेले व्यक्ति को व्यायाम में रुची नहीं हो सकती। सब मिल कर घूमना, योगासन, प्राणायाम, तैरना, हास्ययोग जैसे व्यायाम प्रकार करें तो सभी को फायदा हो सकता है। शरीर में रोग प्रतिबंधक शक्ति बढ़ जाती है। दुख को भूलाया जा सकता है या तो कम महसूस किया जाता है। हम सब जानते हैं की शारीरीक वेदना की ओर ध्यान दें तो वह तीव्र महसूस होती है। कहीं अच्छे आनंदमयी काम में ध्यान लगाए तो वह कम महसूस होती है।

प्राचीन काल में विद्यार्थि गुरूगृह में रहकर ज्ञान संपादन करते थे। और हंसते खेलते ज्ञान प्राप्त करते थे। कुछ वैसा ही अनुभव यहां होता है। सुविधायुक्त अच्छे आधार

केंद्रों में अब ज्येष्ठ व्यक्ति खुद अपनी इच्छा से आते हैं। इसे अच्छा परिवर्तन मानना चाहिए। रिक्त समय में ज्येष्ठ व्यक्तियों ने अपने कार्य क्षेत्र की जानकारी का या अपने कला कौशल का लाभ अन्य ज्येष्ठ व्यक्तियों को देना चाहिए। अच्छे दर्जे के आधार केंद्रों में ज्येष्ठ व्यक्तियों की शारीरिक जाँच और चिकित्सा की भी सुविधा होती है। ज़रूरत होने पर उन्हें अस्पताल में ले जाना और उनके रिश्तेदारों को खबर देने का काम भी किया जाता है। आधार केंद्र अगर किसी अस्पताल से संलग्न हो तो वहां पर अनामत रकम अदा किए बिना उपचार शुरू किए जाते हैं।

कुछ ज्येष्ठ व्यक्तियों को डायरी लिखने, कविता करने या कुछ और लिखने की आदत होती है। उनके पास प्रतिभा होती है। ऐसे ज्येष्ठ व्यक्तियों का समय अच्छी तरह से बीतता है। लैपटॉप, स्मार्ट फोन का उपयोग कर के दुनिया से जुडे रहना, नई बातें सीखना या अन्य व्यक्तियों को अपने ज्ञान का लाभ देना इससे जीवनयात्रा आनंदित हो जाती है। सभी ज्येष्ठ व्यक्तियों ने अपने आपको अपने पसंदीदा कार्य में व्यस्त रखना चाहिए। कुछ खास पसंद न हो तो संस्था के बगीचे में काम किया करें। उससे भी मन को प्रसन्नता आती है।

ऐसे आधार केंद्रों में हंसी खुशी के साथ हमउम्र साथियों के साथ रहने से मन तनाव मुक्त हो जाता है। अपनी देखभाल के लिए आसपास लोग हैं इस विचार से मन निश्चिंत हो जाता है। जीने की उम्मीद जाग जाती है। ऐसी सकारात्मक स्थिति में वयोवर्धन के बजाय वयोसंवर्धन होने लगता है।

अपने ही घर में नई पीढ़ी के साथ बात न बनती हो, दोनों पीढ़ीयों को एकदूसरे के साथ रहने में कठीनाई हो तो इच्छा के विरुद्ध शिकायतें करते, रोते बिलखते हुए केवल जनलज्जा के कारण एकत्रित रहने की ज़िद क्यों करें? इससे तो अच्छा है कि किसी सुविधा सम्पन्न आधार केंद्र में शामिल हो जाए। प्राचीन काल में मनुष्य जीवन को ब्रह्मचार्याश्रम, गृहस्थाश्रम, वानप्रस्थाश्रम और संन्यासाश्रम इन चार अवस्थाओं में विभाजित किया गया था। मनुष्य जीवन के विभिन्न पडावों पर आनेवाली समस्याओं तथा नई पुरानी पीढ़ीयों के विचारों का अंतर ध्यान में ले कर ही ऐसी व्यवस्था की गई होगी।

एक महिला के दो बेटे थे। दोनों ही विदेश में जा बसे थे। पती का देहांत होने के बाद वह अकेली रहती थी। एक परिचित ने उन्हें पूछा की वह अकेले कैसे रहती है, उसे भय नहीं लगता। तब उसने जो जवाब दिया उससे सीख सकते हैं की प्राप्त स्थिति में सकारात्मक विचार कर के आनंदित कैसे रहा जा सकता है। उसने जवाब दिया था, 'मैं अकेली नहीं रहती। हम तीनों रहते हैं। एक मैं, दूसरा टीव्ही. और तीसरा रेडिओ।'

उस महिलाने अपने अकेलेपन के लिए अपने विदेश में स्थायिक बेटों को, पती के बाद अकेले होने के लिए भगवान को या अपने भाग्य को किसी को भी दोष नहीं दिया। उसने सकारात्मकता से आनंदित जीवन पद्धति का स्वीकार किया था।

हर दो पीढ़ीयों के विचारों में अंतर होता ही है। ऐसे में अपने कहे पर अडे रहने से बात बिगडती है। दूसरों को बदलने से अच्छा है हम खुद ही थोड़ा बदल जाए। जिस प्रकार पुरानी पीढ़ी ने इस ज़माने के टीव्ही, फोन जैसे आधुनिक उपकरणों का स्वीकार किया है, प्रदूषण का नुकसान भुगता है, ज़रूरत पड़ने पर रेडिअशन का उपयोग किया है, उसी प्रकार इस ज़माने के विचारों को अपनाने की कोशिश करनी चाहिए। कुछ पाने के लिए कुछ खोना पड़ता है। पुरानी पीढ़ी अगर अपने अहं को खो दे तो उसे नई पीढ़ी से अपनापन मिल सकता है।

घूमते अस्पताल (मोबाईल) की रुग्णवाहिका जैसी गाड़ियाँ विकलांग ज्येष्ठ व्यक्तियों के घर जा कर उन्हें स्वास्थ्य सेवाएँ देती हैं। यह गाडी रुग्ण वाहिका जैसी होती है। जिसमें एम.बी.बी.एस. डॉक्टर्स, फार्मासिस्ट, सोशल वर्कर और ड्रायव्हर होते हैं। यह गाडी उत्तम दर्जे की दवाईयाँ ले कर रोज़ाना सुबह ९ से शाम ५ बजे तक शहर या गाँव के किसी निश्चित स्थानों पर रुकती है। और वहाँ के वृद्धों की निःशुल्क जाँच कर के उन्हें दवाईयाँ देती है। गाडी आने का दिन और समय निश्चित होने के कारण ज़रूरतमंद वृद्ध व्यक्ति पहले से ही वहाँ पर उपस्थित रहते हैं। तब एक दूसरे से बातें करना, सुख दुख बाँटने का कार्यक्रम भी हो जाता है। मन हलका होता है। आनंदित होता है।

अंधत्व निवारण – वृद्धत्व के कारण जोडों के दर्द, कमर दर्द, पैरालिसिस के कारण परावलंबन आ जाता है। उनकी वेदनाओं को कम कर के उन्हें आत्मनिर्भर करने के लिए।

दादा दादी दत्तक योजना – सधन लोगों को बेसहारा वृद्ध व्यक्तियों को दत्तक लेने तथा उनका पालन करने के लिए प्रोत्साहित करने का कार्य करनेवाली संस्थाओं तथा व्यक्तियों को शतशः प्रणाम।

समापन
(जीवन भैरवी)

२०

'ईश्वर की कृपा से अपना कल्याण होता है और उसकी अवकृपा हो तो संकटों की वर्षा होती है।' यह मान्यता पिछले सैंकड़ों सालों से मनुष्य के मन पर हावी है। ईश्वर के भय से मनुष्य अच्छे कर्म करने की कोशिश करता था। देह नश्वर हो तो भी आत्मा अमर है। वह दूसरा जन्म लेती है। अगर इस जन्म में पुण्य कर्म किए तो ही अगला जन्म अच्छा होगा। ऐसे विचारों के कारण मनुष्य धर्म का अर्थात आचार संहिता का पालन करता था। सत्कृत्य, परोपकार करता था। अब भी कुछ अध्यात्मिक वृत्ती के लोग इन मान्यताओं के प्रभाव में होते हैं।

विज्ञान क्षेत्र में विकास होने पर प्रकृति में होनेवाली घटनाओं के सही कारण जाने गए और मनुष्य निरीश्वरवादी नास्तिक विचारों का होने लगा। प्रगत देशों में ऐसे विज्ञाननिष्ठ लोगों का प्रमाण अधिक है। कुछ लोग ईश्वरवाद और निरीश्वरवाद के बाड़े पर बैठे हैं, कभी इधर कभी उधर होते हैं। मनुष्य का मन स्थितिप्रिय होता है। परिवर्तन का स्वीकार करने में उसे थोड़ा समय तो लगता ही है।

धार्मिक संकल्पनाओं को माननेवाला मनुष्य पुण्य प्राप्त करने के लिए अहिंसा, परोपकार, सत्य, दान, त्याग को आचरण में लाने की कोशिश करता है। स्वार्थ के साथ सही किंतु परमार्थ करता है। इसे अध्यात्मिक वृत्ती का लाभ ही मानना चाहिए। मनुष्य की वृत्ती अच्छी हो तो उसे मत्यू की अटलता समझे न समझे वह अच्छे कृत्य करता रहता रहेगा। दूसरा जन्म न होने की बात सुनकर तो वह इसी जन्म में ज्यादा से ज्यादा अच्छे कर्म करने की कोशिश करेगा। लेकिन जिसकी मूल वृत्ती सही नहीं है उसे दूसरा जन्म न होने की बात पता चली, मृत्यू पश्चात सजाएँ नहीं होती यह बात पता चली तो उसके मन का भय निकल जाएगा और वह बिना ड़रे बुरे कर्मों में लगा रहेगा। अब तो धार्मिक वृत्ती वाले लोगों में भी अहिंसा आ रही है। एक तरफ अपने

धर्म के अनुसार पूजा व्रत करना और दूसरी तरफ दूसरे धर्म के प्रार्थनास्थानों को ध्वस्त करना यह धार्मिकता नहीं हो सकती। कुछ लोग भगवान को मनुष्य की भाँती गहनों से सजाते हैं तो कुछ लोग भगवान के गहने चुराते हैं। ऐसा करते हुए उनके हाथ पीछे नहीं हटते। देवस्थान की सम्पत्ती का भ्रष्टाचार करते हुए उन्हें ड़र नहीं लगता। अर्थात यहां पर लोभ भक्ति पर विजय पाता है।

दुनियाभर का अध्यात्म इसी प्रकार जन्म, मृत्यु, स्वर्ग-नरक आत्मा तथा पुनर्जन्म के धागों से बुना गया है। विज्ञान ने मृत्यु की परिभाषा की है। 'जड शरीर को जब तक अन्न तथा प्राणवायु के माध्यम से ऊर्जा की आपूर्ति होती है तब तक वह जीवित रहता है। किसी भी कारण से यह आपूर्ति रूक गई तो उसकी मृत्यू होती है। आत्मा शरीर के बाहर जाने से मृत नहीं होती यह विज्ञान ने सिद्ध किया है।

अध्यात्म कहता है कि आत्मा दूसरा शरीर धारण करती है तब पुनर्जन्म होता है। विज्ञान कहता है कि डीएनए के जरीए नई कोशिकाओं का निर्माण होता है, नया वंश निर्माण होता है वही पुनर्जन्म के समान है।

फिल्मों में दिखाए गए पुनर्जन्म के दृश्यों के कारण भोले भाले मनुष्य उसका विश्वास करने लगते हैं। कुछ लोग कहते हैं कि जिन चीजों को जीवन में पहली बार देखते हैं उन्हें पहले भी कभी देखा है। इससे पुनर्जन्म का आभास निर्माण किया जाता है। ऐसी घटनाओं की छानबीन की जाए तो पता चलता है कि कुछ देशों में पिछले कुछ शतकों से इन घटनाओं को दर्ज करके रखा गया है, किंतु बाद में उनका क्या हुआ यह कोई नहीं जानता। मस्तिष्क तज्ज्ञों ने इस बात का संशोधन कर के स्पष्ट किया है की ऐसी घटनाओं को 'देजाऊ (पूर्वानुभव)' कहते हैं। इसका कारण होता है लिंबिक सिस्टम और कॉर्टिक्स में तात्कालिक विसंवाद। मस्तिष्क में ऐसा विसंवाद होने से पहली बार देखी हुई चीज, पहले भी कभी देखी हुई लगती है।

हमारे धार्मिक ग्रंथों ने आत्मा का वर्णन किया है "उसे शस्त्र से नष्ट नहीं किया जा सकता, अग्नि से जलाया नहीं जा सकता, तोडा भी नहीं जा सकता"। शरीर की ऊर्जा को अगर आत्मा कहा जाए तो ऊर्जा को भी किसी प्रकार से नष्ट नहीं किया जा सकता। वास्तव में विज्ञान ने सिद्ध किया है कि देह और आत्मा दोनों को ही नष्ट नहीं किया जा सकता। ब्रह्मांड में स्थित जडता और ऊर्जा अपना स्वरूप बदलती रहती है। ये दोनों ही अविनाशी हैं। दोनों को न नए से निर्माण किया जा सकता है और न ही नष्ट किया जा सकता है।

संक्षेप में कहें तो देह और आत्मा दोनों ही अमर है। बस वह अपना स्वरूप बदलते रहते हैं। यही शाश्वत सत्य है। इसलिए अध्यात्मवादी तथा विज्ञानवादी दोनों की ही राय से जीवन की ओर सकारात्मकता से देखना चाहिए।

पानी से आधा भरा प्याला देख कर अध्यात्मवादी उसे आधा भरा या आधा खाली कहता है, किंतु विज्ञानवादी उसे पूरा भरा सिद्ध करता है, आधा पानी से और आधा हवा से।

अध्यात्म कहता है कि जीवन का आरंभ और अंत मनुष्य के हाथों में नहीं होता। विज्ञान ने इस विचार को भी आव्हान दिया है। प्रजनन तंत्र के अनुसार स्त्री बीज तथा पुरुष बीज को विज्ञानशाला में सालों रख कर उसे कब जीव में परिवर्तित करना है इसका निर्णय मनुष्य ले सकता है। उसी प्रकार मृत्यु का क्षण भी चिकित्सकीय विकास के कारण कुछ हद तक बदला जा सकता है। कितनी भी गंभीर बीमारी हो तो उचित उपचारों से मृत्यु के समय को आगे ढकेला जा सकता है। पहले ज़माने में मस्तिष्क में मोटा रक्तस्राव होने से, हृदय का स्पंदन रुकने से मनुष्य की तत्काल मृत्यु हो जाती थी। अब चिकित्सा क्षेत्र में हुए विकास से ऐसी मृत्यु को टाला जा सकता है।

इसलिए उम्र कितनी भी क्यों न हो मनुष्य ने जीवन की आशा नहीं छोडनी चाहिए। अधिकतम अच्छे तरीके से, स्वास्थ्यपूर्ण जीवन जीने की कोशिश करनी चाहिए। किंतु कैंसर या अन्य वेदनामय बीमारी हो तो पूरी शक्ति के साथ शेष जीवन में जितना हो सके दूसरों के कल्याण का कार्य करना चाहिए। और जीवन का सामना धैर्य के साथ करना चाहिए।

वेदना असह्य होनेपर मानसिक स्तर पर सक्षम लोग मृत्यू की याचना करते हैं। उन्हें अप्राकृतिक या समय से पहले मृत्यू की अनुमती देना यानी स्वेच्छा मरण *(Euthansia)* इस विषय में दुनियाभर में काफ़ी चर्चाएँ की गई। कुछ देशों में इसे कानूनी अनुमति दी गई है। चिकित्सा तज्ज्ञ, सामाजिक तज्ज्ञ तथा कानून जाननेवाले लोगों की दल ने किसी वेदना से व्याकूल मनुष्य को स्वेच्छा मरण की अनुमति दे दी तो वह उसके लिए उपकार समान होगा। ऐसे व्यक्ति ने पहले कभी मृत्यूसे पहले या पश्चात अपने अंग दान करने की इच्छा व्यक्त की हो तो उस इच्छा का आदर करना चाहिए। जिन्हें कैंसर, एच आय व्ही या अन्य संक्रमित बीमारी हो उनके अंग दान नहीं किए जाते। ऐसे व्यक्ति के मृत्यू के बाद छह घंटों में उसके कोर्निया का रोपण करके, कोर्नियल ओसेपीटी से अंधत्व आनेवाले कम से कम दो और अधिकतम छह व्यक्तियों को दृष्टिदान किया जा सकता है। यह एक महान दान है। नेत्रदान की तरह ऐसी मरणासन्न व्यक्ति के बाकी के अंग भी उसके मृत्यू के पूर्व या पश्चात तत्काल निकाल कर अधिकतम दो घंटों के अंदर किसी ज़रूरतमंद रुग्ण में स्थापित किए जाए तो उनका जीवनमान बढ़ सकता है और वह अच्छा जीवन जी सकते हैं। हृदय, हृदय के पटल, रक्तवाहिनियाँ, यकृत (लिव्हर), मूत्रपिंड, हड्डियाँ, बोन-मैरो, त्वचा, स्वादुपिंड जैसे अंगों का दान किया जा सकता है।

मृत्यू के बाद देर से किए देहदान का उपयोग केवल मेडिकल कालेज में सीखनेवाले विद्यार्थियों को शरीर रचना शास्त्र सीखन के लिए होता है। इससे दूसरे व्यक्ति को जीवनदान देने हेतु साध्य नहीं होता।

मृत्यू अटल है किंतु पहले ज़माने में जीवन भर अध्यात्म का आचरण करनेवाली पीढ़ी की तुलना में वर्तमान पीढ़ी का आयुर्मान बढ़ा हुआ है। विज्ञान ने सिद्ध किया है की मृत्युकी अटलता के बावजूद उसका समय थोड़ा बदला जा सकता है। मृत्यु का त्रिवार सत्य जानकर भी मनुष्य अमरता की खोज में लगा हुआ है।

असतो मा सद्गमय। तमसो मा ज्योतिर्गमय। मृत्योर्मा अमृतंगमय।

विज्ञान के प्रकाश में अज्ञान तथा पारंपरिक मान्यताओं का अँधकार नष्ट हो यही शुभेच्छा!

परिशिष्ट

हृदय, मस्तिष्क, कैंसर और किडनी सम्बंधी शल्यक्रिया के लिए सहायता उपलब्ध करानेवाली संस्थाओं की जानकारी

मा. प्रधानमंत्री सहायता निधि संसद भवन (किसी सांसद से सिफारिश पत्र आवश्यक।)	मा. मुख्यमंत्री सचिवालय, मंत्रालय, मुंबई- ४०० ०३२ (आवेदन के साथ किसी विधायक का सिफारिश पत्र आवश्यक।)	मा. अध्यक्ष, शिर्डी साईबाबा संस्था शिर्डी, जि. अहमद नगर।
सिद्धीविनायक गणपती मंदिर न्यास एस.के.बोले मार्ग, प्रभादेवी, दादर, मुंबई- ४०००२८ (आवेदन के साथ विधायक का सिफारिश पत्र आवश्यक।)	जिला स्वास्थ्य अधिकारी, जि. प. (रुग्ण जिस जिले से है उस जिले के अधिकारी से आवेदन करें)	शिवामृत सर्वसेवा वंचित विकास संस्था विजयनगर, अकलूज, ताल- मालशिरस, जीला- सोलापूर
ओसवाल बंधू समाज ३१२/ए/३, महात्मा फुले, शंकरशेठ रोड कॉर्नर, पुणे- ४२ (केवल हृदय शल्यक्रिया और किडनी प्रत्यारोपण के लिए)	कै. चंदुकाका सराफ ट्रस्ट गांधी चौक, बारामती (स्वयं भेंट करें) सुबह १०.० से दोपहर २.०० बजे तक	रोहन बिल्डर्स ८०५, दि रेव्हुरी भांडारकर इन्स्टिट्यूट रोड, पुणे- ४

श्री शनी शिंगणापूर ट्रस्ट मु.पो- शनी शिंगणापूर, ता.- नेवासा, जी.- अहमदनगर	**श्रीमान रा.रा. राठी ट्रस्ट** आशिर्वाए चांडक गार्डन, बुधवार पेठ, सोलापूर।	**श्री महालक्ष्मी मंदिर चैरीटेबल ट्रस्ट** भुलाभाई देसाई रोड, मुंबई- ४०००२६ (आवेदन के साथ किसी विधायक का सिफारिश पत्र आवश्यक।)
शिवकल्याण विकास संस्था ७२, कोंढवा खुर्द, पुणे- ४८ (केवल पुणे जीले के लिए)	**दिवालीबेन मेहता ट्रस्ट** खातू मैन्शन, ओम्र पार्क, ९५, भुलाभाई देसाई रोड, मुंबई- ३६	**इन्डोजर्मन सोशल सर्व्हिस सोसायटी** ३८, लोधी रोड, इन्स्टि. एरिया, न्यू दिल्ली- ११०००३
जीवनदायी देवी मंदिर ट्रस्ट विरार (पूर्व), ता.-वसई, जीला- ठाणे	**एन.आर.बलदोटा फाऊंडेशन** होटल शांग्रिला के पास, चिपलून रोड, पुणे- ४ (केवल पुणे जीले के लिए)	**गजानन महाराज ट्रस्ट** मु. शेगाव, जीला- बुलढाणा
दगडूशेठ हलवाई गणपती ट्रस्ट गुरुवार पेठ, पुणे। (समय- सुबह ११.०० से संध्या ५.००)	**मे.व्ही.डी.गोसावी कं.** आधार, २४४, नारायण पेठ, लक्ष्मी रोड, पुणे	**श्री महाबळेश्वर मंदिर ट्रस्ट** महाबळेश्वर, ता.-वाई, जीला- सातारा
गुडलक नेरोलैक पेंट्स चैरीटेबल ट्रस्ट गणपतराव कदम मार्ग, परेल (लोअर) मुंबई	**एन.एम.वाडिया चैरीटेबल ट्रस्ट** १२३, म. गांधी रोड, मुंबई - १	**पालोनजी शापूरजी चैरीटेबल ट्रस्ट** न्यू इंडिया सेंटर, ११ वी मंज़ील, कुपरेज, मादाम युरी मार्ग, मुंबई

व्यंकटेश हैचरीज सिंहगड मार्ग, विठ्ठलवाडी, पुणे (संध्या ५.०० से रात ८.००)	**वाई फ्रेनी एन्ड सेठ फली माहराजी परिवार चैरीटेबल ट्रस्ट** द्वारा ब्लेज टूर्स एन्ड ट्रैव्हल्स प्रा. लि., इंडियन मर्चंट चेंबर बिल्डिंग, ३ री मंज़ील, चर्चगेट स्टेशन के पास, मुंबई- ४०००२	**चेअरमैन, चैतन्योपासना ट्रस्ट** गोंदवले बु. ता.- माण, जीला- सातारा
महावीर हार्ट फाऊंडेशन अवंती अपार्टमेंट, 'बी' विंग, ग्राऊंड फ्लोअर, सायन (पश्चिम)	**वॉटमल फाऊंडेशन** डस्टलर, पहली मंज़ील, ९/९/अ मगास रोड, पाटकर मार्ग, मुंबई- ३६	**श्री स्वामी समर्थ (अक्कलकोट महाराज)** शिवसेना भवन के पास, दादर, मुंबई
रामेश्वरदासजी बिर्ला स्मारक कोष मेडिकल रिसर्च सेंटर, बॉम्बे हॉस्पिटल, मुंबई - २०	**अल्लाना फाऊंडेशन** अल्लाना हाऊस, अल्लाना रोड, कुलाबा, मुंबई - १	

आवश्यक प्रमाणपत्र और दस्तावेज़

महाराष्ट्र शासन- जीवनदायी स्वास्थ्य योजना के अंतर्गत दरिद्रता रेखा के नीचे होनेवाले ग़रीब रुग्णों के हृदय, मस्तिष्क, कैन्सर और किडनी सम्बंधी शल्यक्रिया के लिए आर्थिक सहायता प्राप्त करने के लिए

१. रुग्ण या उसके अभिभावक से किया गया आवेदन।

२. अस्पताल से शल्यक्रिया सम्बंधी खर्चे का अंदाजपत्र।

३. मेडिकल सर्टिफीकेट

४. तहसीलदार से आमदनी का प्रमाण पत्र- (कलेक्टर ऑफिस)

५. तहसीलदार से आमदनी सम्बंधी प्रमाणपत्र प्राप्त करने के बाद फिर से १०० रुपयों के स्टैंप पेपर पर परिवार की आमदनी से सम्बंधी प्रतिज्ञा पत्र बनाना पड़ता है। (कलेक्टर ऑफिस में या नोटरी से)

   दरिद्रता रेखा से नीचे होनेवाले रुग्ण ने प्रतिज्ञापत्र की दो नकलें साथ रखनी चाहिए।

६. रुग्ण अगर गाँव का रहनेवाला हो तो उसने अपने गाँव के ग्रामसेवक या सरपंच से गाँव का निवासी होने से सम्बंधी प्रमाण पत्र लेना चाहिए। अगर वह शहर में रहता हो तो नगरपालिका से निवासी प्रमाण पत्र लेना चाहिए। दरिद्रता रेखा से नीचे होनेवाले रुग्ण ने तहसीलदार से १५ सालों से अधिक समय तक महाराष्ट्र के निवासी होने का प्रमाण पत्र लाना चाहिए।

७. शिधा पत्रिका (रेशन कार्ड) के पहले और आखरी पन्ने की फोटोकापी।

८. दरिद्रता रेखा से नीचे होनेवाले परिवार ने अपने सन २००२ के सर्वेक्षण में दर्ज क्रमांक के साथ आवेदन तैयार कर के उस पर समूह विकास अधिकारी (पंचायत समिती कार्यालय) से उनका दस्तखत, सील और गोल सील प्राप्त करें। (ग्राम सेवक से दरिद्रता रेखा से नीचे होने का प्रमाण पत्र प्राप्त कर के समूह विकास अधिकारी के पास जाए।)

९. रुग्ण के पासपोर्ट साईज में चार फोटो।

१०. विधायक से प्राप्त सिफारिश पत्र की तीन मूल नकलें। (मा. मुख्यमंत्री, शिर्डी साईबाबा ट्रस्ट और सिद्धिविनायक ट्रस्ट से किए जानेवाले आवेदन के साथ जोड़ने के लिए)

११. प्रधानमंत्री सहायता निधि के लिए सांसद से प्राप्त सिफारिश पत्र। (विधायक और सांसद से प्राप्त सिफारिशों की फोटो कापियाँ न करें।)

- यहाँ पर जिन धर्मादाय संस्थाओं की जानकारी दी गई है, उनमें से २० संस्थाओं को उपर उल्लिखित दस्तावेज़ों की सत्य नकलें (फोटो कापी/ झेरॉक्स) देना आवश्यक होता है। इसके लिए क्र. १ से ८ तक हर एक दस्तावेज़ की २० फोटो कॉपीज निकाल कर उनपर विशेष कार्यकारी अधिकारी या मुख्याध्यापक के दस्तखत और सील ले लें।
- जिनका परिवार दरिद्रता रेखा से नीचे नहीं है उनके लिए क्र. ८ का दस्तावेज़ आवश्यक नहीं है।
- धर्मादाय संस्था से आर्थिक सहायता प्राप्त करने में एक से डेढ़ महीने की अवधि लग सकती है। इसलिए उपर उल्लिखित दस्तावेज़ तुरंत दाखिल करें।
- शल्यक्रिया के लिए आर्थिक सहायता चाहिए हो तो शल्यक्रिया से पहले आवेदन देने पर ही सहायता प्राप्त हो सकती है।
- धर्मादाय संस्था में रुग्ण या उसके परिवार जनों के नाम से आवेदन दिया जाता है। धर्मादाय संस्था की शर्तों के अनुसार और उनके पास उपलबद्ध निधि के अनुसार रुग्ण को दी जानेवाली आर्थिक सहायता की जानकारी रुग्ण के घर के पते पर भेजी जाती है।
- दिल्ली के प्रधानमंत्री सहायता निधि के लिए रुग्ण की फोटो भेजना आवश्यक होता है।

- श्री शिर्डी साईबाबा ट्रस्ट से सहायता प्राप्त करने के लिए आमदनी के एफिडेव्हीट की मूल नकल भेजना आवश्यक होता है। दरिद्रता रेखा से नीचे होनेवाले रुग्णों ने अपनी आमदनी के एफिडेव्हीट की दो नकलें तैयार करनी चाहिए।
- शिर्डी संस्था, सिद्धिविनायक न्यास, ओसवाल बंधू और चैतन्योपासना संस्थाओं के आवेदन पत्र अलग अलग हैं जो गिरीराज अस्पताल में पाए जा सकते हैं।
- एंजिओग्राफी, एंजिओप्लास्टी, ओपन हार्ट सर्जरी, डायलिसीस, स्कैन, इसीजी सेवाओं के लिए पुणे-मुंबई की तुलना में ३०-४० प्रतिशत छूट मिल सकती है।

शासकीय तथा अर्धशासकीय सेवा के कर्मचारी – परिवारजनों के लिए (महाराष्ट्र शासन मान्यताप्राप्त अस्पताल)

शासकीय सेवा में कार्यरत कर्मचारियों को उनके परिवार के सदस्यों की हृदय, किडनी, मस्तिष्क सम्बंधी शल्यक्रियाओं के लिए शासन से डेढ़ लाख तक अग्रिम राशी मिल सकती है। इसके लिए आवेदन करते समय निम्नलिखित दस्तावेज़ दाखिल करना आवश्यक होता है।

१. अग्रिम राशी के लिए आवेदन २. अस्पताल का कोटेशन ३. मेडिकल सर्टिफिकेट ४. परिवार सम्बंधी प्रमाण पत्र (तलाठी से) ५. रेशन कार्ड की सत्य प्रत ६. कर्मचारी से अग्रिम राशी के विषय में सुरक्षा पत्र ७. गिरीराज अस्पताल से शासन से मान्यता व्यक्त करनेवाले पत्र की नकल। ८. अपत्य सम्बंधी प्रमाण पत्र ९. पास के शासकीय अस्पताल में शल्यक्रिया के लिए सुविधा उपलबद्ध न होने का प्रमाण पत्र। १०. सेवा में स्थायी होने का प्रमाण पत्र। ११. हायस्कूल, कॉलेज अनुदानित होने का प्रमाण पत्र। शासनमान्य अस्पताल के शल्यक्रिया-चिकित्सा सम्बंधी प्रतिपूर्ती देयक (बिल) सिव्हिल अस्पताल में न भेजे। एंजिओग्राफी के बिल प्रतिपूर्ती के लिए अनुज्ञेय हैं। १३. राज्य परिवहन कर्मचारी के लिए शल्यक्रिया से पहले चिकित्सकीय अधिकारी, बारामती आगार के तहत रुग्ण की जानकारी दर्ज करना अनिवार्य है।

सिफारिश पत्र का नमूना – (विधायक/सांसद)

श्रीमान/श्रीमती...

निवास...........................ता...........................जिला........................
से मैं परिचित हूँ। उनकी...शल्यक्रिया ..
....अस्पताल में होनेवाली है, जिसका अंदाजा
खर्चा रुपए .... हो सकता है।

श्रीमान/श्रीमती .... की आर्थिक स्थिति अच्छी
नहीं है। शल्यक्रिया/चिकित्सा का खर्चा उठाने में वह असमर्थ है। अत: उन्हें
आर्थिक सहायता दी जाए।

(मा. विधायक से तीन पत्र और सांसद से एक पत्र लें।)

दस्तखत और सील।

**(सूचना : यह जानकारी केवल मार्गदर्शक है। याद रहे, वास्तवमें
कागजात की सूचीमें बदल हो सकता है।)**

SAHYOG TRUST

Education for all. Life for all.

Public Trust Act. No. F 1688 Yavatmal / 87,

Society Registration Act No. Maharashtra / 1625/87

Head Office: No. 1, Prathamesh CHS, Prabhat Road Lane No. 5, Pune - 411004.

website: www.sahyogtrust.in, Phone. No. 020-25459777, Fax.25457222

सस्नेह नमस्कार,

'इच्छामृत्यू' का महत्व जानने के बाद पुणे के कुछ लोग इस विषय पर कुछ अधिक जानकारी प्राप्त कर रहे हैं और इसके विषय में काम कर रहे हैं। इनमें हैं, डॉ. शिरीष और डॉ. आरती प्रयाग (चिकित्सा क्षेत्र), असीम और रमा सरोदे (विधि क्षेत्र), मंगला आठलेकर, डॉ. रोहिणी पटवर्धन (वृद्ध कल्याण शास्त्र), शुभदा जोशी, विद्या बाल और रविंद्र गोरे। हम सब लोग मिल कर सहयोग ट्रस्ट के तहत काम कर रहे हैं।

'इच्छामृत्यू' के विस्तृत विषय के पहले चरण के रूप में अब हमने चिकित्सकीय इच्छापत्र के विषय पर अपना ध्यान केंद्रित किया है। चिकित्सकीय इच्छापत्र का एक नमूना साथ में दिया हुआ है। अगर आप को यह विचार उचित लगे और इसका नमूना ठीक लगे तो कृपया इसे पूरा भर दें और (उसकी एक नकल अपने पास रख कर) निम्न लिखित पते पर हमारे पास भेज दें या हमे उसके बारे में केवल सूचित करें तो भी आपका स्वागत है।

चिकित्सकीय इच्छापत्र के बारे में एक बात ध्यान में रखना आवश्यक है। उसे केवल लिख कर रखना पर्याप्त नहीं है। तो अपनी चिकित्सा संबंध में निर्णय लेनेवाले व्यक्तियों के साथ अर्थात पती/पत्नी/पुत्र/पुत्री/बहू/जमाई के साथ चर्चा कर के इच्छामृत्यू के विषय में उनके विचार, उनकी मानसिकता को जान लेना आवश्यक है। इस विषय पर उनके विचार अलग हो तो चर्चा से उनका मत परिवर्तन करने का प्रयास किया जाना चाहिए। क्योंकि हमारे बाद हमारी इच्छा को अमल में लाने का काम यही व्यक्ति करनेवाले हैं। अन्यथा हमारी मृत्यू के बाद यह लोग हमारे चिकित्सकीय इच्छापत्र को न मानकर अपनी मनमानी करेंगे। इसलिए चिकित्सकीय इच्छापत्र बनाना और उसके लिए अपने करीबी रिश्तेदारों की सम्मति पाना आवश्यक है।

चिकित्सकीय इच्छापत्र पर अपने फैमिली डाक्टर का दस्तखत आवश्यक होता है। साथ ही अपने युवा तथा शरीर और मन से स्वस्थ, शिक्षित पड़ोसीयों और सहकर्मचारियों गवाह बनाकर उनके दस्तखत भी लेने चाहिए। हमारे वकील का दस्तखत भी आवश्यक होता है।

आपके द्वारा भेजे गए चिकित्सकीय इच्छापत्र के आधार पर हम इच्छामृत्यू के लिए कानूनी अनुमती प्राप्त करने के लिए एक जनहित याचिका दाखिल करने के प्रयास में लगे हुए हैं। हम आपके द्वारा भेजा गया चिकित्सकीय इच्छा पत्र इस जनहित याचिका के साथ जोड़ना चाहते हैं। अगर इसके लिए आपकी अनुमती हो तो ही अपने चिकित्सकीय इच्छापत्र की नकल हमारे पास भेजें।

अगर एक बार चिकित्सकीय इच्छापत्र बनाया गया तो वह कायम नहीं हो जाता। हम हर दो-तीन साल बाद उसका नूतनीकरण कर सकते हैं।

इस विषय में आपसे सकारात्मक प्रतिक्रिया अपेक्षित है।

आपके स्नेहाभिलाषी,

डॉ. रोहिणी पटवर्धन - ९४२१०८११८१
एड. रमा सरोदे - ९८२२५३२१३७
रविंद्र गोरे - ९०११०६१९६६१
शुभदा जोशी - ९८२२०३४५९७

चिकित्सकीय इच्छापत्र

मेरे परिवारजन, मेरे स्वास्थ्य के विषय में आस्था रखनेवाले व्यक्ति और मेरे डॉक्टर इन सब के लिए मैं ने यह चिकित्सकीय इच्छापत्र लिखा है।

मैं ....

जन्मदिनांक .... उम्र ....

मेरा पता ....

....

१. अगर मैं मृत्यूशय्या पर हूँ, जल्दी ही मरनेवाला/मरनेवाली हूँ, बोलचाल की स्थिति में न हूँ तो ऐसी अवस्था में मुझ पर किए जानेवाली चिकित्सा के विषय में मैं यह चिकित्सकीय इच्छापत्र बनाकर इसके द्वारा मेरी इच्छाएँ स्पष्टता से दर्ज कर रहा/रही हूँ।

२. हमारी राज्यघटना में दर्ज जीने का अधिकार तथा आविष्कार स्वतंत्रता के मूलभूत अधिकार की मुझे पूरी जानकारी है। मैं सम्मान के साथ जीने और सम्मान के साथ मरने की भूमिका के पक्ष में हूँ।

३. मेरी बीमारी में, मुझे जिवित रखने के लिए किए जानेवाली चिकित्सा के विषय में मैं अपनी इच्छा अपने सगे-सम्बंधीयों के लिए यहाँ पर स्पष्टता से लिख रहा हूँ।

अ) मेरे मरणासन्न अवस्था में जाने पर या मेरे गहरी बेहोशी में पहुँचने पर मेरी मृत्यू को टालने के लिए/ मुझे जीवित रखने के लिए कोई भी चिकित्सा न की जाए। मेरे शरीर में सुईयाँ चुभो कर मेरे उपचार करने का या कृत्रिम साधनों से मुझे जीवित रखने का कोई भी प्रयास न किया जाए। क्योंकि इस अवस्था में परावलंबन के कारण अपना बोझ औरों पर डाल कर जीवित रहना मेरे लिए लाचारी होगी जो मुझे घृणास्पद है।

ब) इस प्रकार अगर केवल मुझे जीवित रखने के लिए चिकित्सा की जा रही हो और उससे मुझे सम्मानपूर्ण जीवन मिलने की संभावना न हो तो मुझे ऐसा

अर्थहीन जीवन जीने की कोई भी इच्छा नहीं है। इसलिए मेरी गुजारिश है की इन चिकित्साओं को तुरंत रोक दिया जाए।

क) अगर मैं गंभीर बीमारी से ग्रस्त हो जाऊँ, मेरे जीने की उम्मीद धुंदली हो या मैं गहरी बेहोशी से बाहर आने की संभावना न हो तो मुझे कृत्रिमता से खिला-पिला कर जीवित रखने की कोशीशें न की जाए। मैं फिर एक बार ज़ोर दे कर कहता/कहती हूँ की ऐसी अवस्था में मुझे कृत्रिमता से जीवित रखनेवाली सभी चिकित्साओं को मैं नकार रहा/रही हूँ।

ड) मुझे मालूम है की मैं ने कोई भी इच्छा दर्ज की हो तो भी चिकित्सा तज्ज्ञों से सलाह मशवरा किया जाएगा। फिर भी मेरा यह कहना है की इस मामले में कानून में स्पष्टता से बताया गया है की ऐसे हालात में इन्सान स्वयं बात करने में असमर्थ हो तो उसके इच्छापत्र को मानना चाहिए। इसलिए मेरे मामले में इस विषय में निर्णय की जिम्मेदारी लेनेवाले सभी से मैं फिर एक बार बिनति करता/करती हूँ की मेरे चिकित्सकीय इच्छापत्र का सम्मान करें।

४. मैं इस इच्छापत्र के द्वारा मुझसे प्रेम करनेवाले, मेरे लिए आस्था रखनेवाले सभी को कहना चाहता/चाहती हूँ की अगर कृत्रिम साधनों के आधार से भी मैं स्वावलंबन का जीवन जीने में असमर्थ हो जाऊँ तो ऐसी अवस्था में मुझे जीने की इच्छा नहीं है। उस समय निर्णय लेने के लिए मेरा मन स्वस्थ नहीं होगा, असमर्थ होगा। इसलिए यहाँ पर विचार में ली गई संभावनाओं के अलावा किसी विषय पर निर्णय लेने की घड़ी आए तो सम्मान से जीने और सम्मान से मरने की मेरी इच्छा का स्मरण रखें। इस चिकित्सकीय इच्छापत्र को मैं किसी के दबाव में आ कर नहीं तो अपनी इच्छा से लिख रहा/रही हूँ।

मैं ....
निम्नलिखित गवाहों के समक्ष दिनांक .... चिकित्सकीय इच्छापत्र पर अपने दस्तखत कर रहा/रही हूँ।

....
दस्तखत

गवाह　१) ....

　　　　दस्तखत ....

गवाह　२) ....

　　　　दस्तखत ....

गवाह　३) ....

　　　　दस्तखत ....

क्या आप वृद्धों की मदद करना चाहते हैं?

कई बार घर में किसी का जनमदिन हो, या स्मृतिदिन हो, समाज के लिए कुछ करने का मन होता है। हर बार हम अपने हाथों से कुछ करें, यह संभव नहीं है। इसलिए अपनी इच्छानुसार डोनेशन दे कर हम अपने मन को तसल्ली देते हैं। यह डोनेशन हेल्पेज इंडिया को दे कर आप उसे जरूरतमंद व्यक्ति तक पहुँचाने की निश्चिती कर सकते हैं। इसके अलावा, आपका खाली समय हेल्पेज इंडिया को दे कर गरीब वृद्धों की सेवा कर सकते हैं। हेल्पेज इंडिया को उनके १२० भ्रमण (मोबाईल) अस्पतालों के लिए एम.बी.बी.एस. डॉक्टर्स, फार्मासिस्ट, सामाजिक कार्यकर्ता और ड्रायव्हर्स की आवश्यकता होती है।

HelpAge India

9/67, Phule Nagar, Behind Alandi Road R.T.O. Ground
Near Bodhichitta Vihar, Pune - 411006, Maharashtra
Contact - **Rajeev Kulkarni**
Phone - 020 20265513 / 09422020699 / www.helpageindia.org.

HelpAge India Office Addresses
as on 01st April 2016

• *Delhi* (Head Office)	HelpAge India C-14, Qutab Institutional Area New Delhi - 110016 Toll Free Elder Help Line: 1800-180-1253 –
• *Jammu*	Contact Person: Ms. Sunita Santoshi Manager Address: House No. 27, Gandhi chowk Behind Shiv Mandir Subhash Nagar Jammu - 180005 Jammu & Kashmir Ph.: 0191-2560141 Mobile: 09419140619 / 09419144551

• *Srinagar*	Contact Person: Mr. Syed Ajaz Social Protection Officer Address: Alamgari Bazar Auqaf Market OPP. Govt. Dispensary Srinagar - 190001 Jammu & Kashmir Ph.: 0979633973
• *Shimla*	Contact Person: Dr. Rajesh Kumar State Head – Himachal Pradesh Address: Lady Harding Cottage (No.3) Near H.P. High Court Bambloe, Shimla - 171001 Himachal Pradesh Ph.: +91-0177-2811254 Mobile: 09418977457 / 09816033457 –
• *Chandigarh (Panjab)*	Contact Person: Mr. Bhavneshwar Sharma State Head – Punjab, Chandigarh, Haryana & J&K Address: House No. 5745 (Ground Floor) Sector 38– West Chandigarh – 160038Punjab Ph.: 0172-6542268 / 2620869 Mobile: 09417456864 Fax: 0172-2716112
• *Dehradun (Uttarakhand)*	Contact Person: Mr. Chaitanya Upadhyay Acting State Head – Uttarakhand Address: 53-B, 137 Rajpur Road Dehradun - 248001 Uttarakhand Ph.: 0135-2655535/2711927 Mobile: 8171927453
• *Jaipur (Rajasthan)*	Contact Person: Mr. Nilesh Kumar Girishbhai Nalvya State Head – Rajasthan Address: Plot No 3, Shiv Marg behind Raj Bhawan Civil Lines Jaipur – 302006 Rajasthan Ph.: 0141-2220241 Mobile: 09587237317
• *Lucknow*	Contact Person: Mr. A. K. Singh State Head – Uttar Pradesh Address: 3/129, Vikas Nagar Lucknow – 226022Uttar Pradesh Ph.: 0522-2738048/ 2738054 Mobile: 09415010645
• *Patana (Bihar)*	Contact Person: Mr. Girish Chandra Mishra State Head – Bihar Address: House No. 134 Patliputra Colony Patna - 800013Bihar Ph.: 0612-2273271
• *Guwahati*	Contact Person: Mr. Nilondra Tanya Deputy Director – Programs Address: 17, Rukminigaon, Bylane No.6 (1st floor) Guwahati – 781022 Assam Ph.: +91 361 222 8330 Mobile: +91 8011527423
• *Varanasi*	Contact Person: Ms. Aditi Singh Address: HelpAge India D 63/A, Govindpur SK Shivpurwa, Near Grand Palace Marriage Hall Varanasi - 221010 Uttar Pradesh
• *Ahmedabad*	Contact Person: Mr. Anil Massey State Head - Gujarat Address: 407, 4th Floor Mistry Chambers Vidya Gauri Nilkanth Marg near CAMA Hotel, Khanpur Ahmedabad - 380001 Gujarat Ph.: 079-25601441

• Bhopal	Contact Person: Ms. Sanskriti Khare State Head – Madhya Pradesh Address: A-98, Shanti Kunj Sector-A Shahpura, Mansarover Colony Bhopal - 462016,
• Kolkata	Contact Person: Ms. Sharmila Majumdar Territory Head - West Bengal & North East Address: Flat No 406, 162- B 4th Floor, A.J.C. Bose Road Kolkata - 700014 West Bengal Ph.: 033-32904121/ 22492526
• Indore	Address: HelpAge India 169, A Viswash Nagar Gram - Banjari Bhatkhedi Opposite Hotel Manal Tehsil- Mhow Indore - 453441 Madhya Pradesh
• Chhattisgarh	Contact Person: Mr. Subhankar Biswas State Head – Chhattisgarh Address: C/o: Dr. B. C. Gupta, Shantikunj, Budhapara, Raipur - 492001 Chhattisgarh Ph.: 0771 2534498/4014401 Mob: 9433039332, 9893295602
• Nagpur	Contact Person: Mr. S. V. Thakur Senior Manager – Resource Mobilization Address: A–Wing, Flat–8 Parishram Co–Op Housing Society Narendra Nagar, Opp. Hanuman Mandir Nagpur - 440015 Maharashtra Ph.: 0712-2759639 Mobile: 09822471313
• Mumbai	Contact Person: Mr. Prakash N. Borgaonkar Territory Head – Maharashtra, Goa & Gujrat Address: No. 34 – A/44, Guruchhaya Manish Nagar, P. O. Azad Nagar Andheri (W) Mumbai – 400053 Maharashtra Ph.: 022-26370754 / 40 Mobile: 09821224513
• Pune	Contact Person: Mr. Rajeev S. Kulkarni Manager – Resource Mobilization Address: 9/67, Phule Nagar Behind Alandi Road R.T.O. Ground Near Bodhichitta Vihar, Pune - 411006 Maharashtra Ph.: 020-20265513 Mobile: 09422020699
• Bhubaneswar	Contact Person: Ms. Bharati Chakra State Head - Odisha Address: Plot No: N2 -157 IRC Village, Nayapalli Bhubaneswar - 751015 Odisha Ph.: 0674-2559644 Mobile: 09437104104
• Visakhapatnam	Contact Person: Mr. Mrinal Srikanth Lankapalli Manager - AP Address: H. No. 1-70-10, Plot No. 91/3 Sector – III, M.V.P. Colony Visakhapatnam – 530017 Andhra Pradesh Ph.: 0891-2721253 Mob: 09966001594

• *Hyderabad*	Contact Person: Mr. Mohd. Raza Mohammed Acting State Head Address: 2-2-3/A/A5, Prema Sai Bhuvanam Apartments beside ATI Shivam Road, DD Colony Hyderabad – 500007 Telangana Ph.: 040-27427066 / 27428472 Mobile: 09440474984
• *Goa*	Contact Person: Mr. D. M. Pawaskar Manager – Resource Mobilisation Address: House No 1342, Plot No. 21 Near Hanuman Temple, Next to Central Bank Housing Board Colony Porvorim, Bardez, Goa – 403521 Ph.: 0832-2412611 Mobile: 09822162642
• *Cuddalore (Tamilnadu)*	Contact Person: Mr. Venugopal Ramalingam Head – Project Management Officer Address: Tamaraikulam Elders Village Periyakankanankuppam (Opp. RK ITI) Subauppalavadi Post Cuddalore - 607002 Tamil Nadu Ph.: 04142-212352/53/54 Mobile: 09840696445
• *Chennai*	Contact Person: Mr. V Siva Kumar Joint Director - Resource Mobilization, Tamil Nadu Address: 3–C, Thiagaraja Complex 853, Poonamallee High Road Kilpauk, Chennai - 600010 Tamil Nadu Ph.: 044-25322149 Mobile:+91-9443831333, +918220044050 Tele Fax: 044-26480874
• *Bangalore*	Contact Person: Ms. Rekha Murthy State Head - Karnataka Address: 113, Royal Corner No 1 & 2 Lal Bagh Road Bangalore – 560 027 Karnataka Ph.: 080-22213107/22124594
• *Puducherry*	Contact Person: Mr. C. Manikandan Agecare Coordinator Address: Agecare Puducherry Sr. Citizens' Fitness and Wellness Centre No. 13 Aurobindo Street Puducherry - 605001 Ph.: 0413-2222095 Mobile: 09894952639
• *Kochi (Kerala)*	Contact Person: Mr. Biju Mathew State Head – Kerala Address: 39/5370, 4th Cross Road Panampilly Nagar Ernakulam (Kochi) Kerala - 682036 Ph.: 0484-2310836/4036118 Mobile: 09447209678

Old Age India Office Addresses
as on 01st April 2016

MAHARASHTRA	
Babusaheb Firodia Vridhashram Nagar, Aurangabad Road, Near Vasant Tekadi. Mr. Rusi - 0241-2225971	**Kasturba Sarvodaya Manadal** Madhan P O Chandur Bazar, 444 704. Secretary - 0722-2243236
Madhuban Vrudhashram Kondheshwar Road, Badnera, 444 701. **Mr. narayan Mishra** **0721-22679035**	**Matoshree Old Age Home (1995)** Kathora Naka, Vidharbha Mahavidyala, Amravti-444604, Maharashtra **Mr. S. G. Raut - 9764714880**
Mukti Sopan Nyas 178, Samarth Nagar, Aurangabad- 431001 **Mrs. Karandikar / Mr. B.B. Belsare.** **0240-2320045/ 9325988417**	**Matoshri Vruddhasharam** Paithan Road, Aurangabad, Maharashtra **Mr. Pagore - 240-2379111 /** **09850607818**
Aastha Foundation Gut No. 26 (PT), At Jadgaon,, Tongaon, Aurangabad, Maharashtra 431005 090112 84888 **Mr. Jayant Sangwikar - 9325202897**	**Manavlok - Marathawada** **Navnirman Lokayat** Dhadpad Office, Po. Box No.23, Ring Road, Ambajogai, 431 517. **Dr. D. S. Lohiya** **02446-247116, 247217**
Maharogi Seva Samiti, Warora Home for the Leprosy, A/P Anandwan, Tal. Warora, 492 914. **Mr. Kaustubh Vikas Amte** **07176-2282034, 2282425, 9922440006**	**Navajivan Vidya Vikas Mandal** A/Po. Naigaon, **Mr. Shashikant Tukaram Bhadane** **02562-223128**
Navajivan Vidya Vikas Mandal 11, Om Building, Borse Nagar, Gondur Road. **Mr. Shashikant Tukaram Bhadane -** **9423193867**	**Norgyeling Tibetan Old Age Home** Representative Off., Norgyeling Tibetan Settlement, Po. Pratapgarh, 441 702. **Ven Thupten - 07196-226108**
Alice Home Kolhapur Diocesan Council C/O Bishop's Office, E.P. School Compund, 416 003 **Bishop of Kolhapur - 0231-2654832**	**Chakshus Home** Address: 2707 B ward Mandlik Galli, Mangalwar Peth,Kolhapur - 416012.

Shrivimleshwar Registerd Charity Institute, Siddhai Apartment, 96-2 A Ward, Near Vikas Highschool, Dudhali, Kolhapur - 416003. 0231 - 2547090.	**Shree Foundation,** Address: Shanti Sadan, Shivajinagar Peth, Vadgaon, Kolhapur - 416112. **Phone : 0230 - 2471914.**
Shri Datta Sevabhavi Sanstha, A/P - Narsobawadi, Tal- Shirol, Narsobawadi, Kolhapur - 416104 **Mobile : +(91) - 9623955429.**	**Sanskar Wachanalaya Bhadole** At Post - Bhadole, Hatkanangle, Kolhapur - 416109. **Phone : 0230 - 2409085.**
Shri Venkatashwara Gramin Vikas Sanstha Madilage A/P- Madilage, Taluka - Bhudargad, Gargoti, Kolhapur - 416209 **Phone : 02324 - 235834.**	**Sanjeevani Social Foundation** At Post - Sangrul, Tal - Karveer, Kolhapur - 416526. **Mobile : +(91) - 9423044231.**
Republican Social Foundation, House No. 905/2 A/1, Devakar Panand, A Ward, Kolhapur - 416012 **Phone : 0231 - 2240257.**	**Rashtraseva Samajik Vikas Sanstha,** At Post - Talsande, Hatkanangle, Kolhapur - 416109. **Phone : 0230 - 2479106.**
Pandurang Rukmini Vikas Seva Sanstha Mahagond, At - Mahagond, Taluka- Ajara, Kolhapur - 416220. **Phone : 02323 - 221510.**	**Nesari Vachan Mandir,** Smarak Road, At - Nesari Taluka - Gadhinglaj, Nesari, Kolhapur - 416504. **Phone: 02327 - 271925.**
Navasandesh Vachanalay Va Sanskrutik Sanstha Wadakshivale - **+(91) - 9405854548.**	**M.N Roy Institute,** S-2 Anantheera Apt, Konnur Gali, B Ward, Mangalwar Peth, Kolhapur -416012. **Phone : 0231 - 2620472.**
Krantivir Tambatkaka Vachanalaya 3 - A Janta Bank Colony, Nana Patil Ring Road, Kolhapur HO, Kolhapur - 416003. **Mobile : +(91) - 8605731771.**	**All Saints Home** 54-A Dockyard Road, Mazagon, 400 010 **Mrs. Sharada Madam - 022-23778357**
Assissi Bhavan C/o Franciscan Hospitaller Sisters of the Immaculate Conception, Near Sai Baba Complex, Goregaon (E), 400063. **Sist. Ubaldine Coelho - 022-28400762**	**F S Parekh Dharmshala** Huges Road, **022-23645982 / 022 22677421**
Little Sisters of the Poor Mahakali Cave Road, Andheri (E), 400 096. **Sist. Mary Joseph - 28382535, 28364187**	**Justice H.K. Chainani Elder's Home** Navghar road, near Shahani estate, Mulund East, Mumbai 400081. **022-25600033**

Rama Narayan Vanaprastha Nivas C/O Shri. P.N. Kulakarni, Phadakwari, V.P.Road, 400 004. **Mr. P.N. Kulakarni**	**Seth Doongarsee Nagji Trust** 106/B, Neelam Centre, Hind Cycle Road, Worali, 400 025. **Mr. Vasant Thakkar - 020-24923478**
Shanti Daan Missionaries of Charity Gorai Creek, Borivali(W), 400 092. **Brother Geoff M.C. -** **022-28011362**	**Asha Daan** Missionary Charity Society, Near Byculla Fire Brigade, Sankli Road, Byculla, Mumbai - 400027 **(022) 23093591**
Dr. Desai Hospital A/7 , Ratan Nagar Green way society, Daulatnagar, 10th Road Dahisar post office Borivali (East) 28948806	**"Little Sister of the poor" Home for the Aged, (1958)** Mahakali Caves Road, Andhreri, Mumbai 400 093 28382535, 28364187
Asha Kiran YWCA **Phone No: 91-22-26702831, 26702839, 26702863, 26702872, 26703021**	**Jeevan Asha** Veera Desai Road Andheri (W) 400 058 26236845/26708473
The Society of the Helpers Mary Bal Bhavan-Shraddhha Vihar Veera Desai Road Andheri (W) 400 058 26232546	**Cheshire Homes India** Bethleham House,Mahakali Road Andheri (East) 28324515
Dr. Dias Nursing Home Shanti sadan 105/7, Perry Road Bandra (West) 400 050 26402283	**St. Anthony's Home for the Aged** Chapel Road, Bandra (West) 400 050 26424046
Shanti Avedana Ashram (estb.1986) 216, Mount Mary Road, Bandra(Wast)400 050 26427464	**Shanti Avedana Ashram** 216, Mount Mary Road, Bandra (Wast) 400 050
"Nirmala Niketan" (estb.2/10/1984) Plot No.2, Sector No. 8 , CBD, Belapur, Navi Mumbai 27571555	**Missionaries of Charities run** "Shantidan" LT Road, Gorai Creek, Boriwali (East) 400 091 28671362/26901362
Emmanuel Health Care Research centre A6/16/4, Jolly Jevan , Boriwali (East)400 091 28075772/28930910	**"Shanti Dhan" Home for sick & Dying Destitute Missionaries of Charity** Goria Road Boriwali (Wast) 400 092 28671362

"Adhar" OAH (estb.5/4/2000) Daulatnagar, Jain Mandir Road, Behand Hinduja Hall Boriwali (East) Mumbai 400 066 Phone : 28946463	Vasant smruti trust's" Kisan Gopal Rajpuria Vanparasthashram" Gorai Village,Near Ramratna vidya mandir, Essel world Road, North gorai Road, Boriwali Phone: 28450158
"Ashadan"Missionaries of Charity for dying destitutes. Sakhli Street Byculla, Mumbai 400 008 Phone : 23093591	Shepherd Widow's Home Shepherd Road Office Clare Road, Byculla Mumbai 400 008 Phone : 23088726/9819602493
The Salvation Army Social Service Centre Old Age Home 122 Maulana Azad Road, Byculla Mumbai 400 008 Ph : 022 -23051573 / 223071346	Jankalyan Sevashram 14 Kusum Chedda Nagar, Chembur 400 089 Phone : 252 858 16
Anand Ashram Trust Industry House, Churchgate, Mumbai-400 020 Phone : 22026340	Suman Maternity and Nursing Home Sahayog Society 1st floor, Gawade Nagar, Near Konkani Dahisar (East) Phone : 28935754/ 28966731
"Astitva" Plot No. 8, Phase NO.1 State Bank Road, MIDC, Dombivali (East) 421 203 Phone : 2471358	Shri Gopal OAH Lokmanya Goshala, Gograswadi Dombivali (East) Thane-421 201 Phone : 95251-2445684/ 95251-2451076/ 2448810
Assissi Bhavan Pahadi Estate, Goregoan (Esat) Mumbai-400 063 Phone : 28400762	Kalpataru Vruddashram 24/259, Shastri Nagar, Goregoan (Wast) Mumbai-400 063
Savitribai Phule Mahil OAH Bhagat Singh Nagar No.1. Goregoan (Wast) Mumbai-400 104 Phone : 28792863	Durga Maternity and Surgical Home Chaitanya bungalow, Saraswati baug, Near Rameshwar mandir, Jogeshori (East) 400 060 Phone : 28325835
King Geoge Memorial Hospital (19 38) Dr. E. Moses Road after famous Studio, Mahalaxmi Mumbai -400 011 Phone : 24923877	Our Lady of PietyHome 49, Vijaywadi J. Shankar Seth Road Marin Line Mumbai- 400 002 Phone : 22054922
Setu-Ghar Kamgar Sagam Nirmala Niketan 38 New Marine Lines Pawai Mumbai-400 020 Phone : 22032615	All Saints Home (estb.1897) 54,A Dockyard Road, Mazgaon, Mumbai- 400 010 Phone : 23778357

Strangers Home 155, Motishah Lane, Mazgaon,Mumbai- 400 010	**The Asylum** Case Piedade, Hathi baug, Mazgaon,Mumbai- 400 010 Phone : 23750319
F. S. Parekh Dharmashala Darul Muluk, Hugles Road Vasai, Mumbai Phone : 3645085	**Jamshetji Jeejibhoy Dharmshala** Shankar Puppala Road, Nagpada Mumbai-400 008 Phone : 23079838
Sir Jamshetjii Jeebhoy dharmshala **(1947)**　　　Jehangir Boman Behram Road, Nagpada Junction, Mumbai-400 008 Phone : 23051630/23079838	**Nirala OAH** Neral, Central Railway Neral New Mumbai Phone : 24301796
Vanvasi Kalyan Ashram New Palm Beach Housing Society A/5/1/1/Sector -4 Nerul Navi Mumbai **Ph. 022-24113341, 9892268562**	**Matrusadn OAH** Plot No.30 Sector No.10 Phase No. 11, Opp Terna Medical College Nerul Nerul- New Mumbai Phone : 022-27722360
"Sharan"OAH (estb.June1997) sector No.9, Near Father Agnel Polytech. Vashi, New Mumbai Phone : 27654744 / 27659454/55 / 27661849	**Vatsalya Trust's "Vanprasthashram** **(estb. 7/2/2000)** Sector 2, Plot No. 11, Sanpada New Mumbai Phone : 27617390/25782958/25794798
MBA Foundation's Care Centre for **Above 18 MR Adults** God's Haven, Crystal palace Complex, Rambaug Area, Near Shriram Ashram Taloja Pawai Phone : 56003797	**Dr. Butala, Silver coin Nursing** **Home** Vakola Pipe line, santacruz (East) Mumbai 400 055 Phone : 26134774/9869357720
Cardinal Gracias destiotute's Home Missionaries of Charity, 17, Chapel Lane santacruz (West)Mumbai Phone : 26492994	**Mother Teresa's Home** 17 Chapal Lane Santacruz Mumbai(Wast) 400 054 Phone : 26492994
Senior Citizen Assistance 10 Shriganesh 18 Linking Road Extn. Santacruz (wast)　　　Mumbai 400 054 Phone : 26603726	**Shri Manav seva sangh's "CU Shah** Senior Citizens Home" 255-257, Sion Road, sion (wast) Mumbai-400 022 Phone : 24015561 / 24092266 / 24071553 / 24077327
Param Shantidham OAH 15/3/1988 Vairatvasi Abanand Maharaj, Taloja, MIDC Vrudha vadi, Post Vavaje, Near "Techoba" Company, Taloja Phone : 0731-2695/5927054	**Navgurga OAH (estb.15/8/1982** Near Aptewadi, Shirgoan, Badlapur, Taluka Ulhasnagar, Thane. Phone : 25403735

Swamy Shanti Prakash OAH Main Bazar, camp No 4, OPP section 30 Ulhasnagar ,central Rly Thane **Phone : 2528334**	**Shraddhanand Ashram - Vasai OAH(1966)** Advocate Rajani Marg, Near Deep Mala, zenda Bazar, Vasai Dist-Thane 401 201 **Phone : 24012552/24010715**
Shraddhanand Ashram - Vasai OAH(1927) Advocate Rajani Marg, Near Deep Mala, zenda Bazar, Vasai, Dist-Thane 401 201 **Phone : 95250320124 / 322187 / 24012552 / 24010715**	**Surgical Home** Nityanand Arogyadham, Kankaditya Socity, Sahayog Mandir Road, Ghantali Thane 400 602 **Phone : 25361115**
Dhanwantari OAH(estb.1/2/2000) Patil bldg.Shanti Nagar, Rd., No.27 Wagle Estate Thane **Phone : 25821910**	**Rajpal foundation charitable Hospital** Near Begger Home, Chandansar Road, Virar East Thane **Phone : 95250-503014, 28349250**
"Amrutkrupasgar " Shushrushalay Walivali gaon, Manjarli Road, Badlapur Central Railway, Thane **Phone : 0251-911-691138**	**"Shri Saidham"** Near Khidkaleshwar Mahadeo Mandir, Padlegaon, Thane **Phone : 9820740926**
"Adhar" OAH (estb.7/6/2002) Plot no.6, Chaitraban, Souroli Road, Shahapur,Asangoan Central Railway, Thane	**"Adhar"** Thakurwadi, Mulgaon, Badlapur,Thane **Phone : 5341708**
Manasi Done Road, Post Vangani, Taluka Ambarnath, Thane **Phone : 95251-266-0008**	**Beru Matimand Pratishthan** Taluka Vasai, Thane Thane **Phone : 95251-670589**
"Swayamsiddha" Chinchoti, Near Grampanchayat, Post Kaman, Dhabdhaba Road Taluka Vasai, Thane **Phone : 022-23841326/ 95250-2210372**	**Mr. S.P. Beru Mentally Handicapped Trust (Estb.10/1/1989** Baravi dam Road, Rahtoli, Badlapur (Wast) Central Railway Thane **Phone : 95251-670589 / 95251-673818**
"Adhar" (estb. 1994) Thakurwadi, Mulgaon, Badlapur (West) Central Rail Way ,Thane **Phone : 0251-691476/022-25330895**	**"Niradhar"** 48a, Tokre- Kaner, Taluka Vasai , Virar (East) Thane 401 303 **Phone : 022-24306666/912571110**
Tushar Pawar OAH and Nature cure Centre run by Dr. Keluskar Savara Road, Vangani (Wast) Taluka Ambernath Thane **Phone : 95251-2660039**	**Shanti Niketan Bhagini** Gothivara, Father wadi, Vasai (East) Mumbai-401 205 Vasai

Rajpal Hospital Plot no. 13. sec. No.10. Koparkhairane, New Mumbai- Vashi - 400 709 **Phone : 27549911 / 27549911/27550101**	**Ashraya Elders Paradise** Nerul Road, Sector-19, Nerul(east), Navi Mumbai -400706
Shubham Old Age Care House Mount View Society, Matheran Road, Panvel, Mumbai- 410206 **Phone : 022 - 49431335**	**Ashray Old Age House** 1st Floor, Room No. 723, Rajshree Farm House, Panvel Matheran Road, Panvel, Mumbai- 410206. Land Mark: Near Koproli Village, Panvel. **Phone : 022 - 49430050**
Karuneshwar Old Age Care House Ta 4, Mount View Chs, New Panvel, New Panvel, Panvel, Mumbai- 410206 Land Mark: Near Vihighar Stop, Chilpe Village, Matheran Road, 022 - 49431459 / 9930843395	**Adhar Ghar / Shantivan** Rajeev-Rajan Lad Trust C/o Mr. Vinay V. Ghotge, 301, Adhwar, S. No. 111/9, Prabhat Road, Lane 14, Erandwane, Pune - 411004. **Mr. Vinay Vasant Ghotge: (91) 9552522132**
Adhar Ghar / Shantivan Shantivan, Nere, New Panvel (10km inside from main old Pune Mumbai Road, Rikhshaw is availble New Panvel 2143238131 / Mr. Vinay **Vasant Ghotge: (91) 9552522132**	**Sahwaas** Dubebaug, Hendre Pada, Badalapur West, 421503 **Rashmi Mate - +91-9892665610 Miss Deepika C Bhide – +91- 9833845270 Mrs. Neema Chinchalkar – +91- 9730336882 / 7350668489**
Jankalyan Sevashram Plot No. 10 & 11, Mumbai Pune Road, Panvel, Mumbai- 410221 Land Mark: Opposite Canara Bank	**Seal Ashram** Vangani Village, Nere, Mahalaxmi Nagar, New Panvel, Panvel, Mumbai- 410221 Land Mark: Near Mahalaxmi Nagar **Phone : 022 - 49442841**
Sri Sai Narayan Baba Ashram Plot No. 400/1, Panvel City, Panvel, Mumbai- 410206 Land Mark: Near Panvel Railway Station **Phone : 022 - 7451001**	**My Sweet Home** Shop No. 101/102, Plot No. 42, Shivam Apartment, New Panvel Sector 5/A,New Panvel, Panvel, Mumbai- 410206 Land Mark: Beside Telephone Exchange **Phone : 9594477325**
Consmopolitian Ladies Association Matru Sadan, Phase-II, Sector 10, Plot No. 30, Nerul. **Mrs. Sarala Mehrotre.** 022-27722360	**Narmada Charitable Foundation** Narmada Niketan Home for the Aged, Plot No.2, Sector 8, Near Kokan Bhavan, CBD Belapur, 400 615. **Mr. Ashok bhai : 022-27571555**

Sharan - Kamala Raheja Home for the Senior Citizen Soc. For the Rehabilitation of Parapegic, Plot No.52, Sector 9A, Vashi, 400 703. **Mr. N. L. Nayak** **022-27659454, 27654744, 27661849**	**Swami Vivekanand Charitable Trust** Durgadevi Old Age Home, J-13, Laxmi Nagar, 440 022. **Mr. Shivaji Mohite.** **0712-2225286**
Panchavati Vridha Ashram, Matru Sewa Sangh. Dhighori, Urmer Road, 440 009. **Mrs. Dhanvanti Pandharpurkar** **0712-2711852, 523596**	**Home For Aged & Handicapped** Unthkhana Medical Road Nagpur-440009 **Sr. Irene** **0712-2745091**
Sanjivan Social Medical Foundation Sanjivan Gram Amgao Devli Hingna Road Nagpur **Dr. Sanjay Ugemuge** **M. No.9822470011/9326350459**	**Hemsul Jakate Trust** Umred Road IBP Petrol Pump **Mr. Hemant Jakate** **0712-3944349/9422162646**
Panchavati Vrudhashram Near Bada Tajbagh Umred Road Nagpur **Mrs. Tikekar** **0712-2711852**	**Matoshree Vrudhashram** Adasa Tahsil Saoner Dist. Nagpur **Mr. Kahrade** **2290421/2271303**
Ashvasth Old Age Home Nelco Society Trimurti Nagar **Mrs. Sunanda Patrikar** **0712-2227206/2222590**	**Shanti Bhavan** Katol Road Nagpur -440013 **Phone : 0712-2593080/9866196786**
Pachlegaonkar Vrudhashram Near Narayana Vidyalaya Khapri Nagpur **0712-2275581**	**Maitriban** **Mr. Ravi Gandhe** **0712-2750639**
Prem Dan 250,Mohan Nagar Kingsway Near St. Josephs Girls High School Nagpur -01 **Sr. Priti - 0712-2545544**	**Nirmala Home for the Aged Society** Near H.P.T. Coollege Superior **Phone : 0253-2342047**
Radha Keshav Home for Elders 14-17, Anand Darshan Co-op Society, Near Octrai B, Off Lam Road, Deolal, 422 101. **Mrs. Laxmi Gallani.** **0253-2493494, 09822042043**	**Asmita Charitable Trust, Gunjoti** Indradhanu Vriddha Seva Kendra, Chourasta - Gulbarga Road, N.H.9, Omerga, 413 606. **Dr. Damodar Patange.** **02475-2252004, 2252408, 2252323, 09422069904**

A S R A - Apar Nath Senior Citizens Home Shiva Farm, P.O. Koneregaon Mull Uralikanachan, Pune Solapur Road, 412 202 **Mr. Jaswant Rai Sharma** **0212-2816921, 2816087**	**Anand Ashram** Place-Ranje, Po. Arvi, Tal.Bhor. 412 205 **Mr. S.V. Ranzekar** **020-24221813, 09970021133**
Desai Sahjivan Trust Vanprasthashram, Water Field Compound, Bhangarwadi, Lonavala, Tal.maval, 410 401. **Dr. K.S. Desai.** **020-24327309, 24227281, 24305307, 09820622485**	**Hingane Stree Shikshan Sanstha** **Karve Nagar, 411 052.** **020-2235254**
Home for the Aged Women Maharshee karve Stree Shikshan Sanstha, Karvenagar, 411 052. **Mr. P.L. Deshpande. & Mr. R.L. Deshpande.** **020-22368375, 25431967, 25468975, 25461497**	**Ishaprema Niketan** 972, Nana Peth, Padmaji Park, 411 002. **Mataji Nirmala** **020-22653363,**
Janseva Foundation Late Shri Haribhai V. Desai Old Age Home, Sh Rasiklal Manikchand Dhariwal Old Age, At Post Ambi Ranawadi (Panshet), Tal. Velha, 412107. **Dr. Vinod Shaha &** **Prof. Shinde** **020-24538787, 24538788, 09823011760**	**Jivahala** 19/6, Raikar nagar, Garmal Wadgaon, Dhairi, 411 041. **Dr. Abhyankar** **020-2592012, 24392148**
Matrukul 17, Parvati Payatha, 411 001. **Phone : 020-2543998**	**N.A.B. Lions Home for Aging Blind** Sudhar Baug, Old Khandala Road, Khandala, Tal. Mawal, 410 302. **Ms. Asha Ratnaparkhi.** **02114-273066**
Nivara 96, new Sadashiv Peth, Alka Talkies Marg, Navi Peth, 411 030. **Mrs. Nirmala** **0212-24339918, 2539918**	**Nivrutta Seva Sangh** Vanaprasthashram Plot No.20A; tapodham Vasahat, Talegao (Dabhade) Station, Tal. Mawal, 410 507. **Mr. Ekanath Deshpande.** **020-24434511, 02114-225768**
Pariwar Mahila Niwas Ganesh Mala, Withalwadi Road. **Dr.** **Shailja Rajwade**	**Poona Diocesan Corporation (PDC)** 410/11, Nanapeth, 411 002. **Sister Amaln- 020-651337**

Poona Widows Home 3, Solapur Road, 411 001. **Sister Ursula F.S.-** 020-2663389	**Pune Mahila Mandal** 17, Parvati Payatha, 411 009. **Mrs. Manda Shimpi** 020-24443548
Sandhya Home for the Aged 410/11, Nanapeth, 411 002. **Sister of St. John The Baptist** 020-2651337	**Savali Vrudhashram** Plot No.32, Maskerness Colony, Opp. Atemplast Factory, Talegaon Dhamadhere, 412 208. **Mrs. Chanada Amdekar** **02114-22792**
apla ghar khanapur, pune **phalnikar - 9850227077**	**Anandadham** At. Jambhulpada, Tal- Sudhagad, 410 205 **Mr. V.S. Palekar - 0952142-2244104,** **2244089**
Kushtrog Nivaran samiti Ramkrishna Niketan Vridhashram, Shantivan, Tal. Panvel, 410 206. **Mr. Govind Shinde** **952143-2238070, 2238153, 2238331**	**Nisargopachar Health Resort &** **Nirala Vridhashram** **Dr. Pal's Nirala, Neral, 410 101.** **022-24300780, 24300885**
Paramshanti Dham Vriddhashram **Trust** Taloja MIDC, Near Technova Co., Post Koyanavele, Tal.Panvel, 410 208. **Mahant Abanandgiri Maharaj** **022-27412695, 27863544, 09423032049**	**Ramadham Vridhashram, Adoshi** **Village** Khopoli-Pen Road, Shilpatha, Khopoli Taluka, Khalapur, 410 203. **Mr. Subir Kumar Choudhaary** **022-26656224, 26662133, 26655644.**
Bhagirathi Vridhashram Nalavade, Po.Karjuve, Tal. Sangeshwar, 415 608. **Mr. Govind Tukaram**	**Pathak Trust's Vruddhashram,** Garde Wada, Opp. Old Murlidhar Temple, Brahminpuri, Miraj, 416 410. **Dr. R.N. Pathak - 223252, 222652**
Matoshree Vridhashram A/Po. Gopalpur, Tal. Pandharpur, 413 304. **Mr. bhagavanrao Patil.** **02428-2248035, 0982274309**	**Papa Hospital for Aged Sick** Shanti Nagar, Road No.27, Wagle Industrial Estate, 400 604. **Phone : 4300885, 5323088**
Shraddhanand Mahilashram Vasai OAH.(estb 1927). Adv. Rajani Marg, Near Deep mala, Zenda bazaar,Vasai, District Thane 401201	**Shraddhanand Mahilashram,** Shraddhanand Marg, Maheshwari udyan, Matunga, Mumbai 400019. **Phone : 95250 320124 / 322187** **24012552/24010715**

All India	
Smt. Maniben Tribhovandas Matrugruh narayannagar road, near chandranagar, paldi, Ahmedabad **(079) 26603928 / 9426317082**	**Shri shanti dham Jain tirth ashram** **Railway Station Road, Opp. Gujarat Offset, Opp. Ambica Tube,Nr midco company, Vatva, ahmedabad** **Ahmedabad** **(079) 22146999, (079) 22141919, 29094165.**
Jeevan Sandhya Oldage home (Vanprasthan Seva Samaj) Virbala nagarwadia sankul, Opp haripark society,near Ankur bus stand, near Kalpataru part 1-2, naranpura, Ahmedabad **(079) 27475521, 27497549, 9327030510**	**Shri Manilal Gandhi Vanprashthashram** **Vithalnagar no tekro, near Subham flat, Near cadila crossing, Jasodanagar, GIDC, Vatva, Ahmedabad-380013** **(079) 25892083 9426675043**
Vanprashthashram- Brahmalin Swami Ramanand Saraswati Smruti Trust Opp. S.T. bus Stand, Mandal, Tal. Mandal, swamiji Ashram. 382130. Ahmedabad **9737862673, 9427052136, 9429355578, 02715-253**	**Prabodh Raval Memorial Trust Vanprashthashram-** Nr asharam ashram,Motera Road, Sabarmati, ahmedabad-380005 **Ahmedabad** **(079)27571414, 9228103482**
Jivandhara old age home Padmavatinagar, indiranagar -2 , nr Lambha temple, narol circle, lambha, Ahmedabad **(079)29294575, 8758413564,65254575**	**Vadil Niwas (Bhagwat vidhyapith) Krishnadham , Shri bhagwat Vidhyapith, nr bus stand no 6, S.G. highway, Ahmedabad** **9978309599, (079)27663839,(079) 27664412**
Divyadham Sarkhej Bavla Highway, Changodar, Sanad 382213, Ahmedabad **9825633611, 0271-7250417**	**Lions Oldage ,Bhartibapu Ashram Sewa Trust** Opp. Sarkhej railway station, Dholka road, Sarkhej, Ahmedabad. **(079) 26820578 ,26610575,26820575**
R.J.Trivedi Suwarna Mandir Oldage Home Near Khodiyar Mandir, Satelite Road, Ambali, Tal.Daskroi, Ahmedabad **02717-231374,9925005399**	**Navkardham Charitable Trust** 101, Arohi Complex, Near Ganesh Plaza, Swastik Cross Road, Navrangpura, Ahmedabad **(079) 26605272**
Vikash Gruh Opp. Sarda nagar society, Dhumketu marg, Paldi, Ahmedabad **(079) 26602788 (079) 26612788** **(079) 26622788 (079) 26642788**	**National Association of Blind** Jagdish Patel Chowk, Surdas Marg, Near IIM, Blind Mens, Association, Dr, Vikram Sarabhai Road, Vastrapur, Ahmedabad. **(079) 26304070 (079) 26305082**

Shree Jeevdaya Jan Kalyan Privar C/17, Arihant baug, Adinath nagar, Odhav, Ahmedabad-382415 **(079) 22874419, 22877016, 29292026**	**Nirant** **(shimandhar swami aradhana trust)** **Simandhar city, Trimandir Sankul,** **Ahmedabad-382415** **(079) 39830398,39830398**
Vikash Vrundavan Dham Near Naranpura Crossing, Ahmedabad **(079) 27550183,942730304**	**M.T. & K.T. Trust, Shah Maganlal** **Trikamlal Trust (oldage home)** **Near Income tax, Ashram road,** **Ahmedabad** **(079) 27546563**
Smt. Rukshmaniben Deepchand **Grdi Oldage Home-** Vrudhmandir Opp. Nirma company, Opp Core lab,Kadi road, Nana Haripura, Sachana, Viramgam, Ahmedabad **(02715) 248080 9824080183**	Jeevan Sandhya, Vanprashthashram, Kasturben Narandas Kapadia, Sarvajanik Trust Near Narmada Vashhat, Opp Hussani Jin, Bhavnagar Road, Dhandhuka, Ahmedabad **(02713) 22813**
Sheth Chandulala Madhavlal Public Charitable Trust Oldage Home 402,Avdhes, Opp gurudhwara, Near, Thaltej cross road, Ghandhinagar, Sharkhej Highway, Ahmedabad	**Manav Kalyan Trust** **Swapna Commercial Complex,** **Jawahar Chowk Cross Road,** **Maninagar, Ahmedabad** **(079) 25464018 (079) 25432936**
Oldage Home (Government of **Gujarat)** Outside Astodiya Darwaja , Near Geeta Mandir, Ahmedabad **079-25464018,25432936**	**Shantaben Somabhai Jeevan** **Sandhya Trust** **Near Kaalbhairav mandir, Kothiyani** **muvadi, N.H.no.59, Tal Daskroi.** **Ahmedabad**
Mumadevi Ahmedabad **(079) 27484412**	**Mahipatram Ashram** **Swami vivekanand road, Sherkotda,** **Ghodasar, Ahmedabad** **(079) 25454007**
Nari kendra Bhikshuk Gruh Odhav (Female), Ahmedabad **(079) 22401023**	**Bhikshuk Gruh** **Odhav (Male) Ahmedabad** **(079) 22871872**
Awall foundation Ghatlodiya Nr. Railway Crossing Chanayapuri bridge, Ahmedabad **079-27603366**	**Puriba Pathbha Asvar Vruddhanand** **Ashram** **a/a/1,Anand Tenament,Swani** **Narayab Mandir Pase, Ghodasar,** **Amdavad-360050** **079-29295339**
Sir Baheramji Ane Lady Dhanbai **Nanavati VANPRASTHASHRAM** G.P.O. Pase, Mirzapoor, Ahmendabad-380006	**Vanprastha Seva SAMAJ Suvarnag** **Hardaghar, Dakshini Societyniuma,** **Maninagar, Ahmendabad-380006**

Pujya Shri Vijay Shankar Maharaj Kirtanacharya Vanprasthashram Krushnadham, shri bhagvat vidhyapith, sola, gandhinagar, sarkhej, 65 nobus stand, Ahmedabad	**Mangal Jeevan Vrudhasharm (manav Kalayan charitable turst)** Naranpura, Gandhinagar-382735 Gandhinagar (02764) 289927, 9979523702
Kailash Dham Vrudhashram (kailash Charitable trust) Pethapur, Mahudi Road, Gandhinagar (2 km away from pethapur) Gandhinagar (02712) 278267, (02712) 23278267, (02873) 246326	**Mavtardham Manav Utkarsh Mandal (smt. Arunaben Rameshbhai Babulal)** Karmabhumi complex, Near Gayatri Mandir, Vamanroad, Kalol, G'nagar Gandhinagar (02764) 229633, (02764) 229450, 9824013174, 9714966999
Vrundavandham Gandhinagar Mahudi Road, Varsoda, Tal. Mansa, Gandhinagar Gandhinagar (02763) 286096, 26462664, 27550183, 9426330304	**Karmafalya Trust (krishna Vrudhashram)** Sector-6, chh-1 Type, Near Bhuvneshwar Mahadev mandir, Block no. 421/2, gandhinagar-380006 Gandhinagar (079) 23241845, 9228118221
Jethuba Visamo Vrudhasharm (jay Gujarat Akhil Sewa Trust) P/2, Mansarovar, b/h. Shyamal ganga Party Plot, IOC road, Chandkheda, Gandhinagar 9824080183, 2850305, 9898068305	**Hari Om Vruddhashram Ane Annakshetra** mu.po.manekpur, ta, mansa, dist. Gandhinagar-382845 02763-271120, 270660, 274490, 9714420520
Vadlonu Ananddham Sarkhej bavla highway, changodargam, divyadham, sarkhej-382213, Gandhinagar 2717250417, 26447000	**Chahna Vruddhahram** post office pase, sector-6/B, Gandhinagar 3224957
Lokkalyan Vasantlal Shreenathdham cheritable trust block 175/1-2,sector-30, Gandhinagar 3260088	**Thakkersi Pragji & nanbai thakkersi kothari jeevansandhya vrudhashram** sumri roha, Tal. Nakhtarana, kutch Kutch (02835) 281235, 294208, (02832)220966, 9879935635
Shree Navchetan Andhajan Mandal (late Pravinchandra shivji Shah oldage home) opp. custom check post, N.H.8A. Bacchau-370140, Kutch (02837) 224045, (02837) 224086, 99742 88728	**Navchetan Andhajan Mandal** opp. Kuchha Dairy, P.B. no.12, Madhapar, Tal. Bhuj, Kutch Kutch (02832) 242989, 240210, 30250, 9825226598, 9825985578

Maankuva Leuva patel Vrudh manav Mandir Opp. Maankuva highschool, Highway road, Maankuva, Bhuj Kutch **(02832) 275297**	**Manavsewa trust** Adhar sankul, Gadhpadar road, Rambaug, opp. Water tank, gadhpadar, gandhidham, Kutch **(02836)652735, 9879016263**
Apnu ghar, (shree Madhapar Leuva patel Samaj) Saraswati Vidhyalay road, Nava vaas, Madhapar, Ta. Bhuj-kutch Kutch **(02832) 240317, 654368**	**Vadil Vandana- Matrushri Kuvarben Nanji Kurpar Trust** Sayro Fariyo, Gundala, Tal. Mundra, Kutch **(02838)286575**
Shantiniketan Vrudhaashram Kuchha Vikash Trust Raydhanpar, Post. Nagor, P.B.No.14, Kutch, Bhuj-370001 **(02832)274283, (02832)274229**	**Shree ram Vrudhaashram** narayan Sarovar, Tal. Lakhpat, Moti Guver, Kutch-370627 **(02839)266670, 25680931 (o), 25618035**
Sadhu Hirachand Sewa Samiti (matrushri T.M.G Bhuddha ashram) near petrol pump, Tagore road, Adipur, Kutch **(02836)260175**	**Meghaji Sojpal Jain ashram** Nagji Amarshi ni Vadi, Kodyal Road, Mandvi-370465 **(02834)220288, 22046**
Lohana Mahila Ashram near V.D. highschool, santvani baug, santosh society, bhuj-kutch-370001 **(02832)223464**	**Sahajanand Rural Development trust** Bhuj-mirzapur road, GMDC, Below Guest house, Bhuj-Kutch-370001 **(02832)250003, 9825227509**
Maniba Vanprashthashram Baliyadev Road, Dharmaj, Kheda, Ta. Petlad, Kheda **(02697)244967, 245729, 9909451047**	**Gulabbai Hargovinddas Trust (Gulabbai annakshetra & oldage home)** Vadabazar, Gulabbai ni vadi, Dakor, Kheda-388225 **(02699)245729**
Janhitarth charitable trust Oldage Home Mahedav, Tal. Petlad, Kheda Kheda **(0268)3298735, (02697)247696, 9825098193**	**Sachhinanad sewa samaj trust (oldage home)** Bhaktinagar Ashram, Dantali, Ta. Petlad, Bhakti niketan, Kheda-388450 **(02697)252480**
Shantilal Mohanlal Shah Ashaktashram Vrudhaashram Ashaktasharm society, opp. Water tank, near market yard, Ganesh Theater road, Kheda, Rambaug, Dakor-388225 **(02694)244218**	**Ashakt Ashram C.T.Parekh Khadayata Vanprashthashram** Opp. Market yard, Ganesh Theater Road, Rambaug road, Dakor-388225 Kheda **(02699)245068, 245168**

Shri Siddhanath Mahadev Vadil Vishram Ananddham, Vrudhaashram Shankarpur Road, Siddhanath Mahadev, Mandir, Anand, Khambhat-388620, Kheda **(02698)290245, 220711**	**Ghardaghar sheth Chandulal Madhavlal Vanprashthashram Uttkantheshwar, prannath sewaashram, post. Vaghjipur, Ta. Kapadvanj, Kheda-387610 Kheda** **(02716)296489, (079)26305412**
Vanprashthashram Near Shankraacharya math, nafabazar, dakor-388225 Kheda	**Ramkrishna Sewa Mandal (vrudhaashram)** **Opp. Town hall, Anand Post. Panasar, Kheda-388001 Kheda**
Nityanandswami education trust bhakti sewaashram-gokuldham Nar-388150 Ta. Petlad, Kheda 02697*246390, 291319, 9825583765	**Bhavnagar Vrudhaashram Trust** **1260/61, gogha circle, vrudhniketan, opp. T.V. Kendra, Krushnanagar, ambawadi, Shishuvihar, Bhavnagar-364001** **(0278)2200287, 2224033, 2204283, 2205360, 2446406, 2560700**
Nanand Kuvarba Orphan home (Maharaja Shri Lakhdhiraji trust) Taleti road, Near Sir Mansinhji Hospital, Palitana, Bhavnagar **(02848) 252987**	**Triveni Ma Gandhi Charitable Trust - Nivrutidham** **opp. Vyayam mandin, Mahuva, Bhavnagar-364290** **(02844)224798, 224032**
Samarpan Sewa Sahay Trust (palitana Punyashram Vrudhaashram) 20, chitrakut society, Near Goshala, B/h Mansinhji Hospital, Palitana, Bhavanagar-364270 **(0278)242343, 230921**	**Samajratna Chinubhai Manjula Bhagini Mitra mandal - Dikri nu ghar** **New sarvoday society, Palitana-364270 Bhavnagar** **(02848) 253320, 253420**
Palitana Home for the Aged Dr. Fulchand dave compound, Pie Chowk, Palitana-364270 Bhavnagar	**Swami vivekanand Kendra "Parth"-8 A, satyasadan Society, Mahuva-364290, Bhavnagar Bhavnagar**
Samarpan Sewa Sahay Trust (palitana Punyashram Vrudhaashram) 20, chitrakut society, Near Goshala, B/h Mansinhji Hospital, (b/h harivihar Dharmshala), Palitana, Bhavanagar-364270	**Bhavnagar vanprashthashram** **29, Vandana Polytechnic road, Chitranjan chowk, Vidhyanagar, Bhavnagar** **(02763)2514217**
Vrudhniketan Plot no. 1260/61, opp. T.V. Relay, Ambawadi, Bhavnagar-364001 Bhavnagar	**Indian Council of Social Welfare-'gharda ghar'** kanakunj, chowan road, palitana, Bhavnagar

Annapurna-Dada Dadi no visamo malpur road, Modasa, Sabarkantha-383315 **246694**	**Sahyog Kushthayog Trust Rajendra Chowkdi, Sabarkantha-383276 Sabarkantha (02772)254337, 9825011185**
Junaghad Mahanagar Palika(vrudhaashram) bhikhshukh Ashray Kendra Opp. Narsinh Mehta Chowk, Old Fire Dela no. 1, Junagadh-362001 Junaghad **(0285) 2626328, 9228403766**	**Vrudhaashram Trust (homes for the Eldery Trust) Shurekhdham ashram Mahant Mukundanandji Bapu, Shri Bhramananddham, chaparda, Ta. Visavadar, Junagadh (02873) 262130, 246326, 9426833742**
Manav jyot Charitable Trust (vadil Vandana Vrudhaashram) Ashapura Dham, Junagadh Rajkot Highway Road, Vadal-362310 Junaghad **(0285)2680700 9426438539, 9724994435**	**Shivam charitable Trust "Apna ghar" Near Gayatri Shantipith, Shantimarg, Opp. Sonapur, Girnar Road, B/h Rajawadi, Junagadh (0285)2622075, 2622085**
Vrudhniketan SaurashtraBhumi Gali, B/h Jail, Junagadh **(0285)2650597, 2623086, 9427242939**	**Sarvoday Sewa Samiti Sarvoday Yojana Near Jayant Cinema, Tower Road, Mangrod-362225, Junaghad (02878)223005, 223672, 222241,9824452307**
Mudiya Swami Sanyash Vrudhaashram Vaya Lusana Station, Mendrada (Gir), Junagadh **(0285)241978, 9426826461**	**National Andhajan Mandal (late shri Punjabhai M. Changela PragnyaChakshu Vrudhaashram) Opp. Milan Petrol Pump, Near Giriraj hotel, 8 km Away from Junagadh, Vanthali Highway, Shapur(sorath), Junagadh-362005 (0285)3295682, (02872)296334, 25680931(O), 9426244026**
Kum. Aanya Binoybhai Gardi Vrudhaashram (Duniya no Chhedo Ghar Kalyandham) Mangrod Taluka Sarvoday Sewa Samiti Sarvoday Bhavan, Near Jayant Cinema, Tower Road, Mangrod-362225, Junaghad **(02878)223005, 223672, 222241,9824452307**	**Shree Yogeshwar Couple Vrudhaashram, shri M.P. Shah municipal Vrudhaashram Near Khodiyar Colony, 80 feet Aerodrome road, opp. Jain Temple, Jamnagar-361002 (02697)244967, 245729, 2673462**

Sheth Hansraj Ladha Hindu Apangashram Opp. D.S.P. Bunglow, Bedi Road, Teenbatti, Jamnagar-361001 **(0288)2662402**	**Mahila Vrudhaashram, Sakarben Sunderji Anjariya Mahila Vrudhaashram** Limda Len, opp. Sarada Mandir highschool, Jamnagar-Anand Road, Jamnagar-361001 **(0288)2676051**
Ranjitsinhji Niradhar Ashram B/h Dr. Bhuvana Bunglow, Sarusection road, Jamnagar-361008 **(0288) 2678809**	**Ravjibhai Nathubhai Khapiyarawala Vrudhaashram- Gurjar Manavseva Trust** Swapna lok Society, Kaliyavadi, Navsari **(02637)232715**
Mahavir Vikash and Kalyan Trust Teenbatti, Bilimora, Ta. Gandevi, near Vishram Gruh, Navsari-396321 Navsari **(02634)273021, 9925673021**	**Bhagubhai govindji Patel Charitable Trust (Manavmandir Vrudhaashram)** Nani Chovisi, N.H.No.8, Ta. Navsari-396427 **(02637)236703, 9227871113**
Late. Bhaniben Bhukhandas Solanki Vrudhaashram Charitable Trust Nani Khergam, Ta. Gandevi, Navsari-396360 Navnit Lalji Kapadia-chikhli Trust Navsari **(02634)290293, 232556, 9824144265, 02223510759, 02223873221**	**Jalarambapa Lokaashram Lokseva Trust- Ma baap nu Mandir** 73, Rajendranagar society, Rajpipala, Narmada-393145 **(02640)220974)**
Bharuch District Adivasi Sewa Sangh rajpipla - GhardaGhar Vrudhaashram Pipariya, Narmada **(02640)22023**	**Jeevan Sandhya Vatsalyadham** near Bhavani Mata Mandir, Balisana, Ta. Patan-384110 **(02766)285725, 285628, 231824**
Shree Ganesh Sewa Shantiniketan Mandal Vrudhaashram Khemchandbhai patel, Maatpur Road, Sander, Ta. Patan **(02766)287937, 9979695524**	**Lakshmiben bhudarbhai patel and Shiviben Narsinhdas patel Muktidham** Sevali, post. Palasar, Ta. Chanasama, Patan **(02734)263336, 9925310249**
Kasturben Devjibhai Shah Vanprashthashram aradhana Kendra Sarwa Mangalam Sagodiya, Ta. Patan-384265 **(02766)277594**	**Sachidanand sewa samaj trust (vrudhaashram)** Patan Road, Unjha Patan
Bhagani Samaj-patan Outside Kansada Darwaja, Rankivav Road, Patan -384265 **220248, 221300**	**Sewa Ashram Charitable Trust (Vadilo no visamo)** Kedareshwar road, Khirsara, Ta. Ranavav, Porbandar **(0286)240135, 246539**

Drashtihin Oza Natvarlal Dolatram Netarvala Charitable Trust Opp. Asha children Hospital, Birla Road, Junagadh, Porbandar-360575 **(0286)2244964, 9427458164**	**Shri Palanpur Hindu Samaj Vadil Vishrant Bhavan** Opp. RTO Check post, Abu road highway, Palanpur Banaskantha
Vadil Vishranti Gruh Outside Gathaman Darwaja, Opp. Petrolpump, Banaskantha, palanpur-385001, Banaskantha **(02742)253336**	**Ambaji Ma Kailash Ashram vrudhaashram** **Ambaji Kailash Tekri, Ta. Danta, Banaskantha** **(02742)253336**
Jayshree Jalaram Sewa Mandal Trust "Vadilo nu ghar" Near Kasak Fountain, Bharuch (east), - 392002 **(02642)245208**	**Adivasi Sewa Sangh Vrudhaashram** **Mota Pipadiya, Padasara -393145** **Ta. Rajpipala, Bharuch** **(02766)287937, 9979695524**
Dagadu Maharaja Vrudhaashram Asha, Bank of The River Narmada, Bharuch	**Vrudhaashram-bank or river narmada** **Macchi, Gadhiya, Bharuch**
Sarvoday Sewa Trust Vrudhaashram Manavmandir, Ambaji Road, Vadnagar. Mehsana (02764)223610	**Ananddham Vrudhaashram** **Post. Chhatral, Mehsana,** **(02764)224334**
Manav sewa Mandir charitable Trust Gandhinagar Highway, Lachhadi, Retrol, Ta. Visnagar, Mehsana	Mangaljeevan vanprashthaashram Nardipur, Mehsana
Vatsalyadham vrudhaashram Taranga Station, Taleti, Ta. Kherali, Mehsana **(02765)257367**	**S.J.Parikh Sewakendra "Nirant Vrudhaashram** **Utsav Park, B/h Jalaram Mandir, Vavdi Bujarg, At Post. Vavdi Bujarg, Ta. Godhara, Panchmahal** **(02672)265355, 240272, 9429052305**
Kathiyawadi Nirashrit Balaashram-morbi Shobheswar road, kalyangam, Near Kuber Cinema, morbi-363642 Rajkot **(02822)240201, 242461, 9228303970**	**Shri Lakhdhirji Endowment Trust-Matrushri Baji Rajba Orphan ashram** **Near Patel boarding, Near V.C. Fatak, Morbi-363641, Rajkot** **(02822)222284**
Kathiyawadi nirashrit Balaashram-Rajkot Gondal Road, Near Lodhavaad chowk, Rajkot-360002 **(0281)2222071, 2231340**	**Shri machhukantha Vrudhaashram, Dr. Ratilal Shah** **Near Gayatri Mandir, Vankaner, Rajkot-363624** **(02828)220975, 9913994069**

Shri Mahila Pragati Mandal Morbi-Mahila Kalyan kendra Mahila Pragati Mandal, Near Dena Bank, Morbi, Rajkot (0281)230187(O), 231368, 9428347811, 9825621216, (0281)280858	**Akhilhind mahila Parishad (shri Ramnik kuvarba Vrudhaashram)** Opp. Malaviya Vadi, Gondal Road, Rajkot-360001 2234442
Matruchhaya Charitable Trust B/h Ramcharit Manas, Ratanpar, Rajkot-morbi highway, Rajkot 9376959009, (02697)252480	**Jalarambapa Matrumandir (jalaram Trust)** Opp. Panchsheel Society, Malaviya Vadi, Malaviya Nagar, Gondal Raod, B/h Doshi hospital, Rajkot-360001 5360527
Shri Maheshwari Mataji Charitable Trust Morbi Road, Sagan Road, Ratanpar, Rajkot (0281)2788273, 2788201	**Dikra nu ghar Vrudhaashram-Samarpan Charitable Trust** At Post Dholera, Gondal Road, Ta. Lodhika, Rajkot 952827, 253519, 2365082
Aandh Apang manav kalyan kendra Vrudhaashram Near Complex Cinema, Near rangoli Park, Mota mava, Gandhi Gram society, Home For the Aged Kalawad Road, Rajkot-360421	**Nilkanth Mahadev Vrudhaashram-orphan gurukul ashram** At Post Moti Marad, Ta. Dhoraji, Motidhar Road, Near Bus Stand, Sutar Seri, Rajkot-360421 (02824)284038, 284338
Shri Jalaram Sewa Mandal L 3/27 Anandnagar, Opp Neelkanth Cinema, Rajkot-360002 (0281)2361708	**Halai lohana Matrugruh** B/h bus Stand, Rajkot-360001 Rajkot
Mahila Vrudhaashram Raiya Road, Virani Nagar, Rakot-360001 (0281)401350	**Jalaram Seva Samaj Trust Van Prashthashram** Near Ghelani Petrolpump, Navdurga Society, Chhani Road, Jalaram Sewa Sadan, Nizampura, vadodara-390002 (0265)2791793,
Namisharanya Charitable Trust- Vadil Vandana, Itola, Vadodara (0265)391240, 23537797, 9898373891,	**Muni Sewa Ashram Gokul Vanprashthaashram** At Post Goraj, Ta. Vaghodiya, Vadodara-391760 (02688)2460377, 262299
Swami Premdas Vrudhaashram B/h RTO Elders home vishamo, Harni Varasiya Ring road, Elders home-vishamo, vadodara-390006 (0265)2564782, 2460377	**Prem Trust** 11/A,Sahydri apartment, divalipura.J.P.Road, Vadora-390006 0265-2336, 9824641389

Shree Jala Kelavani Sewa Trust Kesav Kunj Society, Station road, Handicap and Mental Oldage home, Padara, Vadodara-391440 (02662)223833, 9825315527, 9925663951, 9825315527, 9825663951	**Om Narayan Trust** **Om 56, Uma Colony-A, vaghodiya Road, Vadodara-391019** **(0265)2512872, 2514836,**
Late. Chimanbhai patel Vrudhaashram-Gujarat trust At Post Bamroli, Ta. Sankheda, Vadodara (0265)220314	**Sharadaben Champaklal Parikh Anandaashram** **Duttpura, b/h Petrol Pump, At & post Limda, Ta. Vaghodiya, Vadodara**
Vallabhi Vaishnav Vrudhaashram & Genral Vrudhaasharm Mangal Bharti, Mangal Sewa nidhi Trust, At & post Gopgami-391125 Vadodara (02665)243218, 243240, 2513644, 2243207, 9879625521	**Shrammandir Trust- Ashaktaashram** **Singhrot Village, Ta.** **Vadodara-390001** **(0265)6452660, 6451659, 9925147583**
Narhari Arogaya Kendra (vrudhaashram) Narayan nagar, Fatehganj, Vadodara-390002	**Shri Devshi Popat Vyask Sahwas Sankul, Adhar Trust** **Dungripariya road, Opp. Variya Highschool, Pariya Udwada, Valsad-365185** **(0260)2337786**
Manavsewa Trust, Bhagod, Shri Dolatrai Vallabhbhai desai Campus At Bhagod, Post Atul, Opp. Awabai school, Valsad-396001 (02632)233399, 2328729, 9575823147, 9375823147, 9824183915	**Late. Sheth Nagji Bhagwanji Mehta Vanprashthaashram** **Atar village, Atul, Near Tithal, Valsad-396108**
Late Bhaniben Bhushandas Solanki Vrudhaashram Gandevi-396001, Valsad (02634)262913	**Parasi Infarmari (oldage home)** **9/456-458, Rushtamwadi,** **Navsari-396445, Valsad** **(02637-12)57311, 41007**
Dr. K.M.Vaidhya hospital **Dhanvantari Trust,** Shankar gali, Vansda-396580 (02630)222916,223295,236679, 9426808560	**Astitva Mahila Utkarsh Sanstha Tarang** **1st floor, Opp. P.O., Opp L.Y.C.Office, Halar Cross Road, Valsad-396001** **(02632)243843, 241222, (02632)221244**

Shri M.N.doshi Manavsewa Sangh- Kirchandbhai kothari Vanprashthaashram Manavmandir Road, Near New Junction, Andhshala Compound, Near Kasturba Society, Surendranagar-363001 **(02752)233038, 222132**	**Macchukantha Vrudhaashram C/o Dr. Ratilal H.Shah, C/o. Gunvantbhai, Pratap Road, Vankaner-363621 Surendranagar (02828)20975, 3441141, 3436369, 3436809**
Vadil Vishranti Gruh Jalaram seva samaj trust Ananad road borsad, ashok park pase, mu.post.ji., Anand **02696-223348**	**Ananad Dahm Vruddhashram Ramkrushna Seva MANDAL Sanchalit, Hanuman mandir pase,town hall same, lambhvel, ji Anand 2696-254848, 223340**
Bhakti Sevashray Nityanad Aducation trust Sanchalit Gokul mu.nar,ta, petland, ji.anand **02697-291319**	**Apna Ghar Vruddhashram** petlad-borsad road,nerogej railway fatak pase,rupiyapura najik,mu. gopalpura,ta.petlad,ji.anand-388450 02697-311880,982528124,9898476798
Thakorbhai yuji patel ananddham vruddhashram Madhvanand sanyasashram,palol,ta. sojitra, dist.Anand **02697-234393**	Lakhiba bhagini parivar sanchalit ma nu ghar labhvel road,lotiya bhagol,dist. Anand 25464615
Anandam Old Age Home C-Sector, PiplaninOpposite Kalibadi, BHEL-Bhopal **9425604651**	**Anand Dham Old Age Home** Link Road No-2,Near Nutan PG Collage, Shivaji Nagar, Bhopal. 0755-2426727,9425007511, 9303133252
Asra Old Age Home ASRA Vridhjan Sewashram Shajahanabad,Gol Ghar,Near Babe Ali Stadium,Bhopal-Madhya Pradesh. **0755-2547899**	**Karunalaya Old Age Home** House No-193,Raj Samrat Colony,Ayodhya By Pass Road,Bhopal-MP 0755-6531744
Lions Club Senior Citizen Home Chunna Bhatti,Near Amrapalli Enclave,Opposite Suyash Hospital,Kolar-Raod,Bhopal-MP **9425365272, 9826847647**	**Mata Parvati Devi Kishanchan Harjani Elder Home Nirmal Nursery,Laxman Nagar,Behind Navnidh Hasomal Public School,Sant Bairagarh,Bhopal-MP 0755-2522714/2523081**
Chhavi Shanti Dham 255/1, Janki Vihar Colony, On 60 Feet Road, Jankipuram Pin-226021 Lucknow **09451912414,0522-2754766**	**Cheshire Home 107-A, South City, Raibarely Raod, Lucknow 0522-2440950**

Dorothy Crosswaith Home For Old Anglo Indians Off.Ashok Marg and opposite NCC Office, Lucknow **0522-2624212**	**Rajkiya Vridh Avam Asakt Grih** **C-820,Mahanagar,Lucknow**
Samarpan Varishth Jan Parisar Adil NAGAR, Near Shri Ram Dharam Kata, Ring Road, Lucknow	**Sevarth Vridh Ashram** **E-1698,Rajaji Puram,Lucknow** **0522-2418003**
Sevarth Vridh Ashram Para Raod, Naear Arjun Montessori School, RAJAJI Puram, Lucknow **0522-2418003**	**Amma Nanna Old Age Home** **Satyanaaranapuram(Kachavaram)** **Donakonda-Ibrahim** **Patnam,Krishan Dist Resgistered** **Society, Vijayalakshmi** **08659-282803**
Bharat Mata Old Age Home 10-72,Mylurai Center,Gollapally, Ibrahimpatnam, Krishna Dist Vijayalakshmi	**Maranatha Visvasa Ashramam** **54-1-7/22 Viajayalakshmi Colony,** **Mahanadu Rd, Auto nagar,** **Vijayawada-10, Vijayalakshmi** **0866-2540898**
Padma Joythi Seva Sangam Side of bypass Rd. Ratnala Cheruvu Managalagiri,Guntur 522503 Vijayalakshmi **988516588, 9948708593**	**Senior Citizens Forum** **Kanura,Vijayawada-7, Vijayalakshmi** **0866-6593677**
St. Theresa Old Age Home 32-15-115 Nagalla Sri Ravamma Street Prajashakthi Nagar,Mogalrajapuram, Vijayawada-10, Vijayalakshmi **9908692909**	**St. Anthony's Health Centre** **Vijayawada Highway Road,** **Gollapudi, Vijayalakshmi** **0866-4213864**
United Christian Church of Indian Old Age Home Karuna Health Centre Campus Kethana Konda, Ibrahim Patnam, Dist-Krishna Pin-521456 Vijayalakshmi **9912128888, 0869- 282568**	**All Bengal Women's Union** **89 Elliot Road,Kolkata-700016** **Kolkata-** **91-33-2295757**
Ananda Ashram P.O.& Vill-Gobindpur,Baruipur Dist-24 Parganas(South) Kolkata **9831003123**	**Ananda Ashram Old Age Home** **389, Janaki Nath Basu Road,** **Kalabagan, Subhasgram, Kolkata,** **West Bengal 700147** **033 2427 1543**

Ashaniketan Old Age Home Block-N, Sector IV, Salt Lake City, Sukantanagar, Kolkata 700098 **033-24321795**	**Ashar Alo** **Nikhil Banga Kalyan Samiti, Ashar** **Alo Samali, Thakurpurkur, Joka,** **Monoshatala, Dream Institute** **Kolkata-700104** **033-24959148**
Bairag I B/9, Sector-3, Salt Lake City Kolkata 700098 **33-23372988**	**Bholanand Bridh Ashram-2** **77/8, Branch Panchanantala Road,** **Sukchar 24 Parganas (North)** **Kolkata-**
Dinantey-1 Madhyamgram Bidhan Pally Near Madhyamgram Chowrasta Land Mark Doletala More North 24 Parganas Kolkata-700129 **033-25385416**	**Godhuli Senior Citizen Hme Pvt Ltd** **Dogachia More,Naihati Barrackpore** **Klayani Express Way Kolkata-** **9830130404**
Happy Home P.O. & Vill-Gobindapur Dist- 24,Parganas (South) Kolkata Kolkata- **033-24371198**	Homage 41 G T Road(E), Konnagar, Hooghly, Kolkata, West Bengal 712235 033-22151639
Jeeban Sathi B/11/114,Lake Road Kalyani-741235 Kolkata- **033-65158331**	**Kalikapur Sambedna** **Kalikapur Tematha,Sonarpur South** **24 Parganas Kolkata 743369** **9830981277**
Kalyan Ashram 4,Pramhansa Deb Road Chetala Kolkata 700027 **033-24488078**	**Mahadevananad Bridh Ashram** **48,Middle Road, Barrackpore Near** **Barrackpore College, Kolkata 700120** **033-25927327**
Mahila Seva Samity Village Gajipur, Sikdar Para Road Post: Rajpur, PS:Sonarpur South 24 Parganas, Kolkata- **033-24786600**	**Navadiganata** **29 Banerjee Para Road,Sorsuna** **Kolkata-700061** **033-24939393**
Navanir Homes For The Aged 30 Ashok Avenue, Tollygunge Kolkata-700040 **033-24712653**	**Navanir Homes For The Aged** **1/2, Shyam Bose Road, Chetla,** **Chetla, Kolkata, West Bengal 700027** **Kolkata-** **9831193276**
Ramkrishana Mission-Old Age **People** 7, River side Road, Barrackpore, Kolkata-7000120 **033-25920547**	**Ramthakur Bridhabas-1** **12, Shibaji Road Baghajatin Station** **Kolkata 700086** **033-65157627**

Ramthakur Bridhabas-2 2/52, Deshbandhu Road Baghajatin 700086, Kolkata- **033-6157627**	**Sandhadeep-1** **B4/459, Buddha Park, Kalyani 741235** **Kolkata-** **9330984241**
Sandhadeep-2 B-14,437, Buddha Park, Kalyani 741235 **9330984241**	**Santi Nivas Home For The Aged** **604 b, Raja Rammohan Roy Rd,** **Sarada Pally, Kolkata, West Bengal** **700008** **033-24466307**
Anabalayam Day Care Centre Young **Women Chrisian Association of** **Madras** 1078-1087/2, Poornamalle High Road, Chennai-600082 **044-25324251**	**Anbagam-CSI Home For the Aged** **4 Besant** **Avenue, Adayar, Chennai-600020** **044-24915047**
Dhayakendra Old Age & Children **Home** No.4/11, Thanadavarayan Street, Purasaiwalkam, Chennai-600007 **044-26620030**	**Ebenezer Day Care Centre For Elders** **88 Thiruvallur Street** **Kollappanchary,Ponnamalle** **Chennai-600072** **9500010813**
Fathima Trust 500 Road Street, Saraswathy Puram Mamandoor Seiyur Taluka Thiruvanmalai District, Chennai **9444021417**	**G.S Senior Citizens Home** **34/18-A, Mylai Ranganathan Street,T** **Nagar, Chennai, Tamil Nadu 600017** **044-24347127**
Gracious Home No.14, Majestic colony Thirumangalam, Anna NAGAR, Chennai-600040 **9884097778**	**J.C Home for the Aged** **Plot 177/178 Sree Range Gardens** **Vadaperumbakkam Near Redhills,** **Chennai-600060** **9282173089**
Jeeva Jyothi Illam Grant Line,Vadakarai Post redhills, Chennai-600052 **9994895394**	**Kaakkum Karanagal-Palavakkam** **1 A, First Main Road VGP layout,** **Palavakkam, Chennai-600041** **9940670880**
Kaakkum Karanagal-Santhome 89/47, Santhome High Road Santhime, Chennai-600028 **9940670880**	**Kaakkum Karanagal-** **Thiruvanmuyur** **47/11, East Mada Street** **Thiruvanmuyur, Chennai-600041** **9940670880**
Kalaiselvi Karunalaya Social Welfare **Society** B3,No.32,Mogappair West, Chennai-37 **044-26257779**	**Little Sisters of the Poor** **No.11, Harrington Road, Chetpet,** **Chennai-600031** **044-28362963**

Manogar & Rajah of Venkatagiri Choultries No.44, MaNogar Choultry Road, Chennai-600001 044-25287762	**Mary Rebecca William Lourdu Annai Home For The Aged** No.24, Bunder Garden 3rd Street, Perambur, Chennai-600011 9445170184
Mass Charitable Trust No.9, Kalamegam Street Vivekananda Nagar Chennai Tamilnadu 600118 044-65480696	**Mercy Home** 64, Halls Road Kilpauk, Chennai-600010 044-26442820
MSPC Senior Citizen Home 891/288 Thiruvottiyur High Road Washermanpet, Chennai-600021 044-25951521	**Nambikkai Old Age Home** No.9, Suriya Gandhi Street,Vivekanda Nagar, Thirumullaivoyal, Chennai-600053 9940016700
Naya Jyothi Model Senior Home Panayur, Chennai-600119 044-24950702	**Pope John's Garden Under Don Bosco Beatitudes** 64, K.K.Thazhai Road, Madhavaram Chennai-600051 044-25941146
Rishi Aalayam A-69, 6th Street Periyar Nagar Chennai-600082 9940579719	**S.V. Home For Aged** 50/88, Panchali Amman Koil Street, Near Panchali Amman Koil Temple, Arumbakkam, Chennai, Tamil Nadu 600106 044 2363 5700
Santhi Sadhan The Madras Seva Sadan No.7/13, Harrington Road, Chetpet, Chennai-600031 044-28362304	**Sarawathi Ammal Charitable Trust** New No.41, Old No.75, Iind Street, Korattur, Chennai-600080 9962513727
Sea Breeze Foundation 24 MGR Nagar Okkiampet, Thuraipakkam, Chennai-600097 044-24580789	**Seva Samaj-Meals On Wheels-Days Care Centre** 19 Rangachari Street Egmore Chennai-6000008 9840560471
Share & Care Children's Welfare Society No.28,Arumugam Street, Perambur,Chennai-600011 9444407339	**Sri P. Obul Reddy Senior Citizen Home** Andhra Mahila Sabha 12 Durgabhai Deshmukh Road Raja Annamalai Puram Chennai-600028 044-4938311
Sri.Poornamahaeru Trust Sankara Salai Subham Nagar, Old Pallavaram Chennai-600017 044-22477214	**St. Thomas Home for the Aged Under Don Bosco Beatitudes** 50 Sundaram Street, Vyasarpadi, Chennai-600039 044-25514137

St.Thomas Home for the Aged 33/54,Queen Victoria Road Poonamallee, Chennai-56 **9952052588**	**Swami Charitable Trust** **57, Subha Shree Nagar** **Ext.1 Mugalivakkam Porur,** **Chennai-600116** **044-22520427**
Udavam Karangal #460, N. S. K. Nagar Chennai-600106 **9841035511**	**VHS Senior Citizen Centre** **The Voluntary Health Services** **ADYAR Chennai-600013** **044-22541972**
Vishranthi Home for Aged Destitute **Women** A.V.M.Rrajeshwari Gardens MGR salai Palavakkam Chennai-600041 **044-24490972**	**Sukhalaya Home For Aged** **30/12,Muthuramalinga Devar Street** **East Tambaran, Chennai-600059**
Anandam Home For the senior **Citizen** Anna Street,Gandhi Nagar Kallikupam Ambattur, Chennai-600053	**Anandham Old Age Home** **Kallikuppam2, Sarrangapani** **Street Krishnapuram Ambattur,** **Chennai-600053**
Annai 34 East Mada Street, Mylapore, Chennai-600004	**Aruwe** **11, Solaiaman Koil Street** **Ayanavaram, Chennai-600023**
Banyan Trust 6th Main Road Mugappair West Chennai-60037	**Center For The Welfare of the Aged** **Plot-1 Yadhaval Street** **Viurgamnbakkam Chennai-600092**
Chennai lions Charitable Trust 3 c,3rd Street DR.B.N.Road T.Nagar Chennai-600017	**Abhaya Bhavan** **Keezhukunnu Kottayam** **4812578101**
Abhayabhavan Kanjirappally Social Relief Association, Kanjirappally PO, Anchilippa, Kottayam-6865506 **4828202498**	**Abro Bhavan** **Athirampuzha PO, Kottayam 686562** **4813292999**
Asha Bhavan Nenmeni,Velanilam PO, Kottayam **48282724844**	**Ashakendram Trust** **Gandhi Nagar PO, Arpukara** **Kottayam, Vattakunnel Bulidings,** **Collectors PO, Kottayam** **481250010**
Assissi Bhavan Chottya, Chittady PO, Kottayam-686524 **4828270464**	**Assissi Home For the Aged** **Kolladu PO, Kottayam 686029** **481234782**

Assissi Sneha Bhavan Bharananganam PO, Pla, Kottayam-686578 **4822236496**	**Bhagya Bhavan** Little Lourdes Missin Institutions, Home of Beatitudes, Kidgoor, Kottayam **4822254156**
Bishop Tharyil Memorial Home For the Aged Thellakam PO, Carithas, Kottayam-686016 **4812790570**	**Daya Bhavan** Karoor PO, Pala, Kottayam 686590 **4822213469**
Deva Dhan Centre Chethimattam, Pal PO, Koattayam 686575 **4822212285**	**Devadhan Jubilee Bhavan** Chethimattaam, Pala PO, Kottayam 686575 **4222200695**
Devamatha Centre Charitable Trust Kappadu PO, Kottayam-686508 **4828204949**	**Divine Mercy Retirement Home** Good News Nagar, Kudakachira PO, Kottayam 686635 **4822241214**
Don Bosco Poor Home Kandanadu PO, Kottayam **4822246683**	**Karuna Bhavan** Missionary Sisters of Ajmeer, Near Govt.Hospital, Kutavilagadu, Kottayam-686633 **4822230042**
Kottukulam Visranthi Bhavan Kuzhimattam Bethany Asram, Kurichi Homeio-Nellikal Road, Kottayam-686533 **4812432278**	**M.G.M. Abhaya Bhavan** Pothenpuram PO, Pampadi, Kottayam 68652 **4812507741**
Mariam Thresia Bhavan Udayagiri, Monipally PO, Kottayam 686636 **4822242615**	**Mathru Bhavan** Peruva, Karikode PO, Kottayam 686610 **48292511388**
Mercy Home Clara Nagger, Thidand PO, Kottayam 686123 **4828236850**	**Mundakapadam Agathimandriam** Manganam PO, Kottayam 686018 **4812572063**
PAIKADA Athuralyam Konchidapady, Pala PO, Kottayam-686575 **4822212307**	**Paeace Hill Old Age Home** Amalagiri PO, Kottayam-686036 **4812597062**
Pisgah Baker Compound, Kottayam **4812566531**	**Prathyasa Bhavan,Bethaniya Home** Bethany Asram, Kuzhimttam PO, Kottayam **4812431154**

Raksha Bhavan Charitable Society Veroor PO, Chethipuzha, Changanssery, Kottayam-686104 **4812729240**	**Raksha Bhavan** Maniamkulam, Chennadu PO, Kottayam-686582 **4822279224**
Rose Bhavan Old age Home Cheekalu, Monipally PO, Kottayam-686636 **4822242317**	**Sangio Old Age Home** Kunnumbhagam, Kanjirappally, Kottaym-686507 **4828203924**
Santhi Nilayam Yendayar PO, Mundakayam, Kottayam	**Shanthi Bhavan** Muttambalam, Collectorate PO, Kottyam 686002 **4812560010**
St.John's Home For the Aged Puzhikol PO, Kduthuruthi, Kottayam-686604 **4829283374**	**St.Joseph DAYA bhavan** Vellilappally, Ramapuram PO, Kottayam 686576 **4822261408**
St.Joseph Home For The Elderly KS Puram, Arunuttimangalam PO, Kaduthuruthi, Kottayam-686604 **4829282334**	**St.Joseph Safe Haven for Needy Seniors** Muttuchira PO, Kottayam-686613 **4829242579**
St.Mary's Agathi Mandrim Kozhuvanl PO, Kottayam-686523 **4822272844**	**St.Vincent Poor Home** Near Railway Station, Chnganssery PO, Kottayam-686101 **4812423543**
St.Vincent Proridence House Pala PO, Pala, Kottayam-686575 **4822213055**	**Thiruhirudaya Bhavan** Kooralai PO, Elagulam, Kottayam **4828265412**
Ananthanilayam Orphanage & Widows Home Kuriyatty Manacaud PO Thiruvananthapuram-09 **471-2455674**	**Arch Bishop Mar Gregorious Snehaveedu** Benedict Nagar Nalanchira P O Thiruvananthapuram-15 **471-2530505**
Asha Sadan Maria Nagar,Marygiri,Aryanad, Thiruvananthapuram 695542 **472-2851827**	**Assissi Nikethan** Ganhipuram Road cHavadimukku Sreekaryam PO Thiruvananthapuram **471-2595902**
Bethany Home For the Aged Bethelgram,Mukkola,Kllayam PO, Thiruvananthapuram-695043 **471-2371901**	**Bishop Gnanadasan Memorial Anpunilayam** Cheruvarakonam, Parasala, Thiruvananthapuram-695502 **471-2201178**
Care Home Pettah, PO Thiruvananthapuram Thiruvananthapuram **471-2500747**	**Carmel Old Age Home** Karanadu Puthkulangara PO, Thiruvananthapuram Thiruvananthapuram **471-2899548**

Carmel Rescue Home Tholur, Kolapada PO, Aryanad, Thiruvananthapuram **9446720486**	**Chakulathamma Sanjivini Ashram** Chakulathu Nagar,Kilimanoor, Thiruvananthapuram-695601 **9447110792**
Cheshire Home Kuravankonam,Kawadiar PO, Thiruvananthapuram-03 **471-243552**	**Christ Church Of Old Age Home** Devaswam Board Junctiom, Kawdiar PO, Thiruvananthapuram-695003 **471-2314277**
Divine Mercy Old Age Home Plavoor,Kollamkonam,Amachal PO, Kattakada, Thiruvananthapuram **471-2295707**	**Diviya Santhi Asram** Vettukad, Thiruvananthapuram-695007 **471-2504850**
Eventide Home For Senior Citizen Edavakode, Parottukonam, Thiruvananthapuram **471-2594612**	**Hermitage** Pattor, V V Road ,Pettah PO Thiruvananthapuram 2 **471-2477746**
Home for the aged,St.Thersa's Convent Thundathil PO, Kariyavattam, Thiruvananthapuram **471-2712952**	**Karunalayam Home For The Aged** Pothencode PO Pothencode Tiruvananthapuram **471-2928122**
Karunya Vishranthi Bhavan Kattela Sreekaryam PO Thiruvananthapuram **471-2596418**	**Nedumagadu Nagarasabha Vridhasadanam** Vanda, Nedumangadu, Thiruvananthapuram **944782628**
Ponnus Old Age Home & Charitable Society VRA 58, MG Road, Atthingal, Thiruvananthapuram **9388755663**	**Prathyasa Vridhalayam** Narayana Mandir Near Bus Stop Amaravila PO, Thiruvananthapuram-695122 **9809063900**
Providence Home Killi, Kollodu PO, Kattakad, Thiruvananthapuram-695571 **471-2291335**	**Punarjani Oldage Home** Manjalikulam Inside Sports Counil Thambanoor, P O Thiruvananthapuram **471-2322811**
Punarjani Trust Pain & Palliative Care Thokad PO, Varkala, Thiruvananthapuram **9895331479**	**Puthen Mandiram Old Age Home** Azhoor PO, Chirayankeezhu, Thiruvananthapuram **470-2645745**
Safalya Agathi Mandiram Kottanam, Danuvachapuram PO, Neyattinkara, Thiruvananthapuram-695122 **9747277705**	**Sai Gramam** Oorupoika PO, Thonnackal, Thiruvananthapuram-695104 **471-2721422**

Sai Maria Convent Old age Home Plammoodu Pattom, PO, Thiruvananthapuram **471-2303390**	**Santhimandiram Charitable Trust** Vettinad,Vattapara, Thiruvananthapuram-695028 **9895527372**
Saranalayam Aswathy Natucavu Lane PERRORKADA PO Thiruvananthapuram	**Shanthi Bhavan** Mnnanthala P O, Thiruvananthapuram-15 **471-2303390**
Shanathi Bhavan, Home fot the Aged Mannathala(PO), Thiruvananthapuram **471-2530095**	**Sneha Sadan Aged Home** Chayampoota, Mannamkonam PO, Kiliyoor, Thiruvananthapuram **471-2242986**
Sneha State SC/ST/OBC Old Age Home, Chirayankkezhu, Thiruvananthapuram **470-6450159**	**Snehasandram** Thennorkonam,Kottapuram PO, Vizhijam, Thiruvananthapuram **471-3222034**
SNV Womens Association Old Age Home Saradagiri,Varkhala, Thiruvananthapuram **470-2602274**	**Sree Karthika Thirunal Lakshmi Bai Vayojana Kendram** Poojapura PO, Thiruvananthapuram-12 **9446559947**
Sree Mahaganapathy Sevasramam Madras Regiment Veterans Forum Elapode Vatiyaoorkavu,PO Thiruvananthapuram	**Thanal** 9/105, Thalakkonam, Kuruthamcode, Kattakkada, Thiruvananthapuram-695072 **471-2293878**
Thrupadam Old Age Home Pazhakutty PO,Nedumangad, Thiruvananthapuram **472-2802250**	**Vayojana Mandiram** Charupara, Kattakkada PO, Thiruvananthapuram **471-2294852**
Viridha Sadanam Kualathottumala, Kattakkada PO, Thiruvananthapuram **9656162184**	**Sathi Theeram Old Age home** Palamkonam, Perigulam PO, Alamcode, Attigal, Thiruvananthapuram **9447460955**
Abhaya Ashram 699 Third Main, Isro Layout, Bangalore-560070 **9342823630**	**Ambigara Chowdaiah Shikshan Society** 37, Vasanthpura Village Subramanyapura Ppost, Uttrahalli Hobli, Bangalore-560060 **080-26669940**
Anandashram 53/7, Bannerghatta Main Rd, Bangalore, Karnataka 560029 **080 2678 4621**	**Asha Bhavan Home for the Destitute** Karmelarani Post, Bangalore-560035 **080-28439961**

Asha Jeevan Home for the Aged No-57, 7th Cross, Pavamana Residency Kembath Alli, Road Gottigore, Bannerghatta Road, Bangalore-560083 984055715	**Asha Nivas** C/o St. John Church,Post BAG NO-544, Bangalore-560005 080-2551385
Ashadeep Old Age Home Agra Cross, Chowdeshwara Nagar, Knakpura Road, Bangalore-560065 9845179287	**Ashakta Poshaka Sabha** 27,V.V.Puram, Bangalore-56004 080-26679377
Ashraya Seva Trust No. 135, 1st 'K' Block, Dr Rajkumar Rd, 2nd Stage, Rajaji Nagar, Bengaluru, Karnataka 560010 080 2312 4666	**Ashraya Vrudhashrama** No.110, Kangeri Road Uttrahalli, Subramanya Pura post, Bangalore-560061 080-26691478
Belaku Vridhasahrama Mayura, No.1966/B,South End D Road, 9th Block, Jyanagar,Bangalore-56069 080-26500560	**Cheshire Homes India** 408, Outer Circle, Whitefield, Bengaluru, Karnataka 560066 080 2845 1549
Cletas Home for the Aged St AngustineNivas, Hosur Road Thavarekere, 4th Cross, Bangalore-560095 080-25531617	**Divya Jyothi Old Age Home** Kunigal Road,Kempani galahali, Nilamangala Taluk, Bangalore-560048 080-27726066
Elders Home Canara Bank Relief Welfare Society, Matruchhayya 27, Cross 2nd Stage, Banashank, Bangalore 080-26713421	**Eventide** In Campus St.Joseph School, Whitefield, Opp Sai Hospital, Bangalore-560066 080-28457986
Faith Foundation Old Age Home No.405, Mahavir Appartment, 3rd Floor, Vijaya Layout, 3st Main 1st Cross, Arekere, Bannerghatta, Bangalore-560076 080-50960402	**Gandhi Old Age Home** Kaidaabagere Cross,Bapagrama Post, Magadi Main Road, Bangalore-560091 080-65703965
Ganana Asharama Arya jana Seva trust, Bannerghatta, Bangalore-560083 080-25594457	**Goldagae Hospital & Asharam** No-15, 2nd Cross 2nd Main, Sargabhowonnagar, bilekahalli, Bangalore-560076 9342811073
Holy Family Home for the Aged Iranapalya,Via Nagavara,Arabic College Post,Bangalore-560045 9986057498	**Home of Hope** Daddagubbi Village. KRC Road Next to KRCt, Bangalore-560077 9845281915

Hosabelaku Home for the Aged Mandor Road,Virgo Nagar Via, Bangalore-560049 **080-28470731**	**Ishwar Old Age Home** No.113/77, 12th Cross, Sreegandhanagar Behind Vegagarment, Hegganahalli, Pennya Bangalore-560091 **080-28360477**
Jeevan Sandhya Ashrama Kanakapura Main Road, Ragana Halli, Bengaluru, 560062 **080 2843 5296**	**Katherian Nivas Post** Vidhya Nagar Post Bangalore **080-26467218**
KRC (Karnataka Rehabililitation Center) No-14/5, KRC Road, Doddagubbi, Bangalore-560077 **080-28465528**	**LIC HFL Care Limited** Madanayakanahalli, Tunkur road, Bangalore
Little Sisters of The Poor Hennur Road, 5th Mile, Bangalore-560043 **080-25444684**	**Little Sisters of The Poor(Home for the Aged)** 26, Hosur road, Richmond Town, Bengaluru, Karnataka 560050 **080 2227 0273**
Mahalakshmi Senior Citizen Home(2) No-73, 3rd Main, VHBCS Layout, Kurubarahalli, Bangalore-560086 **9880092819**	**Mukti Home for the Aged** No-609 2nd Block, 5th Cross, BRBR Layout, Kalyan NAGAR, Bangalore-560043 **080-22864501**
Nagarathanama Home for the Senior citizens Next Ampapura Colony, Biradi Hobli Rmanagar Taluk, Disti, Bangalore **9845943270**	**Nava Jevvan Lep.Nilaya** Varthue White Field Road, Kundalohalli Gate, Bangalore-560037 **9986016971**
Niranjanadhama Vridhashrama No-1, Adwakanagar, Next to Channasandra, Near Uttarahalli- Kengeri Main Road, BDA Double Road, Bangalore **9535021328**	**Nirantaka old age Home** Muddayanapallya,Vidya Niketan Public School Road Opp Indian Gas Godown,Ullal Road, Near Upkar LAYOUT, Bangalore-560091 **080-23212309**
Nirashrithara Darihara Kendra Suerintendent Nirashrithara Kendra, Magadi Main Road, Bangalore-560091 **94480606646**	**Om Ashram** 850, 5th Cross, 11th Main Vijya Bank Colony, Bilekahalli, Bangalore-560076 **9906915055**
Om Shakthi Dhanvanthari Olg Age Care Home No-141, 4th Cross, R.V.College, Layout, Mylasandra, Bangalore-560059 **98800038361**	**Our Lady of Light Society of** Compassion Sneha Jyothi Anchepalaya, Mumbalgodu PO, Bangalore-560074 **080-28347239**

Sai Snehadhama Vrudhashram Datta Sai Mandir Premises, Metipalya, Sondekoppa Road, Tavarekere, Bangalore-560079 080-232838223	**Sandhya Deepa Ashrama** No-50, 29th Main 39th Cross End, Poornapragna Nagara, Uttarahalli, Bangalore-560061 080-26392251
Sandhya Kirana Shangassuj Road, Akkkithinoma Halli, Richmond Town, Bangalore-560025 080-41242448	**Saptami Trust Mussange Old Age Home** 41, 1st Cross, Ullal Main road, Jnajajyothi Nagar, Bangalore-560056 080-23240359
Sarvashreshtha Seva Ashrama 24, Maruti Nagar, Kmanahalli Main Road, Bangalore-560083 9980942022	**Shanti Dham Foundation** 23rd KM, Knakpura Road Near Saluhunse Bus Stop Udyapura Post, Bangalore-560062 080-28432687
Snehamai Ashyadhama No-191, 14th Cross, 3rd Phase, Girinagar, Bangalore 9844173364	**Somanahali Society** Magadi Road, Vishwanidha Post, Bangalore-560091 080-23485317
Sree old age Home No-52/20, 2nd Block, 19th Main Road Rajajinagar, Opp Coporation Ward Office, Bangalore-560010 9441988683	**Sri Balaji Old Age Home** No-74/1, Banagaranda Giri. Sonnehahalli, Kengeri Hobli, Bangalore-560066 080-65985726
Sri Balraam Vridhashram Babasahewara Pallya Check Post, Myssor Road, kENGERI, Bangalore-560060 9739468433	**Sri Jyothi Old Age Home** No-57/9, STG Colony, Behing Tabri Kale Police Station, TABRAKARE, Bangalore-560030 9448851853
Sri Mahalakshmi Senior Citizen CARE Home 273, IIIrd Stage, IV Block, Basaveshwaranagar, Bangalore-560079 9880092819	**Sri Old Age Home(1)** No-634, 2nd Block, 3rd, 8th 'B' Main Road, Opp Muniganga Kalyan Mantapa, Basaveshwaranagar, Bangalore-560079 9740165919
Sri Raghvendra Vrudhasahram No-19, Kumarakrupa Road, Near Shiva Nanda Circle, Bangalore-560001 080-41138512	**Sri Rama Vridhashram** 7th Cross, Coconut Avenue Road, Malleshvaram, Bangalore-560003 080-23443806
Sri Sai Chaithnya Old Age Home No-1/2 Chikkagoarahatti Near Country Club Sun Valley, opp Kochohalli Croos, Bangalore-562123 9448851853	**Sri Sai Dathathreya Old Age Home** No-43 44, Jnana Jyothinagar, 1st Cross, opp University Qtrs, Jnanabharathi, Bangalore-560056 080-23240567

Sri SAI Krishan Vrudhalaya No-139 Vinayakanagar,Kadabagere Cross, Magadi Main Road, Bangalore-560091 **9620052513**	**Sri Sai Krupa Vridhasahram & Mentally retarted** Near Gatry Temple, Devasandra, K.R.Puram, Bangalore-560036 **9742777508**
Sri Sai Nath Old Age Home Near Dodda Dunnasandr Cross, Chkkathirupathi Road, Bangalore-560067 **9980072117**	**Sri Saibaba Charitable Trust** Near WATER tank Garden City, College Road Kittaganur K.R.Puram, Bangalore-560036 **9343328168**
Sri Satya Sai Mahila Charitable Trust Nagadevanhalli, Kengeri Upanagr, Bangalore-560056 **9964202004**	**Sri Satya Sai Vrudhasahrama** Near Srinivas Theatre, Chenna Sundra, Kadugododi Road, Bangalore-560067 **080-28454624**
Sri Shivabalayogi Mahraja Trust-Olg Age Home No-1/A 3rd Phase J.P Nagar, Bangalore-560078 **080-26586243**	**St Teresa Mercy Home** Dr Rajkumar Road, Rajaji NAGAR,1ST bLOCK, Bangalore-560010 **080-23570620**
Stephen Home For the Aged No-14, Clarke road, Richards town, Thomson Town, Bangalore-560005 **080-25513805**	**Suvidha Retirement Village Sushruta Vishranthi** Dham LimitedSy No-18/4, Thlaghattapura,Uttrahalli Manavarte Kaval, Bangalore **994560989**
The Bangalore Friend in Need Society No-03, Colonel Hill Road, Bangalore-560053 **080-22865519**	**The Eventide Home Association** Julia Caraft House No:05, Rajaram Mohan RAI Road, Bangalore-560025 **080-22214534**
Thungabhadra Old Age Home No-175, 4th D Main Road,Swimming Pool Road, Extenstion Area, Bangalore-560086 **9241060364**	**Tritha Ashram** 121/8, Puttenahalli Kottannor Main Road, GAURAV Nagar, J P Nagar 7th Phase, Bangalore-560071 **9448388997**
VLN Prabhuddhalaya Senior cItizen; Home Nisarga Layout, Bangalore-560061 **080-2782245**	**Vridhashram Valabha Niketan** No-19, Kumarapat East, Bangalore-560001 **080-22269794**

Old Age Home Run By
Institute of Public Assistance (Provedoria)
Mala, Panaji, Goa.

Name of Old Age Home	Place	Tel. No.
Recelhimento de Serra,	Althino Panaji	2220982
Asylum of Chimbel	Chimbel	2443856
Asylum of Mapusa	Mapusa	2256238
Asylum of Candolim	Candolim	2489935
Asylim of Majorda	Majorda, Salcete	2791362
Asylim of Loutolim	Loutolim	2858514
Asylim of Margoa	Margao	2713294
Centro de Cunculim	Cunculim, Salcete	2866383
Centro de Chinchinim	Chinchinim, Salcete	2864199

OLD AGE HOMES RUN BY CATHOLIC MISSIONS		
Name of Old Age Home	Place	Tel. No.
Ark of Hope (St. Vincent de Paul Society)	Candolim	2489918
Asilo "Dr. Rafael Pereira"	Benaulim	2770210
Asyium of the Sacred Heart of Jesus and Mary	Aldona	2293195
Bom Jesus Home	Nachinola	2293319
Clergy Home	Porvorim	2417318
Clergy Home	Margao	2706259 / 2715146
Divine Providence Home	Benaulim	2788945 /09890917570 (Sr Mary John) / 08390588270 (Sr Pauline F'des)
Holy Family Home for Aged	Chora	2239239
Holy Spirit Home	Moira	2470216
Home for the Aged (St. Vincent de Paul Society)	Vasco Da Gama	
Isha Prem Niketan	Goa-Velha	2218507
Isha Prem Niketan	Assagao	2268913
Krist Raj Bhavan	Saligao	2278345
Lar Santa Margarida	Divar	2280465 / 2280050
Mae de Deus Home	Saligaon	2278361

Old Age Home Mala, Panaji, Goa.

Mother Marry Haven	Calangute	2276278
Nazareth Home	Navelim	2711004
Our Lady Of Perpetual Succour (Home for the Aged)	Sonarbhat, Guirim	6454911
St. John of God's Home	Old-Goa	2285742
St. Joseph's Asylum	Cobravaddo, Calangute	2281013
St. Joseph's Eventide Home	Ucassaim	2261528
St. Joseph's Home	Siolim	2270731
St. Mary's Guest House	Nagoa, Verna	2278332
St. Mary's Home	Siolim	2272334
St. Thomas Villa	Bodiem	2298507
Missionaries of Charity	Karmali	
Missionaries of Charity	Panaji	
Dr. Alferd Home	Chandor	
St. Judes Helpling Hand Home	St. Estevam	

OTHER OLD AGE HOMES		
Name Of Old Age Home	Place	Tel. No.
"Sneha Mandir"	Bandora, Ponda	2335548
"Sanjeevan"	Bandora, Ponda	2335257
Vijaya Ashram	Vovonem,Tivim	6512456
Our Home	Vasco	2538329
Three Roses Mother Teresa Ashram	Colvale	
Mahilashram	Muddi	2912015
Vishwanath Jagannath Trust	Ponda	
Padusai (Mrs. Sarika Pednekar)	Moira	9011838594
Mr. Joe D'sa	Mapusa	

लेखक परिचय

(BIO-DATA)

नाम	**:**	**डॉ. अनिल गांधी**
जन्म	**:**	१३ अगस्त १९३९, माढा, सोलापुर, महाराष्ट्र.
शिक्षा	**:**	एम.बी.बी.एस.(१९६३), एम.एस. बी.जे.मेडिकल कॉलेज (१९७१) एम.बी.बी.एस. के बाद पुणे में पॉंच साल फॅमिली फिजिशियन की प्रैक्टिस १९६६ से १९८६ तक पुणे जिले के गाँव देहातों में आरोग्यसेवा देने का काम १९७० में गांधी अस्पताल की शुरुआत सेंट मार्क्स हॉस्पिटल, लंदन से कोलेक्टोरल सर्जरी में विशेषज्ञता प्राप्त (१९७४) १९८४ तक विदेशों में कई जगह अनुसंधान निंबंधों का वाचन बी.जे.मेडिकल कॉलेज, टिळक आयुर्वेद महाविद्यालय, भारती विद्यापीठ, धोंडूमामा साठे होमिओपैथी कॉलेज में मानद प्राध्यापक और कमला नेहरू हॉस्पिटल पुणे में मानद सर्जन के रूप में कार्य किया।
सामाजिक कार्य	**:**	लोनावला के पास पांगळोली नाम के आदिवासी क्षेत्र में आरोग्य, शिक्षा तथा विकास कार्य शुरू किया। आश्रम शाला भी शुरू की, जो अच्छा काम कर रही है। पूर्वसीमा विकास प्रतिष्ठान के राष्ट्रीय एकात्मता अभियान में सहयोग. अध्यक्ष - महाराष्ट्र टेक्निकल एज्युकेशन सोसायटी, पुणे.
लेखन	**:**	आत्मकथन **'मना सर्जना'** के पाँच महीनों में तीन संस्करण। मराठी वाङ्मय मंडल, बडोदा का प्रथम पारितोषिक प्राप्त। अनेकों वृत्तपत्रों तथा वाङ्मयीन पत्रिकाओं में समीक्षा। **मना सर्जना** के अनुवादित संस्करणों का गुजराती (अहमदाबाद), अंग्रेजी (मुंबई), हिंदी (नई दिल्ली) में विमोचन मराठी वृत्तपत्र महाराष्ट्र टाईम्स के सगुण-निर्गुण स्तंभ में तीन महीनों की लेखमाला। सकाळ, माप्ताहिक सकाळ, लोकसत्ता जैसे कई अन्य अखबारों में भी लेखन।

'धन्वंतरी घरोघरी' किताब का संपादन और संकलन – अगस्त २०११
'विचारी मना' किताब विमोचन – जून २०१३
'शोध मनाचा' कथासंग्रह – २०१३
High Tech Life Line – २०१४
Brain The Master Mind – November २०१४
संजीवनी उच्च तंत्रज्ञानाची – जून २०१५
अफलातून मेंदू – मे २०१६
देवदानवा नरे निर्मले – प्रकाशन प्रक्रिया मे

निर्मिती : **'ज्येष्ठ नागरिक दिवस'** के उपलक्ष्य में अक्तूबर २०१६ में **'या कातरवेळी... आनंदी वृद्धत्वाकडे वाटचाल'**, **'जीवनसंध्या... खुशहाल वृद्धावस्था की ओर'** और **'Twilight of Life... Helpful Hints for Ageing Gracefully'** इन तीनों किताबों का विमोजन

व्याख्यानमाला : पुणे की 'वसंत व्याख्यानमाला' में फॅमिली डॉक्टर इस विषय पर व्याख्यान – २६ अप्रैल २०११
वाई की 'वसंत व्याख्यानमाला' में वैद्यकीय व्यवसाय के अनुभवों पर व्याख्यान – २ मे २०११

२०, लक्ष्मी सोसायटी, सेनापती बापट रोड, पुणे १६.
फोन नं.: ०२०-२४४५९९३० / २५६५३००० / मोबाईल: ९४२२००४४६६

हेल्पेज इंडिया

हेल्पेज इंडिया द्वारा ज्येष्ठ व्यक्तियों के लिए विभिन्न कार्यक्रम आयोजित किए जाते हैं। जिनमें विविध क्रीड़ा प्रकारों का आयोजन किया जाता है। उनमें सहभागी खिलाड़ी।

हेल्पेज इंडियाकी ओरसे त्सुनामी ग्रस्त ज्येष्ठ नागरिकोंके लिए बनाए घर

हेल्पेज इंडिया की ओर से शहरो तथा गाँवमें नागरिकोंके लिए भ्रमण अस्पताल चलाए जाते है, उसमें सहभागी नागरिक।

गव्हर्नर के हाथों श्री. मॅथ्यु चेरियन (सी. ई. ओ.) हेल्पेज इंडिया
वयोश्रेष्ठ सन्मान स्वीकारते हुए।

जनसेवा फाऊंडेशन

वृद्धाश्रम में गपशप का आनंद लेते ज्येष्ठ नागरिक।

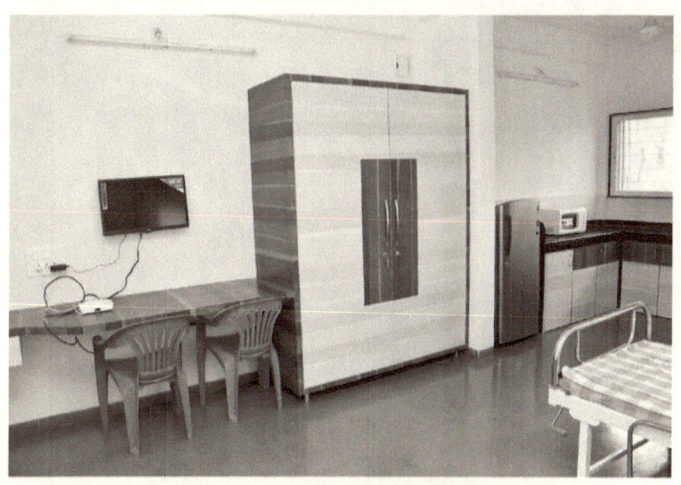

अद्यतन सुविधाओं से युक्त वृद्धाश्रम।

जनसेवा फाउंडेशन के वृद्धाश्रम में रहनेवाले ज्येष्ठ नागरिक।

श्री. रसिकलाल माणिकचंद धारीवाल वृद्धाश्रम की भेंट पर आए अधिकारी।

अथश्री फाउंडेशन

अद्यतन तथा विशाल अथश्री वृद्धाश्रम।

अथश्री वृद्धाश्रम का विशाल और हराभरा परिसर।

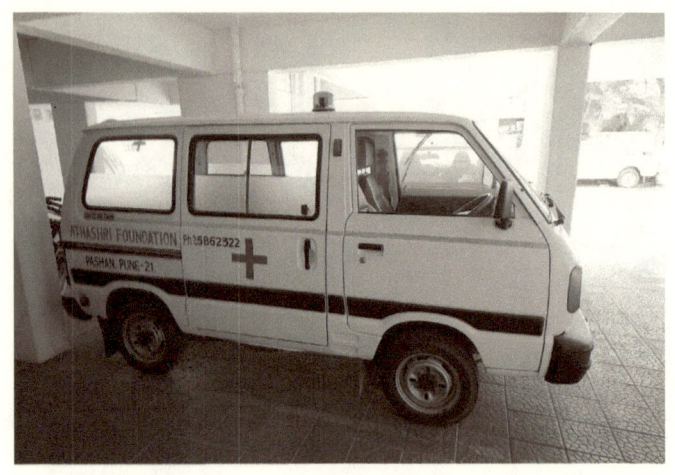

ज्येष्ठ नागरिकों के लिए २४ घंटे उपलब्द्ध रुग्णवाहन।

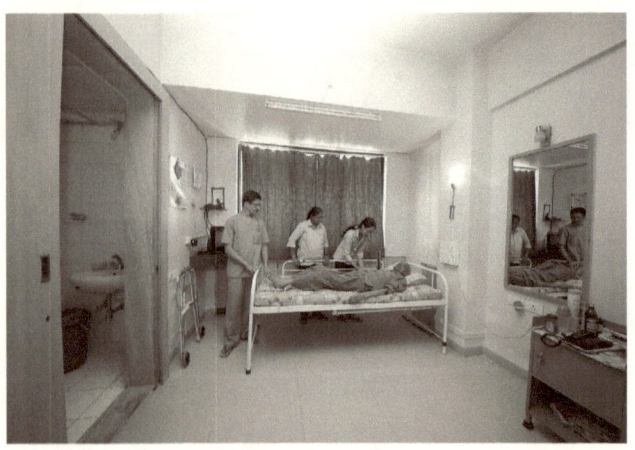

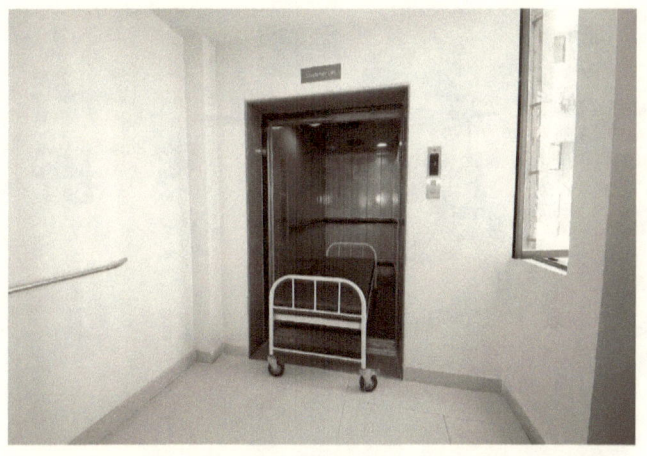

बीमार वृद्धों को स्ट्रेचर पर ले आने-जाने के लिए इमारतों में लगी प्रशस्त लिफ्टें।

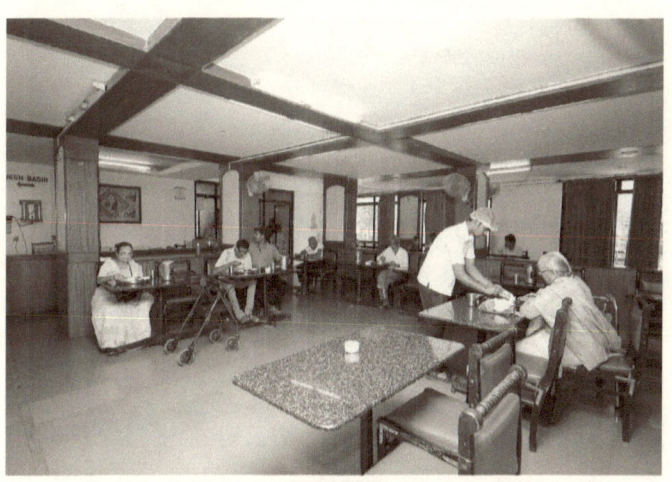

ज्येष्ठ नागरिकों के लिए स्वादिष्ट भोजन पकानेवाला वृद्धाश्रम का विशाल कैंटीन।

वृद्धाश्रम के परिसर में ज्येष्ठ नागरिकों को सैर करानेवाली मिनी व्हैन।

अद्यतन जिम।